KB012632

김양희 장편 소설

모두 잠든 후에

YEWONBOOKS ROMANCE STORY

모 두 잠 든 후 에

초판 1쇄 찍은 날 | 2016년 4월 14일
초판 1쇄 펴낸 날 | 2016년 4월 20일

지은이 | 김양희
펴낸이 | 예경원

편집 | 유경화 · 안유진

펴낸곳 | 예원북스
등록번호 | 제396-2012-000132호
등록일자 | 2012. 7. 25
YRN | 제1-0140호

주소 | 경기도 고양시 일산동구 호수로 646-24 위너스21 Ⅱ 206A호 (우) 10401
전화 | 031-819-9431 팩스 | 031-817-9432
http://cafe.naver.com/yewonromance
E-mail | yewonbooks@naver.com

ISBN 979-11-5845-143-1 03810

※ 이 도서의 국립중앙도서관 출판시도서목록(CIP)은 서지정보유통지원시스템 홈페이지(http://seoji.nl.go.kr)와 국가자료공동목록시스템(http://www.nl.go.kr/kolisnet)에서 이용하실 수 있습니다.

김양희 장편 소설

모두 잠든 후에

YEWONBOOKS ROMANCE STORY

예원

C • O • N • T • E • N • T • S

프롤로그

나에겐 오래된 연인이 있다.

나는 여전히 그를 사랑하고, 그도 나를 사랑한다.

하지만 나는…… 외롭다.

사랑을 하고, 사랑을 받고 있음에도 불구하고 참 쓸쓸하고 공허하다.

함께하는 시간의 의미를 조금씩 잃어가는 이 관계가 나를 지치게 하고 버겁게 짓누른다.

시간이 지날수록 내 이런 감정은 점점 더 커져만 갈 것이고, 그런 나로 인해 그 역시 점점 더 지쳐만 갈 것이다.

그래서 나는 오늘…… 이별을 하려고 한다. 우리가 지쳐 가기 전에 그의 손을 놓으려고 한다.

그를 위해서.

나를 위해서.

우리…… 서로를 위해서.

마지막 문장에 마침표를 찍은 도영의 손끝이 살짝 떨렸다. 방금 쓴 일기를 다시 한 번 읽어 내린 눈동자도 뿌옇게 흐려졌다.

괜찮아. 괜찮을 거야.

마음속으로 읊조리는 말과는 달리 지그시 감은 두 눈에 물기가 서렸다. 도영은 눈가에 맺힌 물기를 손등으로 닦아내고 천천히 휴대폰을 집어 들었다. 그리고 30분 전, 그가 보낸 메시지를 또다시 확인했다.

「1시 30분쯤 도착. 조금만 기다려.」

어둠으로 뒤덮인 새벽, 그는 대부분의 사람들이 잠들었을 시간에 그녀를 만나러 온다. 그 사람들의 시선을 피해서.

늦은 시간까지 그를 기다리는 일도 오늘이 마지막일 테지.

도영의 시선이 휴대폰에서 벽에 걸린 시계로 옮겨졌다. 현재 시각 1시 25분. 이별의 순간까지 남은 시간이 5분 전으로 다가왔다.

도영은 다 식어버린 커피 잔을 들고 일어나 창가로 걸어갔다. 창밖에는 후둑후둑, 비가 내리고 있었다. 10월의 가을비치고는 빗방울이 제법 굵었다. 세차게 쏟아지는 빗줄기가 가슴 위를 내리치는 기분이다.

난, 아프지 않아.

저릿해져 오는 감정을 부정하며 커피를 한 모금 들이켰다. 오늘따라 커피의 맛은 왜 이리도 쓴지. 마치 이별을 앞둔 그녀의 마음과도 같다.

그때였다.

띠리릭. 침실 너머로 현관문이 열리고 닫히는 소리가 희미하게 들렸다. 벌써 5분이 지난 모양이다. 잠시 후, 이 침실의 문이 열리면 이별을 맞는다는 사실에 콕콕 쑤셔대던 심장의 통증이 더욱 심해졌다.

아프다. 아프지 않다는 말은 거짓말이다. 사랑하는 사람을 떠나보내야 할 시간이 코앞으로 다가왔는데 아프지 않을 리가…… 없다.

"하아."

도영은 조용히 한숨을 내쉬며 마음을 차분하게 진정시켰다. 물끄러미 창밖을 내다보자 강한 빗줄기가 연신 창문을 두들기고 있었다.

시작과 끝을 비와 함께하는구나.

그날도 이렇게 하염없이 비가 쏟아졌었는데.

차라리 그때, 그와 우연히 마주치지 않았더라면 어땠을까.

오래전 그날을 떠올리던 도영의 눈빛이 한층 더 깊게 가라앉았다.

Part 1. 첫사랑

1

오후 6시 30분. 일기예보에도 없던 가을비가 내리기 시작했다. 갑자기 쏟아지는 비에 학교 도서관 입구에 선 도영은 난감한 표정을 지었다. 우산이 없었기 때문이다.

"갑자기 웬 비람?"

도영이 불만스럽게 투덜거렸다. 날은 점점 어두워지고 있었고 대부분의 학생들이 빠져나간 학교는 고요했다.

이럴 줄 알았으면 준희 갈 때 따라나서는 건데.

과제에 필요한 자료를 더 찾는다고 남아 있던 것이 화근이었다.

"어쩌지?"

보아하니 쉽게 그칠 비는 아닌 거 같은데. 무작정 빗속으로 뛰어들어 가기에는 빗줄기가 너무 굵었다.

"오빠한테 연락해 볼까?"

서둘러 휴대폰을 꺼낸 도영은 일순 멈칫했다. 두 시간 전쯤 오빠 도훈에게서 온 메시지가 번뜩 떠올랐던 것이다.

「오늘 야근한다. 늦으니까 먼저 자.」

야근이라면 도훈은 분명 11시가 넘어서야 돌아올 거다.

오빠가 부를 수 있는 유일한 사람이었는데.

그나마 가졌던 희망이 사라지자 도영은 우울한 표정을 지었다. 비를 맞아야 하는 운명인 건가, 생각하는데 손안에서 휴대폰 진동이 느껴졌다. 먼저 집으로 돌아간 친구 준희였다. 그녀는 시무룩한 음성으로 전화를 받았다.

"응, 준희야."

[어디야?]

"도서관."

[여태 도서관에 있는 거야? 밖에 비 와.]

"안 그래도 방금 나왔는데 비가 와서 못 가고 있어."

[어떡해. 너 우산 없지 않아?]

준희가 걱정이 담긴 어조로 물었다.

"없지. 그냥 너랑 같이 나갔어야 했는데."

[비가 올 줄 몰랐지. 나 막 집에 들어오니까 쏟아지기 시작하더라.]

"너라도 안 맞은 게 어디야."

[도훈 오빠한테 전화해 봐. 오빠가 차로 가면 금방이잖아.]

"야근한대."

[에휴. 되는 일이 없는 날이네.]

"그러니까 말이야. 짜증나."

도영이 쭉 내민 입술을 삐죽거렸다.

[금방 그칠 것 같지는 않은데. 나라도 갈까?]

"아니야. 이제 집에 도착했으면서 뭘 또 나와? 가까운 거리도 아니고."

준희의 집에서 학교까지 걸리는 시간은 45분이다. 날도 저물어 가는데 자신 때문에 다시 와달라고 할 수는 없었다.

"말만이라도 고마워."

도영은 진심을 담아 말했다. 준희는 벌써 그녀와 8년째 우정을 나누고 있는 가장 친한 친구다. 중, 고등학교를 함께 졸업하고 비록 전공은 다르지만 대학도 같은 학교로 입학했다. 이제는 서로에 대해서 모르는 것이 없을 정도로 오빠 도훈 다음으로 그녀에게 가장 소중한 존재였다.

[도서관에 아는 사람 없디?]

"응, 없더라."

몇몇이 도서관에 있는 것을 보긴 했지만 알고 지내는 사람은 없었다.

[하아. 그럼 어쩌지?]

이 와중에 도영은 피식 웃었다. 제 방에 서서 그녀 걱정에 발을 동동 구르고 있을 준희의 모습이 머릿속으로 그려졌던 것이다.

"걱정 마. 알아서 갈 테니까."

[너 같으면 걱정 안 하겠냐? 알아서 어떻게 갈 건데?]

"택시 타야지 뭐. 학교만 빠져나가면 근처에 택시 정류장 있잖아."

[거기까지 비 맞고 가게? 아서라. 낮 시간대도 아니고 무척 쌀쌀해, 지금. 비까지 맞으면 바로 감기 걸릴걸?]

그건 준희의 말이 맞다. 아침저녁으로 쌀쌀한 10월의 가을 날씨에 비까지 보태어주니 몸에 서서히 찬기가 올라오고 있었다.

[그리고 비에 흠뻑 젖은 손님을 택시기사 아저씨가 퍽이나 좋아하겠다.]

"싫어하려나?"

[당연히 싫어하지. 그러지 말고 좀만 더 기다려 봐. 기다리다 보면 누구라도 나오지 않겠어? 그럼 택시 정류장까지만 데려다 달라고 부탁해. 알았지?]

"그래, 네 말대로 할게. 일단 끊자."

[집에 가면 전화하고.]

준희와 통화를 마친 도영은 고개를 절레절레 흔들었다. 이렇게 살뜰히 챙길 때 보면 친구가 아니라 마치 엄마 같다.

준희 말대로 누구라도 한 명 내려올 때까지 기다려야 하나?

도영은 땅 위로 내리치는 빗줄기를 바라보며 중얼거렸다. 세차게 쏟아지는 저 빗속에 뛰어들 자신이 없었다.

"혹시……."

그 순간이었다. 낮은 저음의 음성이 빗소리와 함께 도영의 귀로 흘러들었다. 고개를 돌리자 훤칠하게 키가 큰 한 남자가 옆에 서서 그녀를 내려다보고 있었다.

"민도영?"

뒤이어 남자의 입에서 자신의 이름이 흘러나오자 도영은 화들짝 놀랐다. 동그랗게 벌어진 눈동자로 남자를 바라보았다.

"저를, 아세요?"

"나 기억 안 나?"

도영은 미간을 좁히고 고개를 갸웃 기울였다. 자신을 알아보고 편하게 이름을 불러온 남자. 그렇다면 그녀도 알고 있는 인물이 분명한데 모자를 푹 눌러쓰고 있는 탓인지 남자의 얼굴을 제대로 확인할 수가 없었다.

"저기 모자 좀."

"모자? 아!"

도영이 조심스럽게 모자를 가리키자 그제야 남자가 피식 웃으며 모자를 벗었다. 마침내 모자 아래에 가려져 있던 남자의 얼굴이 고스란히 드러났고, 남자와 시선이 부딪힌 후 그녀의 동공이 더욱더 커다랗게 팽창했다.

"윤…… 태서?"

"이제 알아보겠어?"

남자의 입술 끝이 부드럽게 휘어졌다. 반대로 전혀 상상치도 못한 우연한 만남에 당황한 도영은 가까스로 정신을 차리고 어색하게 인사를 건넸다.

"어? 어. 오랜, 만이야."

눈앞의 남자는 바로 윤태서였다. 18살에 학원물 드라마로 데뷔를 해서 인지도를 얻은 이후 영화의 주연까지 맡아 스타덤에 오른 연예인으로 모든 여학생들의 가슴을 설레게 만들었던 인물 윤태서. 그녀와는 고등학교 동창이었다.

"반갑다, 민도영. 이게 얼마 만이야."

태서가 손을 내밀며 그녀에게 악수를 청했다.

"그래, 반가워."

도영이 얼떨떨하게 손을 마주 잡자 태서가 환하게 웃어 보였다. 그저 예의상이 아닌 진심으로 반가워하는 듯한 표정이었다. 그 모습에 도영은 또 한 번 놀랐다.

윤태서가 이렇게 반가워할 만한 사람이었나, 내가?

같은 고등학교를 다녔다고는 하나 친하지 않았다. 1학년 1학기가 끝나갈 무렵 태서가 그녀가 다니는 학교로 전학을 왔고, 2학년 때 딱 한 번 같은 반이 되었지만 막 배우로 데뷔를 한 태서는 스케줄로 늘 바빴다.

얼굴 보는 것도 힘들었을뿐더러 두 사람이 나눈 대화 역시 열 손가락으로 꼽고도 남았다.

그런데 마치 무척 친하게 지냈던 친구를 오랜만에 만난 마냥 반색하는 태서 때문에 머릿속이 약간 혼란스러웠다. 워낙 조용하게 지내던 성격이어서 그녀의 존재 자체를 아예 기억하지 못하고 있을 줄 알았는데 말이다.

"잘 지냈어?"

"응. 그런데 여긴 어떻게……."

"친구가 이 학교 다니거든."

"아아."

그녀가 알기로 태서는 대학에 입학하지 않았다. 당시 전도유망한 배우로 많은 스포트라이트를 받던 태서였기에 학업 대신 연예활동에 집중하기 위해서라고 모든 이들은 예상했다. 하지만 그 예상을 깨고 태서는 고등학교 졸업 후 몇 개월 지나지 않아 바로 군에 입대를 했다.

그러고 보니 한 달 전쯤 제대를 했다는 기사를 본 것도 같다.

"후후. 이렇게도 만나지는구나."

"뭐?"

의미를 알 수 없는 소리가 나지막하게 들려오자 도영은 의아한 얼굴로 물었다. 그러나 태서는 이번에도 뜻 모를 미소만 지어 보일 뿐 그에 대한 대답은 하지 않고 오히려 반문했다.

"어디까지 가?"

그리고 그녀의 손을 확인하더니 말을 이었다.

"보아하니 우산이 없는 것 같은데. 그래서 가지도 못하고 여기서 있었던 거 아니야?"

"……맞아."

"어디까지 가는데?

"택시 정류장."

"그럼 같이 쓰고 가. 데려다줄게."

"……."

"가자."

도영은 입술을 달싹거리며 잠시 망설였다. 누구라도 내려와 주길 기다렸지만 그 누군가가 윤태서가 될 줄은 꿈에도 몰랐다. 제대를 한 지 얼마 되지 않았고, 본격적으로 연예 활동을 시작하지는 않았지만 그는 인기스타였다. 대학가 주변이니만큼 당연히 알아보는 학생들이 꽤 있을 거다. 그렇게 되면 자연스럽게 시선이 몰릴 것이고 그 시선은 그녀에게까지 옮겨질지 모른다.

"안 오고 뭐 해?"

그녀가 이런저런 생각에 빠져 있는 동안 한 발자국 앞서 나간 태서가 눈썹을 살짝 올렸다 내리며 고갯짓을 했다.

"아니야. 먼저 가."

도영은 결국 어색한 미소를 띠고 거절했다. 유명한 태서와 함께 우산을 쓴다는 상상만으로도 모든 게 불편했고 또 부담스러웠다.

"왜? 내가 불편해?"

태서가 그녀의 정곡을 콕 찔렀다.

"쉽게 그칠 비가 아닌 것 같은데."

그리고 하염없이 내리붓는 빗줄기로 향해 있던 시선을 그녀에게 돌리며 재차 묻는다.

"그칠 때까지 기다릴 생각이야?"

어쩌지? 그냥 눈 한 번 딱 감고 부탁할까?

푸욱, 한숨을 흘려보낸 그녀는 현재 자신의 처지를 되새겨 보았다.

네가 지금 사람을 가릴 만한 상황이야? 감사합니다, 하고 쓰고 가야지.

태서와 나란히 우산을 쓰고 걷는 건 부담스럽지만 무턱대고 이 비가 그치기만을 기다리고 있는 것 또한 바보 같은 짓이었다.

하긴. 태서는 모자를 쓰고 있잖아. 거기다 우산까지 쓰면 사람들이 몰라볼 수 있어.

그녀 또한 처음엔 모자를 쓴 태서를 단번에 못 알아보지 않았는가.

"마지막으로 묻는 거다."

거절한 지 30초도 지나지 않아 다시 한 번 갈등하고 있는 사이 태서의 목소리가 귓가에 울렸다.

"비가 그칠 때까지 여기서 기다릴 거야?"

도영의 표정이 흔들렸다.

"그렇다면 어쩔 수 없지."

그녀의 침묵을 긍정으로 받아들였는지 태서는 어깨를 으쓱거렸다. 곤란한 상황에 처한 옛 동창에게 할 도리는 충분히 했다는 듯 더 권하지 않고 돌아섰다.

"잠깐만."

태서가 우산을 펼치고 막 빗속으로 들어가려는 찰나, 도영은 다급히 그를 붙잡았다. 마침내 갈등을 끝낸 것이다. 그가 아닌 다른 누군가라 하더라도 불편함이 덜할 것 같지 않아 오랜만에 만난 동창의 신세를 지기로 했다.

"미안하지만 부탁할게."

"오케이. 이리 와."

태서의 입술이 부드러운 곡선을 그리며 웃었다. 결국 이럴 거면서 왜 거절했냐고 비꼬지도 않고 아주 흔쾌히 그녀의 부탁을 들어주었다.

"고마워."

도영은 쭈뼛거리며 태서에게 다가갔다. 마침내 하나의 우산 아래 태서와 나란히 서서 걷기 시작했고, 좁은 우산 안에는 어색함이 찾아왔다. 그녀는 후드득, 우산 위에서 땅으로 떨어지는 빗방울을 쳐다보며 애써 불편한 속내를 감추는 중이었다.

"더 붙지 그래?"

귓가로 내려앉은 목소리에 도영의 얼굴이 자연스레 위로 올라갔다.

"응?"

"좀 붙어서 걷자고. 저쪽 어깨가 다 젖고 있잖아."

태서의 날카로운 턱이 조금씩 젖고 있는 그녀의 왼쪽 어깨를 가리켰다. 아무래도 우산 하나를 나눠 쓰다 보니 강하게 퍼붓는 비를 아예 피할 수는 없었나 보다.

"이 정도는 괜찮아."

도영의 희미한 미소에 태서가 고개를 저었다.

"내가 괜찮지 않아. 네가 비에 맞으면 우산을 씌워주는 보람이 없지 않겠어? 이렇게 붙어서 걸어야 조금이라도 덜 맞지."

그러더니 태서가 손으로 도영의 팔을 확 잡아당겼다. 두 사람의 어깨가 종이 한 장 들어갈 틈도 없이 바싹 밀착되었다. 도영은 저도 모르게 숨을 '흡' 하고 들이켰다.

나, 왜 이러지?

갑자기 속이 울렁대면서 마른침이 삼켜진다. 느슨해졌던 마음이 다시 쪼그라들었고, 자신의 팔을 붙들고 있는 강인한 손에 괜스레 얼굴이 화끈거렸다.

"알았으니까, 이 손은…… 어?"

태서에게 팔 좀 놓아달라는 말을 하려던 도영의 눈동자가 일순 커졌다. 택시 정류장으로 가려면 직진을 해서 정문으로 빠져나가야 하는데 태서가 오른쪽으로 방향을 틀었기 때문이다.

"이쪽으로 가야 하는데."

"일단 따라와."

태서가 그녀를 내려다보며 빙긋 웃었다. 처지가 처지인지라 그가 이끄는 대로 따라갈 수밖에 없는 도영은 약간 의아한 얼굴을 했다.

대체 어디로 나가려는 거지?

그 의문은 얼마 지나지 않아 풀렸다. 태서의 우산을 얻어 쓰고 도착한 곳은 학교 주차장이었다. 태서를 올려다보며 '여긴 왜?' 라고 물으려는 그때, 그가 바지 주머니에서 리모컨 키를 꺼내 버튼을 눌렀다.

차를 가지고 왔었구나.

이어 한 검은색 자동차 앞에서 걸음을 멈춘 태서가 조수석의 문을 열고 그녀에게 말했다.

"타."

"어?"

"타라고."

"그게……."

"왜? 내가 납치라도 할까 봐?"

도영이 머뭇거리자 태서의 표정이 장난스럽게 변했다.

"아니, 그게 아니라."

도영은 손을 흔들며 부정했다. 제대 전부터 연예계 기대주로 손꼽히고 있는 윤태서가 뭐가 아쉬워서 그녀를 납치하겠는가. 단지 곧장 택시 정류장으로 향할 것이라는 예상과 다르게 흘러가는 상황이 당황스러운 거였다.

"아니면 우선 타시죠."

태서가 어깨를 잡고 살며시 밀었다. 도영은 얼떨결에 몸을 굽혀 조수석으로 들어가 앉았다. 태서도 곧 빠르게 보닛을 돌아 운전석에 올라탔다. 뚝뚝 물이 떨어지는 접은 우산을 뒷좌석 아래 부분에 던져 놓은 그는 손을 좀 더 길게 뻗고 뭔가를 주섬주섬 찾아 들더니 그걸 그녀에게 건넸다.

"우선 이거로라도 좀 닦아."

태서가 건넨 건 짧은 소매의 티셔츠였다. 수건을 대신해 옷에 스며든 물기를 닦아내라는 거였다.

"고마워."

도영은 티셔츠로 젖은 어깨를 꾹꾹 눌러 물기를 닦아냈다. 그러다 문득 태서를 돌아본 그녀의 표정에 미안함이 스쳤다. 그는 옷뿐만 아니라 쓰고 있던 모자까지 흥건하게 젖어 있었다. 몰랐는데 아마 우산을 그녀 쪽으로 더 기울여 주었던 모양이다.

"저기."

도영이 조심스레 말문을 열었다. 모자를 벗고 짧은 머리카락을 손바닥으로 가볍게 탁탁 털어낸 태서가 그녀를 돌아봤다.

"왜?"

"너도 좀 닦아야 할 것 같은데."

"이 정도야 뭐. 괜찮아."

시원스럽게 어깨를 으쓱거린 태서는 손에 들고 있던 모자와 상체에 걸치고 있던 야상 점퍼를 벗어 뒤로 던지며 말을 이었다.

"안에는 별로 안 젖었어."

그래도 미안한 마음이 드는 건 어쩔 수 없었다. 맞지 않아도 될 비를 갑자기 마주친 그녀 때문에 맞게 되었으니까.

"집은 어디야?"

"우리 집?"

뜬금없는 물음에 도영의 눈이 동그래졌다.

"그럼 우리 집을 물었겠어, 너한테?"

태서의 입가에 웃음이 서리자 도영이 볼을 붉혔다. 스스로가 생각해도 바보 같았던 반문이었다.

"벨트부터 하고 집 주소 알려줘."

"주소는 왜?"

묻는 동시에 차에 시동이 걸렸다.

"기왕에 탔으니까 집까지 가자고."

"어? 아니야. 난 택시 정류장 앞에서 내려주면 돼."

지금도 충분히 고맙고 미안한데 집까지 데려다준다니. 도영은 손사래를 치며 거절했다.

"민도영."

태서가 그녀의 이름을 부르며 지그시 시선을 마주쳐 온다. 그 시선에 왠지 모르게 긴장을 한 도영이 한 템포 늦게 반응을 보였다.

"……응?"

"그거 알아?"

"뭘?"

"오늘 나 만나고 나서 한 번도 내 말에 선뜻 알았다고 한 적 없다는 거."

태서의 말에 도영은 기억을 더듬어보았다.

내가, 그랬었나?

그러고 보니 그런 것 같다. 처음 우산을 씌워주겠다고 했을 때는 거절했고, 차에 타라고 했을 때는 망설였다. 그리고 그녀의 집 주소를 물어본 지금도.

"오랜만에 만난 동창한테 이 정도 호의는 받아도 돼."

그렇게 말한 태서는 더 기다리지 않고 차부터 출발시켰다. 도영의 잇새로 나지막한 한숨이 흘러나왔다.

신세는 더 이상 지고 싶지 않은데.

하지만 도영은 결국 태서에게 집 주소를 알려줄 수밖에 없었다. 학교를 빠져나온 태서의 차가 택시 정류장을 그대로 지나쳤기 때문이다.

윤태서.

몇 년 만에 만난 그는 짧은 시간 안에 여러 번 그녀를 당혹케 만들었다.

두 개의 와이퍼가 일정 간격으로 작동하면서 빗물을 쓸어내렸다. 이제 도영의 집까지 남은 시간은 대략 5분 남짓. 퇴근 시간대에 비까지 쏟아져 길이 평소보다 조금 더 밀렸다.

태서는 내비게이션이 가리키는 대로 골목으로 진입하면서 도영을 힐끔 돌아보았다. 옅은 분홍빛 립글로스만을 바른 수수한 화장에 긴 생머리를 하나로 묶은 모습이었지만 그녀는 여전히 예뻤다. 그의 기억 속에 머물러 있던 모습 그대로였다.

딱 한 가지 변한 것이 있다면 민도영은 어느새 고등학생 소녀에서 여자가 되어 있다는 점이었다.

그때보다 더 가슴 설레게.

태서의 입가에 은은한 미소가 걸렸다. 무슨 말만 하면 놀라고 머뭇거리던 도영의 얼굴이 선연하다. 하긴, 당황스럽기도 했을 거다. 같은 학교, 같은 반일 때도 고작 말 몇 마디 나눈 게 전부였던 그가 가깝게 지냈던 친구를 오랜만에 만난 것마냥 매우 반가워하며 친근하게 다가갔으니 말이다.

하지만 태서는 진심이었다. 진심으로 우연히 마주친 도영이 가슴이 벅찰 정도로 반갑고 기뻤다.

"나, 요 앞에서 세워주면 돼."

잔잔한 도영의 음성이 귓속으로 흘러들었다. 동시에 내비게이션이 목적지에 도착했다고 알려왔다. 벌써 도착이라니. 보고 싶었던 사람을 만나고 헤어지기까지 1시간 20분이라는 시간은 턱없이 부족하다.

그는 아쉬운 마음을 달래며 그녀가 가리킨 한 빌라의 앞에서 차를 멈춰 세웠다.

"오늘 정말 고마웠어, 윤태……."

도영이 안전벨트를 풀며 인사를 건네고 있는 그때, 태서의 휴대폰 벨이 울리기 시작했다. 사실 오는 내내 10분, 15분 단위로 걸려오던 전화였다.

녀석, 끈질기네. 좀 참고 기다리지.

"아까부터 계속 거는 거 보니까 급한 일인 것 같은데 안 받아봐도 돼?"

자연스레 인사를 멈춘 도영이 다소 조심스러운 표정으로 그와 휴대폰을 번갈아 쳐다보며 물었다.

"그러게. 그만 받아줘야겠지?"

발신자가 누구인지 빤히 알고 있기에 일부러 무시했는데 지금은 받고 싶어졌다. 그래야 도영과 헤어지는 이 시간을 단 몇 분이나마 더 뒤로 미룰 수 있을 테니까.

"응. 얼른 받아봐."

"잠시만."

태서는 그녀에게 양해를 구하고 전화를 받았다.

"여보세요."

[야, 이 자식아! 너 어디야!]

전화를 받자마자 들려오는 분노에 찬 고함에 태서가 휴대폰을 살짝 귀에서 떨어트렸다가 다시 가져다댔다. 그리고 행여 상대편 목소리가 밖으로 새어 나올까 싶어 사이드 버튼을 눌러 통화 음량을 가장 작게 줄였다.

"귀청 떨어지겠다, 인마."

[지금 네 귀청 떨어지는 게 문제야? 내가 비를 맞았는데?]

"사내자식이 비 좀 맞으면 어때서."

[허, 뭐라고? 이 자식 말하는 것 좀 보게.]

태서가 대수롭지 않게 말하자 인호가 기막힌다는 듯 탄식을 터트렸다.

[바람 좀 쐬고 있겠다고 내 우산 들고 먼저 나가서 그대로 토낀 새끼가 할 말은 아닌 것 같은데? 내가 처음부터 우산이 없었으면 비를 맞아도 억울하진 않았겠지!]

11년 지기 절친 인호의 격한 외침에 태서의 입꼬리가 씨익 위로 올라갔다. 인호의 억울한 마음은 충분히 이해하는 바다. 그가 오늘 도영에게 씌워준 우산은 인호의 것이었기 때문이다.

인호와 저녁 약속이 있었던 그는 인호가 데리러 오라고 해서 직접 학교로 찾아갔고, 잠깐 찾을 자료가 있다는 인호를 따라간 도서관 안이 답답해 인호의 우산을 들고 먼저 밖으로 나오던 길에 도영을 만난 거였다.

곧 만날 수 있을 거라는 기대는 품고 있었지만 그날이 오늘이 될 줄은 추호도 몰랐었다.

"그래서 어딘데?"

[집이지 어디야!]

인호가 자취하고 있는 원룸은 학교에서 걸어서 10분 거리에 있었다. 그와 연락이 닿질 않으니 일단 집으로 갔나 보다.

[어디를 가면 간다! 말은 하고 가야 할 것 아냐. 전화라도 받든가! 한번 들어나 보자. 어디로 토꼈는데 전화도 안 받았냐?]

"나중에."

[갑자기 사라져서 바람맞힌 거로도 모자라 대답까지 회피하신다? 배도 고파 죽겠는데 이 자식 오늘 사람 제대로 스팀 오르게 하네.]

"지금 바쁘다. 이따 다시 통화하든가 하자."

[그러니 그만 끊어라? 너 자꾸 이런 식으로 나와봐. 연락처고 뭐고 안 알아봐 주는 수가 있어.]

협박 섞인 인호의 말에 태서는 코웃음을 쳤다.

"그러시든가."

[어쭈, 세게 나오시는데? 근데 과연 이 말을 듣고도 네가 그럴 수 있을까?]

인호가 비아냥거리는 투로 말했다.

[너 말이야. 아까 도서관에서 너 나가고 내가 뭘 입수했는지 알아? 바로 민도영하고 가장 친하게 지내는 애 연락처야. 그건 즉 뭘 뜻하냐. 민도영 연락처를 알아내는 건 시간 문제라는 뜻이지. 네가 어떻게 하느냐에 따라 그게 오늘이 될 수도 있고 내일이 될 수도 있고 아예 안 알아낼 수도 있는데, 그래도 상관없으신가?

"응. 상관없으니까 그만둬."

도영에게 은근하게 시선을 옮긴 태서의 양쪽 입술 끝이 슬그머니 올라갔다. 사실 태서는 도영이 자신의 절친 인호와 같은 대학에 다닌다는 것을 우연찮게 알게 되었다.

그래서 그는 얼마 전 인호에게 그녀의 연락처를 알아봐 달라고 부탁했었다.

"야, 이 넓은 학교에서 민도영 연락처를 내가 어떻게 알아봐? 난 걔랑 같은 반 해본 적도 없고, 이름만 어렴풋하지 어떻게 생겼는지 얼굴도 기억 안 난다고. 난 걔가 나랑 같은 대학 다닌다는 것도 오늘 처음 알았다."

"다른 애들한테 물어봐서라도 알아봐 줘."

"정말 이상한 자식이네. 뜬금없이 민도영 연락처는 왜 알고 싶은 건데?"

"궁금해서."

"그니까 네가 왜 걔를 궁금해하는 거냐고?"

"알아오면, 그때 말해줄게. 그러니까 꼭 좀 부탁한다, 친구."

인호 역시 고등학교 동창으로 따지고 보면 그보다 더 도영과 친분이 없는 사이였다. 하지만 그와 달리 고등학교를 졸업하고도 연락하고 지내는 동창들이 꽤 있는 인호라면 도영의 연락처를 얼마든지 알아낼 수 있을 것 같았다. 이제는 그럴 필요가 없어졌지만.

[뭐? 상관이 없어?]

"일단 그렇게 알고 있어. 끊는다."

[야, 야! 윤태서, 이 자식…….]

그의 이름을 부르짖는 인호를 뒤로하고 태서는 툭, 통화를 종료했다. 그리고 미소를 띠고 도영을 바라보았다.

"기다리게 해서 미안."

"아니야. 근데 혹시, 다른 약속이 있었던 거 아니야?"

"약속?"

통화를 하면서 인호와 약속이 잡혀 있었다는 사실을 최대한 드러내지 않으려고 노력했는데. 설마 눈치를 챈 건가?

"우리 학교에 친구가 다닌다고 했잖아. 아깐 미처 생각 못했는데, 오늘 그 친구랑 약속이 되어 있어서 만나러 온 거 아니었어?"

"맞아."

태서는 고개를 까딱하며 순순히 인정했다.

"그럼 지금 나 때문에 너 곤란한 상황이 된 거지? 계속 전화 온 것도 그렇고."

미안쩍은 표정을 하고 있는 도영을 잠시 물끄러미 지켜보고 있던 태서가 이번에는 부정하며 입을 열었다.

"곤란한 상황 아니니까 신경 쓰지 않아도 돼."

"……."

"친구를 만나러 온 건 맞는데, 만나고 돌아가는 길이었어. 그리고 전화는, 음. 내가 그 친구를 좀 열 받게 만든 게 있었거든. 그거 분풀이하고 싶어서 계속한 거야."

태서는 진실과 거짓말을 교묘하게 섞어서 설명했다. 물론 거짓말 쪽에 무게가 더 실리긴 했지만 말이다.

"……정말?"

"응."

"그렇다면 다행이고."

그제야 안도의 한숨을 내쉰 도영이 한결 편안해진 눈으로 그와 시선을 마주했다. 태서는 직감했다. 그녀가 마지막 인사를 건네려고 한다는 것을.

"이제 나 들어가 볼게. 피곤할 텐데 너도 얼른 가서 쉬어. 여러모로 오늘 정말 고마웠어, 윤태서. 그리고……."

말끝을 흐린 도영이 쑥스럽다는 듯 머리를 살짝 숙이더니 뒷말을 이었다.

"반가웠어."

"진심이야?"

"응?"

"날 만나서 반가웠다는 말, 진심이냐고."

"물론 진심이지."

"그럼 네 휴대폰 좀 줘봐."

태서의 뜬금없는 요구에 도영의 눈동자가 동그래졌다.

"내 휴대폰은, 왜?"

"일단 줘봐."

태서는 그녀의 앞으로 내민 손을 위아래로 움직이며 재촉했다. 도영은 영문을 모르겠다는 얼굴로 가방에서 꺼낸 휴대폰을 그의 손바닥 위에 올려놓았다. 그는 손안에 들어온 그녀의 휴대폰에 제 번호를 저장해 놓은 다음 통화 버튼을 눌렀다. 이내 그의 휴대폰 벨이 울렸고, 그녀의 번호가 액정 화면에 떠올랐다.

"자, 됐어."

태서는 도영에게 휴대폰을 돌려주며 흐뭇하게 웃음을 자아냈다. 마치 큰일을 해낸 것처럼 마음이 뿌듯하다.

"내 휴대폰 번호 저장해 놨어. 나도 네 번호 저장했고."

"왜……."

도영의 눈빛에 의아함이 깃들었다.

"왜긴 왜야. 오늘 정말 고마웠다며. 만나서 반갑기도 하고. 그러니까 나중에 만나서 밥이라도 사. 연락할 테니까."

"아."

"왜? 싫어?"

"어? 아, 아니야. 살게, 밥."

도영이 여전히 얼떨떨해하면서도 황급히 고개를 내저었다.

"좋아. 그만 들어가 봐."

아쉽지만 오늘은 이쯤에서 돌아서야 했다. 마음 같아서야 저녁이라도 함께 먹자고 하고 싶었지만 뭐, 오늘만 날은 아니니까. 앞으로 함께할 시간은 충분히 많았다.

"그래. 너도 운전 조심하고, 잘 가."

"잠깐만."

태서가 차에서 내리려는 도영의 가느다란 팔목을 붙잡았다. 그녀의 휘둥그레진 시선이 태서에게 잡힌 팔목으로 내려갔다.

"왜?"

"왜긴. 아직 비 오잖아. 기다려 봐."

그녀의 팔목을 놓아준 태서는 뒷좌석에서 우산을 챙겨 먼저 내렸다. 그리고 우산을 펼치며 조수석 쪽으로 달려가 문을 열어주었다.

"내려."

"……응."

약간 주저하던 도영이 차에서 내렸다. 태서는 그녀가 비에 맞지 않도록 우산을 씌워주었다. 그렇게 몇 발자국 안 되는 거리를 걸어가 계단을 오른 두 사람은 빌라 입구 앞에서 걸음을 멈추었다.

"들어가."

"그래, 조심히 가."

도영이 돌아섰다. 빌라 안으로 들어간 그녀의 뒷모습이 보이지 않을 때까지 그 자리에 서서 지켜보고 있던 태서의 눈매가 부드럽게 접혔다.

"보고 싶었다, 민도영."

Rrrrrr, Rrrrrr.

집에 들어오자마자 따뜻한 물로 샤워를 하고 나와 방 안으로 들어서는데 휴대폰 벨 소리가 고요한 방 안을 울리고 있었다. 도영은 화장대 위에 올려놓았던 휴대폰을 확인했다. 발신자는 준희였다.

아, 맞다. 준희한테 연락해 주기로 했었지?

그녀는 아차 하며 걸려온 전화를 서둘러 받았다.

"응, 준희야."

[집에 갔어?]

“방금 전에. 집에 오자마자 전화하려고 했는데 깜빡했어. 미안. 기다렸지?”

[괜찮아. 집에만 들어갔으면 됐지 뭐.]

그녀 걱정으로 휴대폰을 내내 손에서 놓지 못하고 있었을 게 분명한 준희가 너그럽게 넘어갔다.

[비 맞고 간 건 아니지?]

“응. 하나도 안 맞았어.”

[거봐, 기다리니까 누구라도 나오지?]

“응.”

[오호. 우리 소심한 도영 씨. 이제 모르는 사람한테 부탁도 다 할 줄 알고. 많이 컸어.]

낯을 가리고 약간 소극적인 그녀의 성격을 잘 알고 있는 준희가 웃음기 배인 목소리로 대견하다는 듯 말했다. 도영은 머뭇거리다 입술을 움직였다.

“그게…… 아는 사람이 있었더라고.”

[정말? 둘러보니까 없었다며?]

“못 봤었나 봐.”

모자도 쓰고 있었고 게다가 윤태서가 우리 학교에 있을 거라고는 상상도 못했으니까.

[어쨌든 다행이다, 야. 나도 아는 사람이었어?]

“아마도.”

당연히 안다. 연예계에 데뷔를 하기 전부터 학교 안에서 잘생긴 전학생으로 꽤 유명했던 윤태서를 준희가 모를 리 없었다.

[그래? 누군데?]

준희가 궁금해하며 물었다.

"윤태서."

도영은 고민 없이 바로 그의 이름 세 글자를 알려주었다. 윤태서를 만난 게 비밀도 아니었고, 그게 아니더라도 평소 준희와는 비밀이란 게 존재하지 않아 숨길 필요가 없었다.

[누구?]

"윤태서라고."

[설마…….]

일순 준희가 말끝을 흐렸다.

[내가 생각하고 있는 그 윤태서는 아니겠지?]

그리고 그럴 리가 없을 거라는 듯 말을 잇자, 도영은 희미한 미소로 다시 한 번 정확하게 확인시켜 주었다.

"맞아. 네가 알고 있는 그 윤태서."

[맙소사! 정말로 그 윤태서라고?]

탄식의 소리를 터트린 준희의 억양이 한층 더 높아졌다.

[윤태서가 어째서 거기에 있었대?]

"친구가 우리 학교 다닌다더라고."

[친구 누구?]

"몰라. 안 물어봤어."

도영이 고개를 저었다. 거기까지는 미처 물어볼 생각을 하지 못했다.

[와아. 진짜 대박이다! 어떻게 그렇게 만나냐.]

순간, 도영의 머릿속에 준희와 비슷한 소리를 했던 태서의 말이 떠올랐다.

"후후. 이렇게도 만나지는구나."

사실 그땐 나지막한 웃음 뒤에 흘러나온 말의 의미가 무엇인지 알 수가 없어 의아해했었다. 그런데 준희까지 비슷한 말을 하는 걸 보니 누구나 예상치 못한 곳에서 우연히 마주치면 할 수 있는 말이구나, 라는 생각이 들었다.

[야, 근데 윤태서가 널 한눈에 알아보디?]

"그런 것 같아."

[와우, 윤태서 눈썰미 좋네. 너희 친하지도 않았었잖아.]

"응."

그래서 그녀도 많이 놀랐었다. 윤태서가 너무 친근하게 다가와서.

[그나저나 윤태서 오랜만에 보니까 어땠어? 여전히 잘생겼지? 군대까지 다녀와서 완전 더 남자 된 거 아니야?]

준희가 속사포처럼 궁금증을 쏟아내었다. 마주친 건 그녀였는데 어째 준희가 더 들떠 있는 것 같았다. 확실히 태서가 유명인이긴 유명인인가 보다.

"준희야."

[응?]

"숨은 쉬고 얘기하는 거니?"

농담처럼 말을 건네는 도영의 입가에 미소가 맺혀 있었다.

[당근이지. 그러니까 얼른…… 아, 왜!]

갑자기 말을 뚝 끊은 준희가 그녀가 아닌 다른 누군가에게 대답하는 외침이 들렸다. 가족 중에 누가 준희를 부른 모양이었다. 잠시 후, 대화를 끝낸 준희가 씩씩거리며 그녀의 이름을 불렀다.

[도영아, 못다 한 얘기는 내일 다시 하자.]

"무슨 일 있어?"

[아니. 작은언니가 마트 좀 같이 가재. 밤이라서 무섭다나 뭐라나. 네가 더 무서우니까 걱정하지 말고 혼자 갔다 오라고 하려다가 참았다. 아, 진짜. 인생에 도움이 안 돼, 도움이.]

준희의 투덜거림에 도영이 킥킥거렸다.

"언니 기다리겠다. 어서 나가봐. 옷 든든히 입고. 비와서 춥더라."

[오케이. 내일 만나세, 친구.]

통화를 마치고 나자 방 안에 고요함이 내려앉았다. 가만히 휴대폰을 내려다보고 있던 도영의 시선 끝이 슬며시 왼쪽 팔목으로 가닿았다.

참 이상했단 말이지.

도영은 오른손으로 태서에게 붙잡혔던 팔목을 어루만져 보았다. 아주 찰나였음에도 불구하고 불에 덴 것처럼 화끈거리는 느낌이었다.

왜 그런 기분이 들었지?

그뿐만이 아니었다. 좁은 우산 속에서 그가 확 잡아당겨 어깨가 바싹 밀착되었을 때에도 가슴이 덜컹 내려앉았었다. 심장박동이 빨라지면서 두 볼이 발그레해졌다. 단언컨대, 그런 기분은 처음이었다.

당황스러워서 그랬나?

오늘 너무 자연스럽게 다가왔던 태서의 행동은 누구라도 그렇게 여겼을 것이다. 차에서 내리기 전에도 마찬가지였다.

“오늘 정말 고마웠다며. 만나서 반갑기도 하고. 그러니까 나중에 만나서 밥이라도 사. 연락할 테니까.”

휴대폰을 달라고 했을 때, 도영은 그가 서로의 전화번호를 저장하기 위해서일 거라고는 짐작도 못했다. 도움을 받았으니 밥을 사는 거야 어렵지 않지만.

윤태서가 정말 연락을 할까?

세차게 쏟아지던 빗줄기가 점차 잦아들고 있었다. 도영을 데려다주고 인호의 원룸에 도착한 태서는 제집처럼 현관 비밀번호를 누르고 문을 열었다.

"어이구, 이게 누구신가? 배신자 윤태서 님이잖아?"

원룸 안으로 들어서자, 인호가 한껏 비꼬는 어투로 태서를 맞이했다.

"뭐 하냐? 혼자서 청승맞게."

그가 원룸으로 오지 않을 거라고 판단했는지, 인호는 치킨을 시켜서 혼자 맥주를 마시고 있었다.

"청승이라. 그 말이 바람맞힌 당사자 입에서 나올 소리는 아니지 않나? 내가 누구 때문에 이러고 있는데."

인호가 입술을 앙다물고 내씹었다. 태서는 피식 웃으며 인호의 옆자리에 앉아 캔 맥주 하나를 집어 들었다. 냉장고에서 꺼낸 지 얼마 되지 않았는지 맥주를 든 손이 차가웠다.

"그거 내 돈 주고 산 내 맥주거든? 마시고 싶으면 네 집에 가서 드시지?"

"사내놈이 치사하게."

"치사하다고 해도 좋아. 난 날 배신한 놈한테 내 맥주를 마시게 둘 만큼 아량이 넓지 않거든? 그러니 이리 내놓으시지."

인호가 맥주를 뺏으려고 손을 확 뻗었다.

"미안하다, 미안해."

가뿐하게 그 손을 피해 맥주를 사수한 태서가 인호를 달래기 위해 사과의 말을 건넸다. 기막히고 어이없었을 인호의 기분을 모르지 않았다. 나가서 바람을 쐬며 기다리고 있겠다던 그가 말도 없이 사라졌는데 왜 안 그랬겠는가. 그것도 모자라 제 우산까지 가지고 나가는 바람에 고스란히 비를 맞았으니 황당했을 것이다.

“이제 와서 미안하다?”

인호의 말투는 여전히 삐딱했지만, 그래도 그의 사과 한마디에 조금은 누그러진 표정이었다.

“휴대폰은 뒀다 뭐 해? 적어도 전화는 해줬어야지.”

“전화할 만한 상황이 아니었어.”

따로 전화할 틈이 없었다. 도영이 옆에 있는 상태에서 인호에게 연락을 했다면 그녀는 그가 인호와 약속이 있었다는 사실을 알게 되었을 테고, 그로 인해 집까지 데려다주겠다던 그의 제안을 한사코 거절했을 거다.

인호에게 미안하긴 했지만 운명처럼 찾아온 기회를 놓칠 수가 없었다.

“그럼 문자라도 보내든가!”

“아, 미안. 거기까지는 생각을 못했다.”

왜냐. 도영을 만난 순간부터 그의 온 신경은 그녀에게 쏠려 있었으니까.

“저런 것도 친구라고. 이런 와중에도 민도영 연락처 알아내려고 애쓰고 있는 내가 미친놈이지.”

한탄하듯 말을 뱉어낸 인호가 맥주를 벌컥벌컥 들이켰다.

“그래 고생 많았어. 고맙다, 인마.”

인호의 어깨를 다독이듯 툭툭 두드린 태서는 그제야 캔 맥주 뚜껑을 따서 시원하게 한 모금 마셨다.

"감사 인사는 내일 다시 해. 오늘 몫까지 아주 거하게 술 한잔 사면서."

"뭐?"

"진짜 마음 같아서는 확! 네 부탁이고 뭐고 때려치우려고 했는데, 내가 또 의리 빼면 시체잖냐."

눈을 위아래로 부라리며 그를 쏘아보던 인호가 입매를 비틀더니 빈정거리듯 말을 덧붙였다.

"바람맞힌 건 둘째 치고, 친구가 비를 맞든 말든 말도 없이 우산 들고 튀어버린 누구랑은 완전 반대로."

"잘 알지. 김인호가 의리파라는 거."

태서는 인호의 말에 동조하며 맞장구를 쳤다. 지은 죄가 있는데 이 정도 기분이야 얼마든지 맞춰줄 수 있었다.

"나나 되니까 이쯤에서 넘어가 주는 줄이나 알아."

"알았으니까 하던 말이나 계속해 봐. 무슨 소리야? 내일이라니?"

"무슨 소리긴, 짜샤! 내일이면 민도영 연락처가 내 손안에 들어올지도 모른다, 이 말씀이지! 하하하."

득의양양한 웃음과 동시에 어깨를 으쓱거리는 인호를 바라보는 태서의 표정이 난감하게 변했다.

"너, 그 친구라는 애한테 벌써 연락을 한 거냐?"

"했지, 그럼. 기다려 봐. 자기 마음대로 민도영 번호를 알려줄 수는 없고. 민도영한테 물어보고 내일 연락 준다고 했는데, 설마 하니 같은 학교 동창한테 알려주지 말라고야 하겠냐? 그러라고 하겠지. 윤태서 너, 인마. 친구 하나 잘 둔 줄 알아."

인호가 손바닥으로 그의 어깨를 딱 치더니 호기롭게 말했다. 태서는 손끝으로 자신의 턱을 지그시 문지르며 조용히 날숨을 내뱉었다.

"흠."

이를 어쩐다? 도영의 전화번호는 이미 내 휴대폰 속에 고이 저장되어 있는데.

"너 뭐냐? 지금 보이는 그 반응은?"

태서의 뜨뜻미지근한 반응에 인호는 눈썹을 꿈틀거렸다.

"미치게 좋아서 막 팔짝 뛰어야 하는 거 아닌가?"

아무리 좋다 한들, 저 녀석이 팔짝 뛰기까지 하는 캐릭터는 아니라지만 적어도 그 비슷한 제스처는 취해줘야 하지 않은가. 그런데 기쁘다는 표현은커녕 오히려 무감하기만 한 태서의 태도에 인호는 보름 넘게 애쓴 보람도 없이 김이 팍 새버렸다.

……어, 잠깐.

그 순간이었다. 인호의 머릿속에 기억 하나가 불쑥 끼어들었다. 아까 태서와 통화를 했던 내용이었다. 그가 민도영의 연락처를 알아봐 주지 않겠다는 말로 반협박을 했을 때, 태서에게 돌아오는 답은 이랬다.

"응. 상관없으니까 그만둬."

인호는 단순히 태서가 자신의 치사한 협박에 굴복하기 싫어서 그랬을 거라고 받아들였었다. 다른 동창들을 동원해서라도 민도영의 연락처를 꼭 좀 알아봐 달라고 부탁했던 녀석의 마음이 하루아침에 바뀌었을 리가 없으니까.

그런데 태서의 반응을 보아하니 아무래도 그가 착각을 했나 보다.

그만두라는 말이 진심이었나? 갑자기 왜?

그때, 태서의 고저 없는 음성이 인호에게 날아들었다.

“만났어.”

“뭐?”

“만났다고, 민도영.”

뜬금없는 소리에 찡그려졌던 인호의 눈이 이번에는 크게 벌어졌다.

“민도영을 만났다고? 언제? 어디서?”

“오늘 만났고, 장소는 너희 학교 도서관 입구.”

화들짝 놀라 묻는 인호에게 태서는 맥주를 들이켜며 담담하게 말해주었다.

“우리 학교 도서관?”

“그래.”

“헐, 웬일.”

두 사람의 기막힌 우연에 인호가 헛웃음을 흘렸다. 그러다 뭔가 번쩍 생각이 난 듯 태서를 쳐다봤다.

“그럼 너 아무 말도 없이 사라졌던 이유가 민도영 때문이냐?”

“비 오는데 우산도 없이 도서관 입구에 서 있더라고.”

“그래서 내 우산으로 생색을 내셨다?”

“뭐, 조금은? 집은 차로 데려다줬지.”

“얼씨구. 친구는 비를 맞게 하고 민도영은 집까지 데려다주셨어? 에라이, 나쁜 자식아!”

인호가 욕설과 함께 옆에 있던 두루마리 휴지를 태서에게 휙 던졌다. 슬쩍 몸을 틀어 날아오는 휴지를 가뿐하게 피한 태서는 후후 웃었다.

“웃지 마, 새끼야.”

얄밉다는 눈길로 그를 쏘아보던 인호가 점퍼를 챙겨 자리에서 일어섰다. 태서의 시선이 저절로 인호를 따라갔다.

“어디 가?”

“맥주 사러 간다!”

맥주가 세 캔이 전부였었나 보다. 태서는 점퍼를 걸치는 인호에게 잘 다녀오라고 하고선 얼마 남지 않은 맥주를 한입에 털어 마셨다.

“다 마셨으면 일어나.”

나가지 않고 아직도 같은 자리에 서 있던 인호가 그에게 손짓을 했다. 다 마시길 기다리고 있었다는 듯.

“같이 가자고?”

"그럼 나 혼자 가라고?"

"무슨 맥주를 사러 둘씩이나 가."

태서가 약간 귀찮은 기색을 내비치자 인호의 눈썹이 슬쩍 치켜 올라갔다.

"왜? 오랜만에 만난 누구는 친히 집까지 모셔다 드렸으면서 하나밖에 없는 친구하고는 편의점도 가기 싫어?"

"사내놈이 뒤끝하고는."

"오호라. 진정한 뒤끝이 어떤 건지 맛 좀 보여줘?"

그의 말에 인호가 소매를 걷어붙이는 시늉을 해 보이며 인상을 구겼다.

"자식. 간다, 가."

별로 그 맛을 보고 싶지 않을뿐더러, 적어도 오늘만큼은 잔뜩 꼬여 있는 인호의 기분을 맞춰주자 싶어 태서는 결국 못 이기는 척 인호를 따라나섰다.

원룸 건물을 빠져나오자마자 인호가 주머니에서 담배를 꺼냈다. 태서도 인호가 건넨 담배 한 개비를 입에 물고 불을 붙였다.

"어쨌든 민도영 연락처는 알아가지고 왔다는 거잖아?"

"응."

담배를 깊게 한 모금 빨아들이고 후우 내뱉자, 희뿌연 담배 연기가 찬바람에 실려 허공으로 날아갔다. 어느새 비는 완전히 그쳐 있었지만 비 온 직후라서 그런지 밤공기는 한층 더 쌀쌀해져 있었다.

"하긴, 절호의 기회를 놓쳐선 안 되지."

말은 그렇게 하면서도 생각할수록 억울한 모양이다. 20초도 채 지나지 않아 곧바로 인호에게서 볼멘소리가 터져 나왔다.

"아놔. 그럼 나 여태 뭐 한 거냐? 괜히 헛고생만 한 꼴이잖아."

기운이 빠지기도 할 것이다. 그의 부탁으로 여기저기 연락을 취하며 도영의 전화번호를 알아내기 위해 노력했고, 내일이면 노력의 결과를 손에 넣을 수 있는 시점에서 상황이 이렇게 됐으니 말이다.

"헛고생은 무슨. 이것도 다 네 덕분이야. 네가 날 학교로 데리러 오라고 하지 않았으면 내가 그 애를 만날 수나 있었겠어?"

"……그런가? 듣고 보니 그건 또 그러네. 내가 민도영을 만나게 해준 셈이네. 그치?"

툴툴거리던 인호가 점차 표정을 환하게 풀더니 어깨에 힘을 싣고 다시 우쭐거렸다.

"내가 아니면 네가 오늘 우리 학교에서 민도영을 만날 수나 있었겠어? 네가 당사자한테 직접 연락처를 딸 수나 있었겠어? 음, 어림도 없지. 너, 인마. 앞으로 나한테 잘해. 나만 한 친구가 세상에 어디 있냐?"

태서는 그냥 가볍게 픽 웃고 말았다. 어째 더 기세등등해진 것 같기도 하지만, 그래도 활기찬 인호의 모습을 보니 마음은 한결 편안해졌다.

"그건 그렇고. 이제 말해봐."

인호가 휴대용 재떨이를 내밀면서 불쑥 물었다. 태서는 다 태운 담배꽁초를 그 안에 넣으며 인호를 쳐다봤다.

"뭘?"

"민도영 말이야. 전화번호 알아다 주면 얘기한다며."

"아."

대체 왜 그가 느닷없이 도영의 연락처를 알아봐 달라고 했는지, 그 이유를 묻는 거였다.

"내가 알기론 너, 민도영하고 친하지 않았어. 아니다. 민도영뿐만 아니라 친하게 지내는 여자애가 아예 없었어. 근데 고등학교를 졸업하고 군대까지 다녀온 이 시점에 어째서 민도영이 궁금한 건지 도무지 이해가 안 된단 말이지. 그것도 민도영만 콕 집어서."

"첫사랑이야."

"……뭐?"

태서의 고백에 인호가 불현듯 걸음을 멈춰 세웠다. 얼굴에 경악의 빛을 드러내며 그를 돌아보았다.

"다시 말해봐. 뭐라고?"

"첫눈에 반한, 내 첫사랑이라고. 민도영이."

태서는 지금도 또렷이 기억하고 있었다. 따스한 봄바람처럼 불어와 처음으로 그의 가슴을 설레게 만들었던 그녀의 모습들을.

도영을 처음 보았던 그날의 기억을 떠올리던 태서의 입가에 잔잔한 미소가 감겼다.

2

토요일 주말. 느지막이 아침 겸 점심을 먹은 도영은 거실 가운데에 서서 벽시계와 열려 있는 도훈의 방문을 번갈아 보며 소리쳤다.

"오빠! 얼른 나와. 그렇게 여유 부릴 시간 없다고."

"이제 나가."

"그 말한 지 벌써 십 분도 더 지났거든!"

"나간다, 나가."

연신 재촉하자 마침내 도훈이 방에서 나왔다. 도영은 짙은 회색 정장으로 말끔히 차려입고 다가오는 도훈을 향해 곱게 눈을 흘겼다.

"빨리 서둘러야지. 늦으면 어쩌려고 그래?"

"걱정 마. 안 늦었어."

그녀는 느긋한 태도를 보이는 도훈이 답답하다는 듯 어깨를 위로 한 번 올렸다 내리며 크게 한숨지었다.

"오빠, 시간 좀 봐봐. 벌써 12시가 넘었어. 주말이라서 차가 많이 밀릴 수도 있으니까 서둘러야 한다고. 세연 언니한테도 들러야 하잖아."

"하여간 잔소리는."

도훈이 못 말린다는 듯 그녀의 머리를 헝클어트렸다.

"그리고 세연이 집은 여기서 5분도 안 걸려."

"어쨌든 촉박한 거보단 여유를 가지고 움직이면 좋잖아. 어른들 뵈러 가는 건데. 방금 전에 세연 언니랑 통화했는데 언니는 벌써 준비 다 하고 오빠 기다리는 중이라더라."

세연은 도훈의 연인으로 두 사람은 현재 2년째 연애 중이다. 그리고 오늘은 올해 환갑을 맞으신 세연의 부친을 축하해 드리면서 도훈이 처음으로 그녀의 부모님께 인사를 드리러 가는 날이었다. 단순히 교제 허락이 아닌 결혼 승낙을 받아야 하는 자리이기도 했기에 도영은 아침부터 제 일처럼 긴장하고 있었다.

"5분 있다 출발한다고 메시지 보내놨어."

"암튼 인사 잘 드리고 와."

도훈의 옷매무새를 다듬어주던 도영이 슬쩍 그의 눈치를 보면서 말을 이어나갔다.

"그리고 혹시 나에 대해 물으실 수도 있잖아. 그땐 두 사람 결혼하면 난 독립시킬 거라고 말씀드려."

"누구 마음대로 독립이야?"

그녀의 말이 끝나기 무섭게 도훈이 미간을 확 좁혔다.

"그럼 오빠 결혼하고도 나랑 같이 살라고 그랬어?"

"당연하지. 우리 꼬맹이 좋은 남자 만나서 시집갈 때까지 오빠가 옆에 끼고 살 건데?"

도훈이 엄지와 검지로 그녀의 볼을 가볍게 꼬집고 흔들었다. 도영은 짐짓 몸서리를 치며 거절했다.

"으으. 그건 내가 싫거든? 나더러 신혼부부 닭살스러운 애정 행각을 지켜보면서 살라는 거야?"

"숙명이라 받아들이고 살아야지 어쩌겠어."

기가 막혀 코웃음이 절로 나왔다. 아무리 장난기가 섞여 있었다고는 하나, 되도록 조심하겠다도 아니고 숙명이라니.

"됐고. 얼른 가기나 해. 이러다 정말 늦겠어."

어느새 5분이 훌쩍 지난 시간을 확인한 도영이 도훈을 재촉했다. 독립에 대해선 더 이상 아무 말도 하지 않았다. 겉으로 내색은 안 하고 있지만 속은 잔뜩 긴장하고 있을 게 분명했다. 그런 도훈에게 벌써부터 그녀의 독립 문제로 신경 쓰게 할 필요는 없었다.

독립에 대해선 결혼 이야기가 구체적으로 오고 갈 때 다시 꺼내도 늦지 않을 터.

"밥 잘 챙겨먹고. 밤늦게 돌아다니지 말고."

도훈이 현관으로 걸어가면서 도영에게 몇 가지 주의를 시켰다. 어쩌다 한 번씩 집을 비울 때마다 어김없이 반복되는 레퍼토리였다.

"문단속 철저하게 하는 거 잊지 말고."

"알았어."

"아무나 문 열어주면 안 된다."

"내가 뭐 앤가? 나도 엄연히 성인이야. 스물두 살 성인."

그러니 그런 사소한 걱정은 하지 않아도 된다는 의미로 말했지만 도훈에게서 날아온 건 콧방귀뿐이었다. 그의 눈에는 여전히 그녀가 어린애지 어른은 아니라는 뜻일 거다.

"준희, 확실히 온다고 했지?"

"응. 오늘 우리 집에서 자고 가는 것도 부모님께 허락받았다니까 내 걱정은 절대 하지 마. 전화도 하지 말고."

세연의 본가는 강원도 고성이었다. 거리가 멀기도 하지만 술을 권유받을 수 있는 자리라 도훈은 그곳 호텔에서 하루 머물고 내일 올라올 예정이었다.

그래서 도영은 집으로 준희를 불렀다. 이런 날이 아니면 둘이서 밤새도록 수다를 떠는 재미를 느낄 수 있는 기회가 흔치 않았고, 집에 혼자 있어야 할 때 준희를 불러 함께 있으면 도훈이 그나마 그녀의 걱정을 덜했기 때문이다.

"준희랑 맛있는 거 사먹고. 얌전히 놀아."

도훈이 지갑에서 만 원짜리 지폐 열 장을 꺼내 도영에게 내밀었다. 그러나 도영은 고개를 흔들며 그 돈을 받지 않았다.

"안 줘도 돼. 며칠 전에 받은 용돈도 남아 있는걸?"

"그거는 용돈으로 쓰라고 준 거고. 오늘은 이걸로 준희 먹고 싶다는 거 사줘. 오빠가 준희한테 고마워서 그래."

"괜찮은데."

"얼른 받아. 오빠 팔 아프다."

"그럼 3만 원만 줘. 10만 원은 너무 많아."

도영이 마지못해 도훈의 손에서 만 원짜리 3장만 빼려고 하자, 도훈이 그녀의 손을 확 움켜잡더니 꺼낸 돈 전부를 쥐어주었다.

"남는 돈은 비상금으로 따로 챙기면 되지. 애가 약지를 못해."

"미안해서 그러지."

"민도영. 오빠가 누누이 말했지? 넌 오빠한테 아무것도 미안해하지 말라고. 전혀 그럴 필요 없다고. 오빠가 너한테 해주는 모든 건, 당연한 거야. 너도 당연하게 받아. 꾀도 좀 부려보고. 오케이?"

"오케이."

"그렇다고 오빠 속 썩이라는 뜻은 아니다?"

"에이, 알지."

배시시 웃는 도영을 따스한 눈길로 바라보던 도훈이 구두를 신고 집을 나서기 전, 마지막으로 자신의 모습을 체크하듯 물었다.

"오빠 어때?"

"완전 멋있지! 누구 오라버니인데."

도영은 두 엄지손가락을 번쩍 치켜세웠다. 다정하게 그녀의 머리를 쓰다듬어 준 도훈이 흐뭇해하며 돌아섰다.

"짜식. 오빠 다녀올게."

"운전 조심하고. 파이팅!"

"오냐."

도훈이 나가고 현관문이 닫혔다. 속으로 세연의 부모님께서 도훈을 마음에 들어 하시기를 기도하며 돌아서는데 준희에게 문자가 왔다.

「나 지금 출발!」

준희가 도착한 건 그로부터 50분이 지난 후였다. 현관문을 열어주자 양손에 짐을 든 준희가 낑낑거리며 안으로 들어왔다.

"하아. 이거부터 좀 받아봐. 너무 힘들어."

"어머, 이게 다 뭐야?"

도영은 거칠게 숨을 몰아쉬는 준희에게서 얼른 짐을 받아 들었다. 천으로 된 가방 두 개는 생각보다 무게가 상당했다.

"작년 김장 김치하고 얼마 전에 담근 총각김치. 그리고 밑반찬 몇 가지. 너희 집에 간다니까 엄마가 싸줬어. 작년 김장 김치는 찌개도 끓여먹고, 볶아도 먹으래."

소파로 가서 드러누운 준희는 엄마가 일러준 대로 도영에게 말을 전달했다. 준희의 말에 가방 안을 들여다본 도영의 눈이 동그래졌다.

“와아. 반찬도 뭘 이렇게나 많이 보내주셨대.”

“오징어채 볶음하고 멸치볶음. 쇠고기 달걀 장조림하고……
아, 너 좋아하는 꼬막무침도 있더라.”

“진짜? 엄마한테 전화드려야겠다. 감사히 잘 먹겠다고.”

오늘 같은 날이 한두 번이 아니었다. 해마다 준희를 통해 김치를 보내주는 건 물론이고, 한번씩 그녀가 준희의 집에 다녀올 때면 빈손으로 돌아온 적이 없었다. 하나라도 더 손에 쥐여 보내고 싶어서 안달이셨다.

딸의 친구한테 그러기도 쉽지 않은데.

도영은 자신을 딸처럼 챙겨주시는 준희의 모친에게 진심으로 너무 감사했다.

“하려거든 이따가 해. 엄마 언니랑 목욕탕 갔어.”

“응. 우리 준희도 들고 오느라 고생 많았어.”

도영이 준희의 어깨를 톡톡 두드렸다.

“고생은 무슨. 집에서부터 바로 여기 앞까지 택시타고 왔는데. 계단 올라올 때 조금 힘들긴 했지만.”

“전화를 하지. 잠깐 밑으로 내려오라고.”

“뭣 하러. 손이 모자라는 것도 아닌데. 근데 도훈 오빠는 벌써 출발한 거야?”

“응. 한 시간 조금 안 됐어. 뭐, 마실 것 좀 줄까?”

“좋지.”

도영은 준희가 가지고 온 두 개의 가방을 들고 주방으로 향했다. 준희도 소파에서 일어나 그녀의 뒤를 졸래졸래 따라갔다.

"오렌지 주스 있어?"

"당근 있지."

도영이 싱긋 웃으며 냉장고에서 오렌지 주스를 꺼냈다. 준희가 유리컵에 주스를 따라 마시는 동안 그녀는 김치와 밑반찬들을 냉장고 안에 차곡차곡 넣어 정리했다.

"밥은 먹고 온 거야?"

"아점 먹었지 뭐. 넌?"

"나도. 그럼 지금 배는 안 고프겠네?"

"안 고프지. 한 네다섯 시 되면 먹자."

"그래."

정리를 끝내고 거실로 나오면서 시계를 보니 1시 40분이었다. 도영은 준희와 나란히 소파에 앉으며 말했다.

"그때까지 먹고 싶은 거 생각해 놓고 다 얘기해."

"얘기하면 다 사주는 거야?"

"오빠가 너 맛있는 거 사주라고 돈 주고 갔거든."

"오올. 역시 도훈 오빠 최고야!"

도영이 바지 주머니에서 도훈에게 받은 돈을 꺼내면서 말하자, 준희의 눈동자에서 반짝반짝 빛이 났다.

"도훈 오빠 오늘 멋있게 차려입었겠네?"

"그럼. 세연 언니 부모님께 처음 인사드리는 자리잖아."

"오빠 무지 긴장되겠다."

"내 앞에서 내색은 안 했는데 당연히 긴장되겠지. 나도 그런데."

"너도?"

말없이 고개를 끄덕거린 도영의 표정이 서서히 걱정으로 물들어갔다. 그녀는 착 가라앉은 목소리로 준희의 이름을 불렀다.

"준희야."

"응?"

"만약에 말이야. 내가 우리 오빠 결혼에 걸림돌이 되면 어떡하지?"

"얘가 지금 뭔 소릴 하고 있는 거야? 네가 왜 오빠 결혼에 걸림돌이 돼?"

준희가 휘둥그레 뜬 눈으로 도영을 바라봤다.

"부모님은 안 계시고, 책임져야 할 여동생만 한 명 있는 사윗감. 솔직히 탐탁한 조건은 아니잖아."

도영의 눈가에 애달픈 웃음이 스쳐 갔다. 현재 그녀에게 가족이라고는 오빠 도훈이 전부였다. 지병을 앓고 계셨던 아빠는 그녀가 8살 되던 해에 돌아가셨고, 엄마는 5년 전 겨울에 교통사고로 그들 남매만 남겨둔 채 아버지 곁으로 가셨다. 고아원에서 만나고 함께 자라 결혼까지 한 부모님이었기에 일가친척도 없었다. 그렇게 부모님이 모두 떠나고 세상에 남겨진 혈육은 오로지 도훈과 그녀 단둘뿐이었다.

그래서일 거다. 어렸을 때부터 아빠의 빈자리를 모자람 없이 채워주었고 이젠 엄마의 빈자리까지 든든하게 지켜주고 있는 도훈은 그녀에 대한 책임감이 강했다.

도영은 도훈의 보호 아래 부족함을 느끼지 못할 만큼 편히 살고 있다는 것에 고마웠지만 때론 어깨가 무거워 보이는 도훈이 안쓰러워 미안하기도 했다. 힘들고 지치면 한번쯤은 기대도 좋으련만 도훈은 그런 내색 한 번 하는 법이 없었다. 열 살이라는 많은 나이 차 때문일지도 모른다.

어린 여동생에게만큼은 강하고 믿음직한 오빠의 모습만 보여주고 싶은 마음일 테니까.

"너 행여나 도훈 오빠 앞에서 걸림돌의 'ㄱ' 자도 꺼내지 마라. 네가 그런 생각하고 있는 거 알면 오빠 진짜 화낼 거다."

"안 하지. 걱정돼서 한번 해본 소리야. 네 앞이니까."

도영은 자신이 도훈에게 짐이라는 생각은 하지 않았다. 다만, 그녀에게는 그 누구와도 비교할 수 없는 최고의 오빠 도훈을 조건 때문에 그쪽 어른들이 탐탁지 않게 여기시면 어쩌나 조금 걱정이 되었다.

"걱정 마. 세연 언니 부모님도 분명 도훈 오빠 마음에 들어 하실 거야. 솔직히 도훈 오빠가 부족한 게 뭐있냐? 얼굴 잘생겼지, 성격도 자상하고 좋지, 능력 있지, 성실하지. 이보다 더 좋은 조건이 어디 있어? 뭐 하나 빠지는 거 없이 완벽한 사윗감인데 반대를 한다면 그게 이상한 거지."

"그거야 알지."

"그럼 뭐? 부모님 안 계시는 거? 야. 그건 오빠 탓이 아니잖아. 너도 마찬가지야. 네가 애냐? 내년에 대학 졸업하면 취직할 테고, 네 앞가림은 네가 알아서 할 거 아냐. 하나도 문제 될 거 없어. 잘 될 테니까 아무 걱정하지 마."

"계집애. 이럴 때보면 꼭 언니 같네."

도영은 슬며시 입술을 움직이며 싱글거렸다. 준희의 명쾌한 말에 마음이 한결 가벼워지는 기분이었다.

"언니 맞거든? 내가 너보다 생일이 무려 세 달이나 빠르잖냐."

"후후."

"아, 맞다!"

준희의 우스갯소리에 도영이 작게 소리 내어 웃고 있는데, 준희가 뭔가 문득 생각났다는 듯 손가락 두 개를 튕겼다.

"도영아."

"응?"

"너 혹시 김인호라고 기억해?"

"김인호?"

도영은 고개를 갸웃 기울였다. 모르는 이름이다.

"우리랑 고등학교 같이 다녔던 남자애야. 모르겠어?"

"응. 모르겠는데."

김인호라.

머릿속에 김인호라는 이름 세 글자를 떠올려 보았지만 전혀 기억이 나지 않았다. 낯선 이름이었다.

"하긴. 넌 모를 수도 있겠다. 내가 알기로 너는 김인호랑 같은 반에서 지낸 적 없거든. 나도 3학년 땐가 딱 한 번 겹쳤을걸."

"아."

그럼 그렇지. 같은 반에서 지내던 친구들 이름도 어렴풋한데, 같은 반도 아니었던 동창 이름이 아예 기억에 없는 건 어쩌면 당연했다.

"그런데 갑자기 김인호라는 애는 왜?"

"어제저녁에 전화가 왔었거든."

"너한테?"

"응."

준희가 고개를 끄덕거렸다.

"친하게 지낸 애였어?"

"아니지. 나도 깜짝 놀랐어. 작은언니랑 편의점 가는 길에 뜬금없이 전화가 와서."

"전화한 이유가 뭔데?"

"너."

"뭐?"

준희의 턱 끝이 저를 향하자 도영은 눈을 동그랗게 떴다.

"너라고. 김인호가 나한테 연락한 이유가."

"나?"

너무나도 의아해서 도영이 재차 확인하며 물었다. 준희에게서도 같은 대답이 연거푸 흘러나왔다.

"그래, 너. 잘 지냈냐는 안부 몇 마디 묻더니, 바로 네 연락처를 물어보더라고."

도영의 입이 딱 벌어졌다. 들을수록 이해 불가다. 얼굴도 이름도 기억나지 않는 고등학교 동창이 준희에게까지 전화해서 왜 그녀의 연락처를 물어봤을까. 그녀는 조용하게 지내던 학생이었다. 같은 반도 아니었던 동창이 존재감이 희미했던 그녀를 기억하고 있다는 것도 놀라웠지만, 말 한 번 섞은 적 없는 그녀의 연락처를 이제 와 갑작스럽게 알고자 준희에게 전화한 것 역시 의아했다.

"내 연락처는 왜?"

"몰라. 물어보니까 너한테 직접 얘기하겠다던데?"

"그래서, 가르쳐 줬어?"

"아니. 일단 내 맘대로 알려줄 수는 없고, 너한테 물어보고 다시 전화한다고 했어. 어떻게 할까? 알려줘?"

"글쎄……."

누구인지 또렷하게 생각이 났다면 알려주라고 했을 거다. 전화로나마 옛 동창과 반가운 마음으로 인사를 나눴을 텐데, 그게 아니라서 그런지 왠지 모르게 꺼려졌다.

"야, 근데 걔 지금 우리 학교 다닌다더라?"

"그래?"

"나는 어제 처음 알았는데 김인호는 언제 알았는지 벌써 알고 있더라고. 너하고 내가 지랑 같은 대학 다니고 있다는 거."

현재 다니는 대학교에 또 다른 고등학교 동창생이 있다는 건 도영도 처음 듣는 사실이다. 동창이라고 해도 가까운 친구가 아닌 이상 개개인이 어느 대학에 입학했는지까지는 알지 못했다.

"네 번호는 어떻게 알고 전화한 거야?"

"글쎄, 그거까지 물어볼 생각은 못했네. 누가 알려줬겠지. 김인호하고 가깝게 지낸 애들이 좀 많았거든."

"성격이 좋았나 보네."

"활발했을걸? ……아! 생각났다."

일순 준희가 손바닥으로 무릎을 탁 치며 소리쳤다.

"뭐가?"

"김인호 절친. 걔가 아마 윤태서하고 가장 친했을걸?"

"윤태서?"

"응. 내가 기억하기로는 그래. 윤태서가 우리 학교로 전학 오기 전부터 둘이 친구였다는 얘기를 얼핏 들은 것 같기도 해."

그랬구나. 윤태서하고 제일 친한 친구가 김인호라는 애였구나.

"가만. 너 어제 우리 학교에서 윤태서 만났다고 했잖아. 친구 만나러 왔다가 너랑 마주친 거라고 했다며."

"응.

"그럼 그 친구가 김인혼가 보다. 그치?"

"둘이 절친이라면 그렇겠네."

그때, 휴대폰에서 문자가 왔다는 알림이 울렸다. 도영은 테이블

위에 올려놓았던 휴대폰으로 손을 뻗었다.

「민도영. 밥 언제 살래?」

문자를 확인한 도영의 눈동자가 크게 벌어졌다. 그녀가 한참 동안 휴대폰 액정을 들여다보고 있자 준희가 그녀의 어깨를 툭 건드렸다.

"누군데 그래?"

도영이 휴대폰에 시선을 그대로 둔 채 느릿하게 입을 열었다.

"……윤태서."

윤태서에게서 정말, 연락이 왔다.

휴대폰 화면을 들여다보고 있던 태서의 입꼬리가 쓰윽 올라갔다. 방금 도착한 도영의 답장에 미소가 절로 지어졌다.

「평일은 저녁이 좋고, 주말은 점심도 상관없어. 날짜는 너 편한 날로 정해도 돼.」

문자를 읽는데 그녀의 차분한 음성이 귓가에 들려오는 듯하다. 태서는 조금의 고민도 없이 다시 문자를 찍었다.

「다음 주 목요일 저녁 어때?」

마음 같아서야 당장이라도 만나고 싶었지만 내일은 선약이 있었고, 월요일부터 수요일까지는 인터뷰 스케줄이 잡혀 있었다. 제대 후, 처음으로 진행되는 인터뷰들이었다.

「난 괜찮아.」

「오케이! 다음 주 목요일 날 6시쯤 보자.」

「응, 그러자.」

태서는 이대로 문자를 끝내는 게 못내 아쉬웠다. 잠시 망설이다 이내 두 개의 엄지손가락을 빠르게 움직였다.

「토요일인데 뭐 하고 있었어?」

「집에 친구가 놀러 와서 얘기하고 있는 중이었어.」

「아, 친구랑 놀고 있구나? 점심은 먹었고?」

「먹었지…… 넌?」

「난 아직. 늦잠 잤거든.」

「배 많이 고프겠다. 얼른 뭐라도 챙겨먹어.」

연이은 문자를 차마 무시하지 못해 보내는 답장이라는 걸 그는 안다. 그런데도 왠지 도영이 그를 챙겨주는 듯한 기분이 들어 묘하게 설레었다.

"뭐가 그렇게 좋아서 실실거리냐?"

태서는 문득 들려오는 목소리에 휴대폰에서 시선을 떼고 고개를 들었다. 늦은 점심으로 먹을 도시락을 사러 나갔었던 인호의 모습이 보였다.

「알았어. 주말 잘 보내고, 그날 보자. 그전에 또 연락할게.」

도영에게 마지막 메시지를 전송한 태서가 인호를 쳐다봤다.

"왔냐?"

"사람이 들어오는 줄도 모르고, 뭘 보고 웃고 있던 거야?"

인호가 포장해 온 도시락을 테이블에 내려놓으며 태서의 휴대폰을 힐끔거렸다. 태서는 휴대폰을 슬쩍 주머니에 집어넣었다.

"아니야, 아무것도."

"요 자식 요거. 수상한데?"

인호의 눈매가 가늘어졌다.

"수상하긴 뭐가 수상해."

"뭔가 있는 것 같은데. 왜 내가 오니까 휴대폰을 집어넣어?"

"아무것도 없으니까, 밥이나 먹자. 나 배고파. 뭐 사가지고 왔어?"

"제육볶음하고 돈가스덮밥."

종이 가방에 담겨 있던 도시락을 꺼낸 인호가 아직 의심을 거두지 못했는지 은근히 그를 떠보듯 물었다.

"민도영이냐?"

"뭐?"

"네 표정에 다 쓰여 있어. 민도영이라고. 아니면 네가 어디 휴대폰 보면서 실실 웃는 녀석이냐?"

"예리하기는."

픽, 웃은 태서는 부정하지 않았다. 어제 이미 도영이 그의 첫사랑이라는 사실을 털어놓았으니 딱히 숨길 필요는 없었다. 그동안에도 일부러 감춘 건 아니었다. 어쩌다 보니 말할 타이밍이 없었던 것뿐이지.

"문자 주고받은 거야?"

"목요일에 만나기로 약속 잡았다."

"오, 적극적인데? 윤태서, 드디어 첫사랑하고 연애를 하는 거냐?"

"고백이 우선이지. 연애는 그다음에 도영이가 받아들여 줘야 할 수 있는 거고."

"자식, 그렇게 좋으면서 진작 고백하지, 지금껏 안 하고 어떻게 참았냐?"

태서의 눈가에 쓴웃음이 맺혔다. 고백. 안 한 게 아니라 못한 거다. 고등학교 2학년, 그녀와 같은 반이 되었을 때 그는 연예계에 데뷔를 했다. 스케줄로 바쁜 나날을 보내고 있었기에 섣불리 고백을 할 수가 없었다. 그저 멀리서 지켜보는 것밖에 할 수 없는 입장이었다.

좋아하지만 쉽게 다가갈 수 없는 거리. 그럴수록 그녀에 대한 감정은 점점 더 깊어졌고 더욱 애틋해졌다. 어쩌다 한 번씩 마주 서서 눈을 맞추고 대화를 나누는 것만으로도 두근거렸던 가슴, 그 느낌으로 만족해야만 했다.

물론 앞으로도 마찬가지다. 군복무를 마친 그는 현재 복귀작을 선택하기 위해 여러 드라마와 영화 시나리오를 검토 중이었다. 결정을 하면 다시 바빠질 테지만 이제는 그때처럼 지켜보고만 있고 싶지 않았다.

그녀를 향한 그의 감정을 솔직하게 고백하고 다가가고 싶었다. 남자로서 그녀의 옆에 있고 싶었고, 연인으로 그녀와 사랑하고 싶었다.

"현수 형한테는 입 닫아라."

"요놈이 날 뭐로 보고. 그 정도 눈치는 있어, 인마."

현수는 태서의 매니저이자 인호의 사촌 형이다. 앞으로 도영과의 연락하는 횟수도 잦아지고 그의 일거수일투족을 함께할 현수에게 숨겨봤자 오래가지 못할 거라는 건 알지만 지금은 아니었다.

가뜩이나 소속사에서 제대 직후 그에게 각별히 내린 주의가 여자관계였다. 이 와중에 이 사실이 현수의 귀에 들어가면 현수는 당연히 그를 제재하려 들 텐데, 아직 아무런 시작도 해보기 전에 골치 아픈 일부터 만들 수는 없었다.

"근데 태서야."

"왜?"

"네 고백이 민도영 입장에서는 당혹스러울 수 있어. 네가 연예인이라는 이유로 부담될 수도 있고. 만약 거절당하면 어쩔 거야?"

"기다려야지."

어울리지 않게 진지해진 말투로 묻는 인호에게 태서는 1초의 망설임도 없이 대답했다.

"포기 안 하고?"

"포기할 거였으면 첫사랑으로만 간직하고 찾지 않았겠지."

"오올, 짜식. 남자네, 남자."

인호가 감탄하며 손바닥으로 그의 등을 확 내려쳤다. 평소 쌓여 있던 감정까지 실은 건지 강도가 제법 셌다. 그가 찌릿 노려보자, 인호가 돈가스를 먹으며 장난스런 표정을 지었다.

역시, 진지함이 3분을 채 넘기지 못한다.

"하긴. 제대하자마자 나한테 민도영 연락처부터 알아봐 달라고 했을 땐, 단단히 마음먹은 거겠지."

고백도 해보지 못하고 고등학교를 졸업했다. 도영은 대학에 입학을 했고, 그는 군에 입대를 했다.

태서는 바라만 보았던 첫사랑 도영을 잊으려고 노력하지도, 애쓰지도 않았다. 잊고 싶지도, 잊고 싶은 마음도 없었다. 그 감정을 그대로 소중하게 간직하면서 다시 만날 날을 기대하며 하루하루를 보냈다.

"첫사랑과의 첫 연애, 이뤄지기를 이 형님이 응원하마."

인호가 파이팅 넘치게 북돋아주는 기운이 그의 마음으로 전해졌다. 태서는 고마움을 웃음으로 대신 표현하며 속으로 나직이 읊조렸다.

첫사랑, 연애. 그리고 민도영.

위의 두 단어와 그녀의 이름이 주는 느낌에 그는 새삼 가슴이 떨렸다.

❖

따사로운 가을 햇살이 내리쬐는 오후, 도영은 대학교 교정 나무 그늘 아래 벤치에 앉아 태서를 기다리고 있었다.

「오늘 강의 몇 시쯤 끝나?」

원래는 오후에 하나 있는 강의가 휴강이라 집으로 곧장 가려고 했는데 태서에게 문자를 받았다.

「지금 끝났어.」

강의실에서 빠져나오면서 답장을 보내자 바로 휴대폰 벨이 울렸다. 이번에는 문자가 아닌 전화였다.

"여보세요."

[벌써 끝났어?]

"강의가 하나 있었는데 휴강이 돼서."

[그래? 그럼 점심은 아직 안 먹었겠네?]

"응. 집에 가서 먹으려고."

[잘됐네. 같이 먹자, 점심.]

"점심을?"

[나도 안 먹었거든. 좀 더 일찍 만나지 뭐.]

목요일. 태서와 만나기로 한 날이 오늘이었다. 약속 시간이 저녁이긴 했지만 저녁 대신 점심을 먹는 것도 괜찮겠다 싶어 도영은 흔쾌히 제안을 받아들였다.

"그러자. 내가 어디로 가면 돼?"

[그냥 있어. 학교 앞으로 데리러 갈게.]

"아니야. 장소 말해주면 알아서 찾아갈 수 있어."

도영은 마치 눈앞에 태서가 있는 것처럼 고개를 흔들며 사양했다. 괜히 그를 번거롭게 하고 싶지 않았다.

[네가 못 찾아올까 봐 걱정돼서가 아니라 내가 움직이는 게 더 빨라서 그래. 보자…… 지금이 12시 40분이니까 1시까지 학교 앞으로 데리러 갈게. 20분만 기다려. 근처에 가서 다시 연락할게.]

그렇게 전화가 끊겼고, 도영은 결국 태서를 기다려야 하는 입장이 되었다. 시간이 카페에 들어가기에는 애매했고, 기다릴 만한 곳을 찾던 그녀는 학교 내에서 비교적 한적한 이곳을 선택했다.

준희도 같이 만났으면 좋았을걸.

"왜 하필 날짜가 겹친 거야. 나도 따라가고 싶었는데. 아무리 동창이라도 연예인인데, 내가 이런 기회 아니면 연예인을 또 언제 만나보겠어. 걔도 이제 본격적으로 활동 시작하면 또 바빠질 텐데."

뽀로통하게 말하던 준희의 목소리가 환청처럼 들렸다. 태서와 문자로 약속 날짜를 정할 때 옆에 있었던 준희가 저도 같이 나가서 만나면 안 되냐고 묻기에 도영은 망설이지 않고 오케이했다. 태서와 단둘이 만나 어색할지 모를 분위기를 활발한 준희가 있으면 그녀도 좋을 것 같았다.

하지만 이틀 뒤인 월요일, 준희가 아무래도 태서를 만나러 가는 자리에 못 갈 거 같다며 무척이나 아쉬워했다. 처음에는 아무 계산 없이 무작정 가겠다고 했는데 글쎄 할머니 생신인 걸 그만 깜빡했다는 거다.

너무 서운해하기에 태서에게 연락해 날짜를 변경해 보겠다는 그녀를 준희가 만류했다. 어차피 자기가 나가는 사실을 태서가 알지도 못할뿐더러 꼽사리 끼는 저 때문에 날짜를 변경하자고 하면 상대방이 좋아하지 않을 수 있다며 그러지 말라고 했다.

점심으로 먹는 줄 알았으면 준희도 올 수 있었을 텐데.

하필 준희는 오늘 오후 강의 하나만 듣는 날이었다. 2시에 강의

가 시작이라 아마 지금쯤 집에서 출발했을 것이다.

이래저래 안 맞네, 시간이.

그렇게 20분쯤 지났을까, 태서에게 문자가 왔다.

「5분 후, 도착. 정문 앞으로 나와 있을래?」

도영은 알겠다고 답장을 보내고 벤치에서 일어났다. 정문 밖으로 나가자 태서는 아직 도착 전이었다. 점심 시간대라 주변에 삼삼오오 모여 있는 사람들이 많아 괜스레 신경이 쓰였다. 그래도 태서가 차에서 내리지만 않는다면 괜찮겠지 하고 있는데 낯익은 차 한 대가 시야에 잡혔다. 그녀는 행여나 태서가 차에서 내려 인사라도 할까 싶어 차가 멈춰 서기 무섭게 조수석 문을 열고 올랐다.

"왜 누가 쫓아오기라도 해?"

다소 심각하게 차창 밖 주변을 살펴보던 태서가 이번에는 빙긋 웃는 얼굴로 그녀를 쳐다보았다.

"아님 내가 무척이나 반가운 건가?"

"응?"

도영이 무슨 소리인지 모르겠다는 표정을 짓자, 태서는 그녀 쪽으로 몸을 비스듬히 틀어 운전대에 걸쳐 세운 왼팔에 턱을 괴고 말했다.

"몹시 급하게 차에 타서 말이야. 기왕이면 난 후자 쪽이길 바라지만."

"아……."

그제야 그의 말을 이해한 도영은 겸연쩍은 웃음으로 관자놀이를 긁적이며 이유를 설명했다.

"사람들이 알아볼까 봐."

"나를?"

"연예인이니까."

그녀의 말에 태서가 피식거렸다.

"나 그 정도로 인기스타 아닌데. 지금은 나 못 알아보는 사람 많아."

"그럴 리가."

도영은 에이 하며 믿지 않았다. 같은 고등학교를 다니면서 그의 인기가 어느 정도인지 지켜보았던 그녀다. 그가 학교에 등교하는 날이면 쉬는 시간마다 교실 근처에는 선후배 할 것 없이 몰려든 여학생들로 우글거렸고, 교문 앞에는 타 학교에서 찾아온 많은 여학생들이 그의 얼굴을 한 번만이라도 볼 수 있기를 간절히 바라며 기다리고 또 기다렸다. 당시 그의 인기는 신인임에도 불구하고 최고였다.

아무리 2년 남짓한 짧은 연예 활동 끝에 군 입대를 함으로써 공백기가 있었다고는 하나 그녀가 보기에는 그 인기는 여전한 듯했다. 하루 종일 인터넷을 도배한 그의 제대 기사에 달린 댓글 수도 수백 개였고, 인기 검색어에도 그의 이름 세 글자가 연일 올라와 있었으니까.

"정말인데, 안 믿네. 내려서 당장 확인시켜 줄 수도 있는데, 내기할래?"

"아니야, 믿어. 믿을게."

도영은 태서가 진짜 차에서 내리려는 제스처를 취하자 황급히 그의 팔을 잡고 말렸다. 그가 정말로 차에서 내려 말한 바를 실행으로 옮긴다면 곤란한 건 그녀였다.

"일부러 믿는 척하는 거 같은데. 왜 내기에서 질 것 같아서 그래?"

"너, 너 배 안 고파? 그냥 빨리 출발하자."

도영이 당황해하며 다급히 화제를 돌리더니 출발하기를 재촉했다. 그런 그녀가 귀엽다는 듯 태서가 씩 웃으며 차를 출발시켰다.

한식, 중식, 일식, 양식 중 두 사람이 선택한 음식은 한식이었다. 학교에서부터 1시간을 넘게 달려온 태서의 차가 어느 한식당 앞에서 멈춰 섰다.

"조금 멀지?"

"생각보다는."

태서가 잘 아는 곳이라고 하기에 근방인 줄 알았다. 점심 한 끼를 먹기 위해 서울에서 경기도까지 오게 될 줄은 몰랐다.

"멀긴 한데, 맛은 굉장히 좋아. 한 번 먹어보면 아마 다음에 또 오고 싶다고 할걸?"

대체 얼마나 맛있기에. 어깨까지 으스대며 자신만만한 태도를 보이는 태서를 보자 도영도 갑자기 맛이 궁금해졌다.

"배고프다. 얼른 들어가자."

태서가 뒷좌석에서 챙긴 모자를 푹 눌러쓰며 차에서 내렸다. 뒤따라 내린 도영이 자신을 기다리고 있는 그에게 다가가서 물었다.

"이젠 사람들이 못 알아본다더니, 모자는 왜 쓰는 거야?"

"음. 머리가 허전해서?"

그의 어설픈 핑계에 도영은 픽 웃음이 새어 나왔다.

아담한 정원을 지나 일반 주택을 개조한 것처럼 보이는 식당 안으로 들어가자, 나이가 지긋하신 할머니 한 분이 두 사람을, 정확히는 태서를 아주 반갑게 맞이해 주었다. 이 식당의 사장님인 듯했다.

"아이고, 이게 누구야?"

할머니는 모자를 쓴 태서를 단번에 알아보았다. 마주 잡은 그의 손등을 정겹게 어루만지며 마치 손자를 만난 것마냥 좋아했다.

"할머니 밥 먹고 싶어서 왔어요."

"그래, 그래. 잘 왔어. 아가씨도 어서 와."

그녀를 바라보는 할머니의 주름진 눈가에 따스한 미소가 어렸다. 도영은 고개를 숙여 할머니에게 공손히 인사를 드렸다.

"네, 안녕하세요."

"이 친구한테 할머니 손맛 자랑해 놨으니까 특별히 맛있게 해 주셔야 해요."

"걱정 마. 내가 모든 솜씨 발휘해서 맛있게 만들어줄 테니까."

"와, 기대된다. 저 들어가는 방 비어 있어요?"

"그럼 비어 있지. 내 그 방은 웬만해선 아무도 안 들여. 총각이 오늘처럼 이렇게 불쑥 찾아올 때가 있어서. 배고플 텐데 어서 들어가."

"네. 가자."

할머니에게 대답한 태서가 그녀의 어깨를 살짝 터치하고는 앞장을 섰다. 도영은 익숙하게 룸을 찾아 걸어가는 태서의 뒤를 따르면서 식당 안을 슬그머니 둘러보았다. 점심때가 지나서인지 세 개의 테이블에 앉아 있는 손님이 전부였다. 그중 한 테이블에 자리한 손님은 젊은 남녀 커플이었는데 자꾸만 태서와 그녀를 힐끔 쳐다보면서 속닥거리고 있었다. 그녀와 마주친 시선을 재빨리 피하는 걸 보니 아무래도 태서를 알아본 모양이다.

"불편하지?"

그녀가 느낀 시선을 태서가 못 느꼈을 리 없다. 도영은 그가 열어준 룸 안으로 들어가면서 고개를 저었다.

"괜찮아."

솔직히 조금은 불편하고 부담스러운 마음은 있었다. 이름이 알려진 연예인 윤태서와 함께 있다는 자체만으로 전혀 알지 못하는 타인의 시선을 받는 게 그리 좋지는 않았다.

태서는…… 더 불편하고, 훨씬 부담스럽겠지.

그녀야 오늘 한 번뿐이라지만 그는 앞으로도 쭈욱 매일매일 오늘 같은 날들을 겪을 테니까. 언제 어디를 가든 말과 행동 하나하나를 신경 쓰고 조심해야 하니 내색은 안 해도 스트레스가 이만저만이 아닐 것 같았다.

"차차 익숙해질 거야."

"나?"

도영이 의아해하자 태서의 눈매가 가늘어졌다.

"설마, 우리 오늘 처음이자 마지막 식사를 하는 거였어? 앞으로 나 안 만날 생각이야?"

"아……."

일순, 도영은 말문이 막혔다. 뭐라고 대답을 해야 할지 머릿속이 텅 빈 듯 아무 생각이 나지 않았다. 그러다 입술 사이로 흘러나온 말이라는 게 고작.

"우리, 또 만나?"

이 한마디로 태서의 얼굴에 줄곧 떠올라 있었던 미소가 서서히 옅어지더니 이내 실망스런 기색이 드러났다.

"정말이었나 보네."

"내 말은 그게 아니고."

"난 가능한 앞으로 자주 만나고 싶었는데."

시무룩한 그의 말투에 도영은 어찌할 바를 몰랐다. 지난주, 태서에게 도움을 받은 일로 그녀가 밥을 사기로 해서 만난 거였기에 사실 오늘을 끝으로 더 이상 그를 만날 일은 없을 거라고 생각했다. 그래서 앞으로 자주 만나고 싶었다는 태서의 말은 의외였고,

놀라웠다.

“안 되겠다. 오늘 밥은 내가 살 테니까, 네가 사기로 한 밥은 다음에 사.”

“……왜?”

“그래야 또 만나서 같이 밥 먹어줄 거 아니야.”

그때, 룸의 문이 열리고 아주머니 한 분이 물병을 쟁반에 받쳐 들고 들어왔다. 태서를 본 아주머니가 살갑게 인사를 건넸다.

“태서 총각 왔어?”

“네, 잘 지내셨죠?”

“나야 잘 지내지. 근데 오늘은 웬일로 어여쁜 아가씨하고 왔네?”

아주머니의 호기심 어린 눈길이 도영에게 닿았다.

“혹시 사귀고 있는 아가씨야?”

“친구예요.”

아주머니가 은근하게 던진 물음에 도영의 눈이 놀란 토끼같이 둥그레졌고, 태서는 담담하게 부인했다.

“난 또. 맨날 시커먼 사내들하고만 오다가 예쁜 아가씨랑 와서 특별한 사이인 줄 알았지. 하긴 뭐, 요즘 젊은 사람들 처음엔 다 친구로 만나다가 연애하드라.”

“그래요?”

태서가 관심을 갖는 듯하자 아주머니의 톤이 조금 더 높아졌다.

“그렇더라고. 두 사람도 지금은 친구라고 했지만 사람 일은 모르는 거니까 잘 만나봐. 혹시 알아? 두 사람이 서로 인연일지. 태서도 잘생겼는데 여기 아가씨도 참 예쁘고 참하게 생겼네. 딱 선남선녀야. 너무 잘 어울려 둘이."

난처해서 가만히 듣고만 있던 도영의 얼굴이 마지막 대목에서 화륵 붉어졌다. 그녀는 손바닥을 두 볼에 번갈아 가져다대며 달아오른 열을 식혔다.

"아이고, 내 정신 좀 봐. 여기서 이럴 때가 아닌데. 조금만 기다리고 있어. 식사 준비되는 대로 바로 가져다줄게."

"네."

한바탕 그녀의 마음을 들었다 내려놓은 아주머니가 부랴부랴 룸을 빠져나갔다. 물병을 집어 든 태서가 두 개의 잔에 물을 따르며 그녀를 바라봤다.

"당황했어?"

"조금."

도영의 눈가에 어색한 미소가 매달렸다. 태서가 물 잔을 그녀 앞에 놓아주며 아주머니가 한 말을 농담처럼 넌지시 던졌다.

"잘 어울린다는데 우리?"

"야아. 너까지 왜 그래."

"후후."

도영이 밉지 않게 눈을 흘기자 태서의 웃음소리가 나지막하게 퍼졌다.

"근데 아주머니가 주문을 안 받아가셨어. 잊고 그냥 나가신 거 같은데."

그러고 보니 메뉴판도 보이지 않았다. 보통 식당에 오면 물과 함께 가져다주거나, 메뉴들이 벽면에 붙어 있는데 이곳은 전혀 그런 게 없었다.

"따로 주문할 필요 없어. 메뉴가 기본 상차림 딱 하나뿐이거든."

"아……."

메뉴가 하나밖에 없는 식당에 와보는 건 처음이라 좀 색달랐다.

"오래된 단골인가 봐. 여기 분들하고 많이 친해 보여."

오랫동안 친분을 이어온 듯, 사장님인 할머니도 아주머니도 그리고 태서도 서로가 서로를 대하는 모습이 꽤나 다정다감했다.

"한 5년 됐나? 데뷔하고 촬영차 이 근처에 왔다가 알게 됐는데 여기 할머니 음식이 내 입에 딱 맞더라고. 그 뒤로 집밥 먹고 싶을 때마다 와. 혼자 사는 남자가 집에서 손수 밥해먹는 게 쉬운 일 아니잖아."

"혼자 살아?"

태서는 대답을 고개를 끄덕이는 것으로 대신했다.

"부모님은 서울에 안 계시나 보구나."

같은 서울에 계셨다면 어머니가 태서의 집에 드나들면서 이것저것 챙겨주셨을 텐데 집 밥이 그리울 때마다 이곳까지 오는 걸 보면 부모님은 먼 지방 쪽에 사시나 보다.

태서가 지방에서 살다가 우리 학교로 전학을 온 거였나?

거기까지는 잘 모르겠지만, 연예인으로 데뷔를 한 시기와 비슷하니 그럴 가능성도 있겠다 싶었다.

"나에 대한 기사. 한 번도 읽어본 적 없나 보네."

"응?"

"예전 인터뷰 보면 다 나오거든. 나, 부모님……."

태서가 말을 채 끝내기도 전에 문이 열리고 음식이 들어왔다. 도영은 상을 빼곡하게 채우고 있는 반찬 가짓수에 입을 떡하니 벌렸다. 김치, 전, 나물이 종류별로 두어 가지씩 나왔고 생선구이와 불고기, 국과 찌개에 다른 밑반찬들까지 상다리가 부러지지 않을까 걱정이 들 정도로 어마어마하게 많았다.

진짜 맛있겠다.

기도하듯 두 손을 모은 도영의 눈동자가 번쩍거렸다. 보기만 해도 군침이 절로 돌았다. 점심 시간대를 훌쩍 넘겼어도 크게 배고픔을 느끼지 못했는데 눈앞에 음식이 한상 거하게 차려져 있으니 갑자기 허기가 밀려왔다.

"자, 이제 본격적으로 먹어볼까?"

아주머니가 맛있게 먹으라는 말을 남기고 나가자마자 태서가 젓가락을 잡았다. 반대로 숟가락을 들고 된장찌개를 한 입 떠먹으려던 도영은 문득 태서가 말을 하다가 멈췄다는 것이 생각났다.

"참. 좀 전에 하려던 말이 뭐였어?"

"아, 신경 쓰지 마. 별거 아니었어. 배고플 텐데 얼른 먹자."

"……그래."

태서는 대수로운 말이 아니었다는 듯 넘겼지만, 왠지 그게 아닌 것 같단 느낌을 받았다. 그는 모르겠지만 그녀는 똑똑히 보았다. 찰나로 그의 얼굴을 스쳐 지나간 씁쓸함을 말이다.

태서에게 뭔가 사연이라도 있는 걸까.

도영은 순간 궁금해졌다. 그가 하려고 했던 말이 무엇이었는지.

집에 가면 기사를 한번 찾아봐야겠네.

태서와의 만남이 당연히 어색할 줄 알았던 예상은 빗나갔다. 평온한 분위기 속에서 밥도 잘 먹었고, 그와 단둘뿐이었던 이 자리가 그리 어색하지도 불편하지도 않았다.

며칠 전 학교에서 오랜만에 마주쳤을 땐 친근하게 다가오는 그가 의아하면서도 부담스러웠었는데, 두 번째 만남이라서 그런지 오늘은 스스럼없는 그의 태도가 오히려 마음을 편안하게 해주었다.

"어때, 맛있었지?"

"응, 진짜 맛있더라."

태서의 물음에 도영은 머리를 끄덕였다. 그가 호언장담했던 대로 할머니의 음식은 절로 감탄사가 나올 정도로 맛있었다. 그의 말마따나 할머니 손맛을 맛보고 싶어 또 이곳을 찾아올 것 같은 예감이 들었다.

"너무 먹어서 소화가 안 될 지경이야."

늦은 점심에 그 많은 음식을 게 눈 감추듯 해치웠기에 저녁은 굳이 안 먹어도 될 만큼 배가 빵빵하게 불렀다.

"맛있게 먹었다니 다행이네. 역시 데려온 보람이 있어."

태서는 자판기에서 뽑아가지고 나온 커피를 한 모금 마시면서 빙글 웃었다. 만족스러워하는 도영을 보니 마음이 뿌듯했다.

사실 그는 오늘 복귀작을 결정하는 문제로 소속사 사무실을 찾았었다. 회의를 마친 후, 대표님과 매니저 형하고 함께 점심을 먹기 위해 사무실을 나서면서 도영에게 연락을 했고 강의가 끝났다는 소리에 단 1초도 망설이지 않았다. 두 사람에게 양해를 구하고 무작정 그녀에게 달려왔다. 예정대로 저녁에 만났다면 여기까지 오진 못했을 텐데, 운이 좋았다.

"다음에 또 오자."

"그래."

도영은 입가에 옅은 미소를 머금고 대답했다. 음식값은 끝내 태서가 지불했다. 다음에 또 만나더라도 오늘은 그녀가 산다고 약속했던 거니까 그러지 말라고 해도 소용없었다. 그에게 받았던 도움에 고마움을 갚는 순간은 그의 뜻대로 다음으로 미뤄진 셈이다.

"배도 부른데, 소화 좀 시킬 겸 좀 걷다가 돌아가는 건 어때?"

태서가 커피를 다 마신 종이컵을 휴지통에 버리며 그녀에게 의사를 물었다.

"걸을 만한 곳이 있어?"

"저기로 조금만 내려가면 산책하기 좋은 길이 나와. 가볼래?"

"좋아, 가보자."

도영은 그의 의견을 받아들였다. 차를 타고 한 시간이나 넘게 가야 하는데 잔뜩 배가 부른 상태보다는 가볍게 산책을 하다가 어느 정도 소화를 시킨 다음 출발하는 게 나았다.

차는 식당 주차장에 그대로 세워둔 채 두 사람은 작은 언덕길을 내려갔다. 모퉁이를 돌아 조금 더 걸어가자 태서가 말한 산책길이 나왔다.

"와, 너무 예쁘다."

산책길로 들어서자 붉게 물든 단풍이 그들을 기다리고 있었다. 빨간 빛깔의 단풍으로 둘러싸인 전경은 자연스레 탄성이 터져 나올 만큼 너무나도 곱고 아름다웠다.

"밥 먹으러 올 때마다 여기서 산책해?"

도영이 이 산책길을 안내한 태서에게 물었다.

"평일에만. 한적해서 좋거든."

오늘 또한 평일인데다 시간대도 애매해서인지 인적이 없는 산책길은 고요했다. 간간이 들려오는 새소리와 사각사각, 발걸음을 내디딜 때마다 낙엽이 밟히는 소리가 운치 있게 들렸다.

"정말 좋네."

도영은 눈을 감고 상쾌한 공기를 깊게 들이마셨다. 마음이 편안해지고 머릿속도 한결 맑아지는 것이 저절로 힐링이 되는 기분이었다. 이렇게 멋진 곳을 안 걸어보고 돌아갔다면 후회했을지도 모른다.

"나도 오늘은 유난히 더 좋네."

내 옆에 네가 있어서.

태서는 부드러운 호선을 그리며 양쪽 입술 끝을 스윽 올렸다. 평소 좋아하던 이 길을 도영과 나란히 걸을 수 있어서 기뻤고, 도영과 함께하고 있는 이 시간이 행복했다. 또 자연을 제대로 만끽하면서 피어오른 도영의 싱그러운 미소는 가슴마저 두근거리게 했다.

그리고 하나 더.

"도영아."

"응?"

그의 부름에 도영이 응답하며 시선을 마주쳐 왔다. 그를 쳐다보는 그녀의 표정이 밝았다. 불편해하는 기색은 조금도 보이지 않았다. 이것 역시 그의 기분을 한껏 들뜨게 만들었다.

"그냥 불러봤어."

"뭐야, 싱겁게."

피이, 도영의 잇새로 바람 빠지는 소리와 비슷한 것이 작게 새어 나왔다. 태서는 씨익 웃음을 짓고 그녀를 바라보았다.

지난주에 이어 두 번째 만남. 그를 대하는 도영의 태도는 차이가 느껴질 정도로 확연히 달랐다. 처음 마주쳤을 땐 그를 불편해하고 부담스러워하고 있다는 게 한눈에 보였었다. 곤란한 상황에서도 그의 호의를 반갑게 받아들이지 못하고 줄곧 망설이고 거절부터 했다. 그런데 오늘은 아니었다. 그를 크게 불편해하거나 부담스러워하지 않았고, 말도 저번에 비하면 제법 많이 한 편이다.

그래서인지 태서는 자신이 그녀한테 조금은 편한 사람이 된 느낌이 들었다. 사이도 전보다 가까워진 기분이었고 왠지 그녀가 한 발짝 한 발짝, 거리를 좁히면서 그에게 다가오고 있는 것 같아 꽤 흐뭇했다.

그래. 이렇게만 다가와라, 민도영. 기다리고 있을 테니까.

"아, 태서야."

도영이 성은 붙이지 않고 이름만 정겹게 부르자 태서의 눈매가 부드럽게 휘었다.

"응, 말해."

"비 오던 날 우리 학교에 친구 만나러 왔다고 했었잖아."

도영은 문득 자신의 연락처를 알고자 했던 김인호가 태서와 가장 친하게 지내는 친구일 거라는 준희의 말이 떠올랐다. 그 말이 사실이라면 아마 그 친구는 김인호가 아닐까 하는 생각에 한번 물어보고자 운을 떼었다.

"그랬지."

"혹시 김인호라는 친구야?"

"맞아. 인호 만나러 간 거야."

준희가 기억력이 좋긴 좋나 보다. 고등학교를 졸업한 지 고작 2년 정도밖에 지나지 않았음에도 불구하고 그녀는 같은 반이었던 친구들 얼굴과 이름도 가물가물한데, 반면 준희는 웬만한 친구들은 이름과 성격, 또 누가 누구와 절친이었는지까지 기억하고 있었다.

"왜?"

"아니, 그냥. 며칠 전에 고등학교 동창 중에 김인호라는 애가 우리 대학 다니고 있다는 소리를 들어서."

도영은 고민 고민하다 결국 준희를 통해 김인호에게 연락처를 알려주었다. 전혀 기억에도 없는 고등학교 동창에게 선뜻 휴대폰 번호를 알려주는 게 망설여지긴 했지만, 지금 다니는 학교 내에서 언제 어떤 식으로 마주칠지 모르는데 안 가르쳐 주자니 그것도 좀 마음에 걸렸다.

그리고 여러 친구들을 거쳐 준희한테까지 연락한 걸 보면 그래도 뭔가 이유가 있기 때문은 아닐까 했는데 지금까지 김인호에게서는 아무런 연락도 오지 않았다.

"그게 다야?"

"응?"

태서를 돌아보는 도영의 정수리 위로 빨간 단풍잎 하나가 날아와 살포시 내려앉았다. 그것을 본 태서가 다정하게 손을 뻗어 단풍잎을 떼어내면서 말했다.

"네 친구가 얘기해 줬을 텐데. 인호가 네 연락처 알려달라고 했다고."

머리를 스쳐 간 그의 손길. 도영의 어깨가 작게 움찔거렸다.

가슴이, 왜 이러지?

이상하게 뛰는 속도가 빨라졌다. 그의 작은 터치에 제 속력을 무시하고 달리는 심장박동에 당황했지만 그녀는 겉으로 내색하지 않았다.

"알고 있었어?"

"응."

김인호와 친구라면 어쩜 태서도 알고 있을지 모르겠다고 막연하게 짐작은 하고 있었는데, 생각보다 자세히 알고 있었다.

그럼 그 이유가 뭔지도 알까?

도영이 그 이유를 물어보기도 전에 태서의 입이 떨어졌다.

"내가 부탁한 거거든."

태서는 솔직하게 털어놓았다. 감출 일도 아니었고, 그날 두 사람이 우연히 마주치지 못했더라면 그녀도 알게 될 사실이었다. 또 그녀가 묻지 않았더라도 어차피 조만간 인호 때문에 직접 말하려고 하긴 했었다. 자칫하면 그녀와 그녀의 친구에게 인호가 이상한 녀석으로 오해를 받을 수도 있어서였다.

알음알음으로 그녀의 연락처를 수소문해서 알아낸 인호가 정작 연락은 하지 않으니 도영의 입장에서는 의문이 생길 수밖에 없으니까.

"태서, 네가?"

도영은 돌연 걸음을 멈췄다. 놀란 표정으로 태서를 올려보자 그가 방금 전과 똑같은 말을 재차 반복했다.

"응. 네 연락처 좀 알아봐 달라고 내가 부탁한 거야."

"네가 왜……."

도영의 눈망울이 동요로 일렁거렸다. 내심 궁금했던 그 이유가 윤태서일 줄이야. 김인호와 윤태서 사이에 절친이라는 연결고리가 있다고는 하나 전혀 예상치 못했다.

사실이라면 태서는 대체 왜, 내 연락처를 알아봐 달라고 친구한테 부탁을 한 걸까.

도영이 혼란스러워하고 있는 그때, 태서가 낮게 깔린 저음으로 읊조리듯 말을 시작했다.

"궁금했거든."

태서의 그윽한 눈빛이 그녀의 얼굴 위로 쏟아졌다. 도영은 초긴장 상태로 숨소리조차 내지 못하고 있었고.

"내 첫사랑."

한마디 한마디 말이 이어질수록 가슴 떨림이 점차 거세졌다. 그리고…….

"민도영이."

마지막으로 그의 입에서 흘러나온 제 이름 세 글자에 심장이 그만 쿵, 하고 내려앉았다.

Part 2. 연인

3

하늘은 맑고 햇살은 따스한 주말의 오후 2시였다. 약속 장소로 향하는 버스에 올라탄 태서는 맨 뒷자리에 앉아 창문을 열었다. 추운 겨울이 지나가고 찾아온 봄의 계절 4월. 제법 따스해진 바람이 그의 얼굴을 스치고 지나갔다.

"준서 선배가 내 고백 받아줄까?"

"받아줄 거야. 얘기 들어보면 그 선배도 너한테 관심 있어."

바람을 타고 들려오는 청아한 음성에 태서는 옆으로 고개를 돌렸다. 두 칸 앞에 나란히 앉은 두 명의 여학생이 그의 눈 안으로 들어왔다.

"정말 그런 걸까? 아~ 너무 떨려!"

기도하듯 두 손을 가운데로 모은 여학생이 들뜬 얼굴로 말했다. 그렇다면 그의 귀를 사로잡은 청아한 음성의 주인공은……?

"너무 긴장하지 마. 그렇게 떨다가 정작 할 말을 못하면 어쩌려고 그래?"

태서는 눈동자를 움직였다. 창가 쪽에 앉아 친구를 쳐다보고 있는 여자의 얼굴이 또렷하게 보였다. 가슴까지 내려오는 긴 생머리, 티 없이 맑은 눈동자, 오뚝한 코, 연한 핑크빛 입술을 가진 여자는 목소리만큼이나 무척 고왔다.

"선배는 나를 귀여운 후배라고 생각해서 그런 걸 수도 있잖아."

"그저 귀엽기만 한 후배한테 매일 문자하고, 밥 먹고 영화 보자고 해? 그건 데이트야. 남자 여자가 하는 데이트."

"그렇지? 네가 봐도 분명 데이트지?"

"백 프로."

"그런데 선배는 왜 고백을 안 하는 거지? 여자 마음 잔뜩 설레게 만들어놓기만 하고. 남자답게 먼저 사귀자고 하면 좀 좋아?"

왜일까. 태서는 순간적으로 다행이라는 생각이 들었다. 좋아하는 남자 선배에게 고백을 하려는 주인공이 여자가 아니라 여자의 친구라는 것이.

"후후."

친구의 툴툴거림에 여자가 싱긋 웃었다. 여자의 미소는 또 한 번 태서를 사로잡았다. 살랑거리며 불어오는 봄바람과 함께 그의 심장을 간지럽혔다.

뭐지, 이 느낌은?

천하의 윤태서가 여자에게 첫눈에 반하기라도 한 건가?

태서의 입가에 자조 어린 미소가 걸렸다. 그럼에도 그는 여자의 청초한 외모와 단아한 모습에서 시선을 뗄 수가 없었다.

"도영아……."

그렇게 얼마의 시간이 흘렀는지도 모르겠다. 여자의 친구가 여자의 이름을 부름과 동시에 휴대폰이 울렸다. 태서는 그제야 시선을 바로잡았다.

"여보세요."

[윤태서. 너, 어디야?]

지금 그가 만나러 가고 있는 약속 상대인 친구 인호였다.

"가는 중이야."

[뭐야, 너? 10분이면 도착한다며?]

"그런데?"

[지금 20분 지났거든?]

"뭐?"

태서의 짙은 눈썹이 찌푸려졌다. 10분이면 도착하는 거리인데 20분이 흘렀다고? 그때 마침, 버스 안에 안내방송이 울려 퍼졌다.

—이번 정류장은 용산역입니다. 다음 정류장은…….

태서가 표정을 굳혔다. 여자에게 정신이 팔려 그만 내려야 할 정류장을 놓쳐 버린 것이다. 평소의 그답지 않은 모습이었다.

[내가 얼마나 미친 듯이 뛰어왔는데…….]

“기다려.”

그는 투덜거리는 인호의 말을 가볍게 가로채고 통화를 종료했다. 정차 벨을 누르고 서둘러 자리에서 일어나 문 앞으로 걸어갔다.

“지난주에 선배 만났을 때는 말이야.”

아직까지도 여자의 친구는 조잘조잘 떠들고 있었다. 태서의 시선이 마지막으로 여자에게 머물렀다. 쳐다보는 시선을 느낀 것일까.

여자가 살짝 고개를 돌렸고, 눈이 정면으로 부딪혔다. 여자의 반짝거리는 눈동자가 다시 한 번 그에게로 스며들었다. 처음으로 마주친 눈빛이 그의 가슴에 잔잔한 파문을 일으켰다.

정류장 앞에 멈춰 선 버스의 문이 열렸다. 그는 밀려드는 아쉬움을 뒤로하고 버스에서 내렸다.

“도영이라…….”

태서는 여자의 이름을 나직이 중얼거리며 자신을 내려주고 출발한 버스를 바라보았다. 그리고 바랐다.

인연이라면 또 만나기를.

점심시간이 거의 끝나갈 무렵, 삼삼오오 몰려 있던 아이들이 교실로 들어가자 시끌벅적하던 운동장이 순식간에 고요해졌다.

이제야 살 것 같네.

태서는 두 팔로 머리를 받치고 나무 그늘 아래 벤치에 길게 누웠다. 점심시간이 끝날 때까지 그에게 주어진 시간은 단 7분. 시끄러운 건 딱

질색인 그가 가장 좋아하는 시간이었다. 그는 살랑살랑 불어오는 시원한 바람을 온몸으로 받아들이며 두 눈을 감았다. 그리고 이 순간의 고요를 마음껏 만끽하려는데 인기척이 느껴졌다.

누구야.

짧은 시간이나마 조용히 쉬고 싶었던 달콤한 시간을 방해받은 태서가 짜증스럽게 중얼거렸다.

"갑자기 출장을 가게 됐다고, 오빠?"

순간, 태서의 미간이 가운데로 좁혀졌다. 그는 얼굴 위에 덮고 있던 모자를 치웠다.

이 목소리는?

고개가 자연스럽게 맑은 목소리가 들려오는 방향으로 틀어졌다. 휴대폰으로 통화를 하고 있는 한 여학생의 모습에 태서는 곧바로 몸을 일으켰다. 그 바람에 날린 모자가 땅에 깔려 있는 나뭇잎 위로 툭 떨어졌다. 하지만 그의 신경은 모자가 아닌 한 여자에게 쏠려 있었다.

그 여자다!

몇 개월 전, 버스 안에서 마주쳤던 여자. 첫눈에 그의 시선을 사로잡았고, 마음까지 설레게 만들었던 그 여학생이 틀림없었다.

여기 학교 학생이구나.

태서의 입술 끝이 저절로 올라가면서 웃음을 지어냈다. 가슴속에서 반가움이 화르르 피어올랐다.

이름이 도영이라고 했던가?

이 학교로 전학을 온 지 일주일째. 인연이라면 또 만나기를 바랐지만, 전학 온 고등학교에서 다시 만나게 될 줄은 꿈에도 몰랐다.

몇 학년일까?

어여쁘고 앳된 외모가 선배로는 보이지 않았다. 1학년이라면 그와 같은 학년인데 전학을 오고 지금에서야 본 것을 보면 다른 반인가 보다. 어려 보이는 외모라 달리 그보다 선배라 하더라도 뭐, 상관은 없다.

“준희랑 같이 있으면 되니까 내 걱정은 하지 말고 출장 잘 다녀와, 오빠. 알았어. 끊어.”

솔솔 불어오는 바람에 그녀의 머리카락이 나풀거렸다. 머리카락이 볼을 간지럽혔는지 통화를 마친 그녀는 주머니에서 끈을 꺼내 긴 머리를 하나로 높게 올려 묶었다.

엄청 예쁘네.

그녀의 아리따운 목선이 드러나자 태서는 저도 모르게 꼴깍 침을 삼켰다. 그의 눈동자가 아름답게 빛나는 보석을 보고 있는 것처럼 반짝거렸다. 가슴이 두근거렸다. 처음 버스 안에서 보았을 때도 지금 이 순간도 그녀는 마치 강력한 자석처럼 그의 시선을 끌어당기고 있었다.

이렇게 다시 만나다니.

바람대로 그와 그녀는 인연이었던 것일까?

처음 보았던 그날처럼 바람에 실려 날아온 설렘을 또 한 번 느끼고 있는 태서의 얼굴 위로 기분 좋은 미소가 한가득 담겼다.

그의 예상대로 그녀는 1학년이었다. 정말 인연이었는지 2학년 올라가서는 같은 반까지 되었다. 스케줄 때문에 매일 얼굴 보는 것은 힘들었지만, 학교에 가면 그녀를 볼 수 있다는 그 자체만으로도 하루하루가 즐거웠다.

단언컨대 처음이었다. 여자에게 그런 감정을 느껴본 것은. 그리고 그 감정은 여전히 현재진행형이었다. 예나 지금이나 그녀를 향한 감정은 조금도 변하지 않았다.

단 하나, 달라진 점이 있다면 지금은 그 혼자만의 감정이 아니라는 거다. 그녀도 같은 감정으로 그를 바라보고 있었고, 연인이라는 이름으로 서로를 사랑하는 중이었다.

"내 첫사랑이야, 너. 지금도 좋아하고."

그녀가 자신의 첫사랑이라는 사실을 처음 알렸을 때, 그는 첫사랑이라는 한마디에도 혼란스러워하는 그녀에게 고백까지 해버렸다. 섣부른 고백이었다는 걸 그도 알았다. 오래 참아온 만큼 고백은 멋지게 하고 싶었지만, 그 자리에서 그녀에 대한 마음을 감추고 거짓말로 둘러대기는 또 싫었다.

"미안하지만, 네 마음. 난 부담스러워. 오늘 네가 한 말, 못 들은 걸로 할게. 그리고…… 앞으로 다시는 만나는 일 없었으면 좋겠어."

그날, 도영을 집까지 바래다주고 듣게 된 대답. 예상대로 거절이었다. 한발 다가오는 듯하더니 그의 고백에 저만치 달아나려고 발에 시동부터 걸었다.

태서는 포기하지 않았다. 마음을 받아달라고 다그치지도 않았다. 그저 하던 대로 조용히 주위를 맴돌면서 그녀를 기다렸다. 만나주지 않으면 먼발치에서 그녀의 얼굴만 보고 돌아오는 날도 비일비재했다. 그렇게라도 그녀를 봐야지만 숨통이 트였고 살 것 같았다. 그동안은 그녀를 안 보고 어떻게 살았었나 싶었다.

그리고…….

“내가 아무래도 너를, 좋아하나 봐.”

모질고 매정하게 그를 밀어내기만 했던 도영은 꼬박 1년 3개월 만에 그의 마음을 받아주었다. 말로는 형용할 수 없을 정도로 가슴이 벅차올랐고 세상을 다 가진 기분이었다. 두 볼이 발그레해져서 수줍은 고백을 건네던 그녀가 무척이나 사랑스러웠다.

5년이 지난 지금은 더 사랑스럽지.

도영과의 지난 추억을 회상하던 태서의 만면에 행복한 웃음이 가득했다.

생각하니까 또 보고 싶네.

매일 매 순간 도영이 보고 싶지만 오늘은 유독 보고 싶었다. 이어지는 밤샘 촬영으로 벌써 7일째 그녀를 만나지 못해 그리움이 더 진했다.

“아쉬운 대로 목소리라도 들을까?”

태서는 주머니에서 휴대폰을 꺼냈다. 잠금 패턴을 해제하고 단축번호 1번을 길게 누르자 환하게 웃고 있는 도영의 얼굴이 액정화면에 나타났다.

[응, 나야.]

신호음이 서너 번 울렸을 때쯤 도영이 전화를 받았다.

“통화 가능해?”

[응, 괜찮아. 새언니 잠깐 외출했어.]

“아아, 혼자 있구나. 뭐 하고 있었는데?”

[예약 주문받은 도시락들 방금 보내고 잠깐 쉬고 있었어.]

“그럼 오늘 예약은 끝인가?”

[아니. 저녁 예약 남았어. 두 팀.]

“우리 애인 잘나가네.”

[잘나가야지. 누구 애인인데.]

그녀가 여유 있게 말을 받아치자, 태서의 낮은 웃음소리가 차 안에 흩뿌려졌다.

“힘들진 않아?”

[힘들긴 한데, 그만큼 재밌어. 내가 만든 음식을 사람들이 맛있게 먹어주고 좋아해 주니까, 보람도 느끼고.]

도영의 목소리에 생기가 돌았다. 대학 졸업 후 한 외식업체에 취업을 했던 도영은 1년 전 회사를 그만두고 오빠의 아내와 뜻을 모아 현재 수제도시락 전문점을 운영하고 있었다.

[너는? 촬영장 아니야? 촬영 중인 줄 알고 일부러 전화 안 했는데.]

“씬 하나 끝내고 차 안에서 다음 촬영 대기하고 있는 중이야.”

[잠도 제대로 못 자고. 너야말로 힘들겠다. 밥은 잘 챙겨먹고 있는 거지?]

걱정이 가득 담긴 물음에 태서는 그녀의 마음을 안심시키듯 대답했다.

“잘 챙겨먹으니까 걱정 마.”

[퍽이나. 제발 김밥이나 샌드위치로 간단하게 해결하지 말고 제대로 먹어. 일도 좋지만 건강도 좀 생각하라고. 몸도 고생하는데 먹는 거라도 잘 먹어야지.]

조잘조잘 늘어놓는 잔소리가 싫지 않다. 오히려 정겹게 들리기까지 한다. 그녀가 하는 소리라면 잔소리든 꾸지람이든 뭐든지 좋았다.

왜냐. 그가 세상에서 제일 사랑하는 여자, 민도영이니까.

“보고 싶다.”

[괜히 찔리니까 말 돌리는 것 좀 봐.]

“진심이야. 보고 싶어. 아주 미치게.”

[나도…… 보고 싶긴 해.]

그녀의 음성이 아련하게 귓가에 감겼다. 태서의 눈빛이 일렁거렸다.

"이따 잠깐이라도 갈까?"

[아니, 오지 마. 가뜩이나 생방 촬영 때문에 힘든데 차라리 그 시간에 잠이라도 더 자. 알았지?]

"잠보다 네가 더……."

간절하게 보고 싶다고 말하려던 그때, 차 문이 벌컥 열리더니 매니저 현수가 얼굴을 들이밀었다.

"태서야. 어? 통화하고 있었구나?"

"왜?"

"민아가 대사 좀 맞춰주면 안 되냐고 해서."

그와 같은 소속사 후배인 민아는 현재 같은 드라마에 출연하고 있는 연기자였다. 그의 상대역인 여자주인공의 친구이자 그를 몰래 짝사랑하고 있는 인물로 다음 촬영이 민아와 함께하는 씬이었다.

"도영아."

현수에게 고개를 끄덕이고 도영을 부르자, 휴대폰 너머로 대화 내용을 듣고 눈치를 챈 그녀가 먼저 말했다.

[응. 전화 끊고 얼른 가서 맞춰줘.]

"또 전화할게."

[알았어.]

잠시 끊긴 휴대폰을 아쉬운 눈길로 바라보던 태서는 이내 대본을 챙겨 차에서 내렸다. 몸이 찌뿌듯했는데 날이 흐린 걸 보니 아무래도 비가 내릴 모양이다. 좌우로 목을 움직이며 가볍게 스트레칭을 한 그는 담배 한 개비를 꺼내 입에 물었다.

"담배 한 대만 피고 가자."

"그렇게 해."

"형도 줘?"

"난 됐어."

태서가 권하는 담배를 현수가 사양했다. 그는 담배에 불을 붙이고 깊게 빨아들이고 후 내뱉었다. 뿌연 연기가 공중으로 흩어졌다.

"담배 잘 참네. 며칠 못 갈 줄 같았는데."

"이거 왜 이래? 난 한다면 하는 사람이야."

현수가 자신만만하게 외치자 태서는 피식 웃었다. 대단하긴 대단하다. 하루에 한 갑반이나 피우던 담배 양을 하루 5개비로 확 줄일 거라고 당당하게 큰소리를 쳤던 현수는 그 실천을 한 달째 잘 유지하고 있었다.

"아유, 담배 냄새. 담배 좀 끊으면 안 돼?"

문득 담배 냄새를 질색하는 도영의 음성이 메아리치듯 울렸다.

"올해까지만, 내년에는 끊어보도록 노력할게."

"맨날 말로만. 그 소리 벌써 3년째라는 거 아나 몰라."

"그런가?"

겸연쩍어하는 그를 도영이 눈매를 가늘게 접고 흘겨봤다. 그녀를 위해서라면 이깟 담배 따위 얼마든지 끊을 수 있을 줄 알았는데, 영 쉽지가 않았다.

"저기, 태서야."

회상에서 벗어난 태서의 시선이 현수에게 꽂혔다.

"왜?"

"대표님도 당분간 너한테 알리지 말라고 하셨고, 나도 너 신경 쓸까 봐 얘기 안 하려고 했는데 말이야. 너도 알고는 있어야 할 것 같아서."

"뭘?"

현수가 선뜻 말하지 못하고 머뭇거리자 태서의 미간에 주름이 잡혔다. 별로 예감이 좋지 않았다.

"말을 꺼냈으면 해야지. 뭔데 그래?"

그의 재촉에 후우, 길게 한숨을 흘려보낸 현수가 마침내 입을 열었다.

"사무실로 연락이 왔대. 네 어머니라는 분한테서."

말이 끝나기 무섭게 태서의 표정이 딱딱하게 굳어졌다.

"누구?"

"네…… 어머니."

"어머니라."

태서가 입매를 차갑게 비틀었다. 그런 그를 옆에서 바라보는 현수의 시선에 안쓰러움이 배어 있었다.

짙은 회색빛 먹구름이 몰려오더니 늦은 오후부터 비가 쏟아지기 시작했다. 쉽게 멈출 비는 아닐 것 같다는 예상은 적중했다. 비는 8시를 넘긴 이 시각까지 그칠 기미를 보이지 않고 있었다.

"하여간. 우리나라 일기예보는 참 믿을 게 못 된다니까."

매장 정리를 끝내놓고 퇴근 준비를 하던 그녀의 올케 세연이 끌끌 혀를 찼다.

"그러게요."

세연의 말에 도영은 적극 공감했다. 오후 3시쯤 일기예보를 확인했을 때도 비 소식은 없었으니 말이다.

"그나저나 내일은 우리 아가씨 혼자 고생하겠네. 미안해서 어쩌나."

"또 이러시네. 우리 사이에 새삼. 전혀 미안해할 필요 없다니까요."

오늘만 3번째 듣는 말이다. 그녀는 사촌 동생 결혼식 때문에 내일 하루 자리를 비우는 일로 내내 미안해하는 세연을 달래주었다.

"내일은 예약도 한 팀뿐이고 매장에 오는 손님들은 혼자서도 충분해요. 토요일이라 문도 일찍 닫잖아요."

1년 전 세연과 함께 오픈한 수제도시락 전문점 '민트 테이블'의 매장 규모는 아담했다. 거의 100% 예약제로 영업이 이뤄지고 있었고 매장 안에서 식사는 가능하나 테이블이 5개뿐이라 받을 수 있는 손님은 한정적이었다. 처음 몇 개월은 눈앞이 막막하고 걱정이 한가득이었는데 입소문을 타고 알려지기 시작하면서 단체예약 주문도 많이 들어오고 단골손님도 꽤 생겨 이제는 제법 자리를 잡은 상태였다.

"그래도. 하필이면 내일 수인 언니도 시간이 안 된다고 하고."

수인은 주문 예약이 많아서 손이 부족할 때 한 번씩 도움의 손길을 청하는 세연의 지인이었다. 그래서 세연이 내일도 좀 나와서 도와달라고 부탁했더니 수인도 내일은 일이 있어서 곤란하다는 소리를 들었다고 했다.

"괜찮다니까. 새언니 설마, 제가 못 미더워서 그러시는 거예요?"

"무슨, 별소리를 다 한다. 내가 아가씨를 못 믿으면 누굴 믿어?"

도영의 장난 섞인 농담에 세연이 손사래를 치며 강하게 부정했다.

"처음도 아니고 벌써 4번째니까 그러지."

"일부러도 아니고 다 중요한 일이 있어서 그런 거잖아요. 그런 부분에 대해서는 전혀 신경 쓰지 마요. 그리고 저도 언젠가 자리 비우는 날이 있을 텐데요, 뭐. 그러니까 그만 미안해하시고, 우리 얼른 집에 가요."

"오케이. 고마워, 아가씨."

도영은 세연이 전하는 고마움을 해사한 미소로 대신했다. 캐비닛에서 외투와 가방을 챙겨 매장을 나선 두 사람은 우산 하나를 나눠 쓰고 차가 주차되어 있는 곳으로 달려갔다.

"아가씨."

막 운전석에 오른 도영을 세연이 불렀다. 그녀는 탈탈 털어 접은 우산을 뒤로 넘기며 세연을 돌아봤다.

"왜요?"

"비도 오는데 집에 가서 막걸리에 해물파전 어때?"

"음."

세연이 구미가 당기는 제안을 해왔다. 세연을 내려주고 곧장 집으로 가서 욕조에 따뜻한 물을 받아 몸을 담그고 싶었던 도영은 입맛을 다시며 고민했다.

"뭘 고민해. 그냥 가면 되지. 이런 날은 막걸리에 파전이 딱이라고."

"집에 막걸리가 있어요?"

"파전 하는 동안 오빠더러 사오라고 하면 돼. 담배 피고 싶어서 나갈 구실을 만들게 뻔하거든. 그 김에 막걸리나 사오라고 하지 뭐."

도영은 배시시 웃으며 차에 시동을 걸고 출발했다.

"그게 뭐가 그리 좋다고 못 끊는지 몰라."

그동안 꽤 불만이 쌓였었는지 세연의 투덜거림은 계속 이어졌다.

"맨날 말로만 끊는다고 하고. 실천으로 옮길 생각은 하지도 않아. 내가 저번에 한 번은 담배가 그렇게 끊기 힘들어? 그랬더니 오빠가 뭐라고 하는 줄 알아?"

"뭐라고 했는데요?"

"글쎄 나더러 한 17년 펴보래. 담배가 하루아침에 끊겨지나."

다시 생각해도 기가 막힌 듯 세연이 코웃음을 쳤다.

"아니, 누가 하루아침에 끊으라고 했냐고."

"담배 끊는 일이 쉬운 게 아닌가 봐요."

도훈도, 태서도 두 사람 모두 담배를 쉽게 못 끊는 걸 보니 말이다.

"쉽진 않겠지. 이해는 해. 하지만 오빠도 내년 지나면 마흔이야, 마흔. 건강을 생각할 나이라고."

"그렇긴 하죠."

"근데 아가씨 주위에도 담배 피는 사람이 있어?"

"네?"

태서를 떠올리며 말했던 도영은 순간 가슴이 뜨끔했다. 가족들은 태서와 그녀의 연애 사실 전혀 모르고 있었고 그녀에게 사귀는 남자친구가 있는 줄도 몰랐다.

"아. 전에 회사 다닐 때 남자 직원들 보니까 그렇더라고요."

"아아."

세연은 그녀가 대강 둘러댄 핑계를 믿는 듯했다. 준희를 비롯해 그녀의 몇몇 친구들을 알고 있는 세연이 행여나 수상하게 생각하지 않을까 했는데 다행이었다. 찔리는 구석이 있으니 별것 아닐 일로도 바짝 긴장을 하게 된다.

차는 어느새 도훈 내외가 살고 있는 아파트에 도착을 했다. 막걸리와 해물파전의 유혹을 뿌리치지 못한 도영은 세연과 함께 차에서 내렸다.

"아가씨 보면 오빠가 좋아하겠다."

"지난 일요일에 봤는데요 뭐."

"그건 저녁 먹기로 한 날이니까 온 거고. 오늘은 예고 없이 온 거잖아. 아마 되게 반가워할걸? 아가씨 오빠 동생 바보잖아."

세연의 말끄트머리에 듣기 좋은 웃음소리가 따라붙었다. 도영은 덩달아 따라 웃으며 지하 주차장으로 내려온 엘리베이터에 올라탔다. 천천히 움직이기 시작한 엘리베이터는 15층에서 멈춰 섰다.

"고모!"

현관문을 열고 들어서자 5살 된 조카 윤서가 도영을 부르며 쪼르르 달려왔다. 신발을 벗고 집 안으로 들어간 도영은 무릎을 꿇고 앉아 두 팔을 벌려 윤서를 품에 쏙 안았다.

"우리 윤서, 고모 보고 싶었어?"

"응!"

"아고, 예뻐라. 누구 조칸데 이리 예쁠까?"

"고모 조카지!"

통통하게 살이 오른 귀여운 볼에 쪽 하고 입을 맞춘 도영이 윤서를 안은 채 번쩍 일어나 거실로 걸어갔다. 세연이 앙증맞은 손으로 도영의 목을 껴안고 있는 윤서에게 짐짓 서운하다는 투로 말을 걸었다.

"민윤서 너무하네."

"엄마, 왜?"

윤서의 반짝이는 눈동자가 세연에게 닿았다.

"고모가 아니라 엄마한테 먼저 와서 안겨야 하는 거 아냐?"

"에이, 엄마는 매일매일 보잖아. 고모는 음. 저번 저번 저번에 보고 못 봤는데."

고사리 같은 손으로 날짜를 헤아리는 윤서를 바라보는 도영의 눈빛에 애정이 그득했다. 피가 섞인 첫 조카라서 그런지 말과 행동 하나하나가 너무나도 사랑스러웠다.

"하여간. 누굴 닮았는지 말은 잘해요."

"송세연을 닮았지 누굴 닮아?"

마침 주방에서 나오던 도훈이 세연이 하는 소리를 듣고 끼어들었다.

"뭐?"

"장모님이 그러시더라. 윤서 말하는 거 보면 딱 어렸을 때 당신이라고. 말문 일찍 트인 것도 그렇고 여기저기 쫓아다니면서 온갖 간섭을 다 했다며?"

"뭐, 기억은 안 나는데 그러긴 했다더라."

세연이 인정하듯 어깨를 으쓱였다.

"일단 난 옷부터 갈아입고 나올게. 아가씨도 편한 옷 줄게 입을래?"

"전 됐어요."

"그럼 조금만 기다려. 금방 나올게."

"네."

안방으로 들어가는 세연에게 대답한 도영은 그만 내려달라는 듯 꼼지락거리는 윤서를 소파 위에 앉혀주고 그제야 도훈과 인사를 나눴다.

"오빠가 불러야만 오더니, 말도 없이 어쩐 일이야?"

도훈이 다정한 손길로 그녀의 머리를 쓰다듬으며 말을 건넸다.

"새언니가 막걸리에 해물파전으로 유혹했거든."

"비 오는 날엔 막걸리에 파전이 제격이긴 하지. 잘 왔어."

세연에게 들었던 소리를 고스란히 도훈에게서도 듣게 되자 도영은 배식배식 소리 없이 웃었다.

"누가 부부 아니랄까 봐. 어쩜 하는 소리가 똑같네."

"부부는 닮는다잖냐. 어쨌든 모처럼 우리 꼬맹이랑 술 한잔할 생각하니까 오빠 기분이 좋다."

"좋은 건 나도 좋은데. 꼬맹이라니?"

도영이 도훈을 향해 힐끗 눈을 흘겼다.

"오빠 동생 벌써 29살이거든? 대체 언제까지 꼬맹이 취급할 거야?"

"네가 환갑이 넘어도 오빠 눈에는 꼬맹이로 보일걸? 넌 이 오빠의 영원한 꼬맹이야."

도훈이 그녀의 볼을 살며시 꼬집어 흔들었다.

"아빠? 고모가 왜 꼬맹이야?"

소파에서 얌전히 인형을 가지고 놀던 윤서가 눈을 깜빡거리며 이상하다는 듯 고개를 갸웃거렸다.

"고모는 어른이지. 꼬맹이는 나고."

윤서가 자그마한 손으로 제 가슴을 톡톡 두드렸다. 피식거리며 도훈의 어깨를 툭 친 도영이 윤서의 볼을 어루만졌다.

"우리 윤서 똑똑하네. 고모는 어른이지?"

"응. 그런데 아빠는 왜 고모더러 꼬맹이래? 키도 나보다 이만큼이나 더 큰데."

윤서가 팔을 위로 쭈욱 뻗어 올려 저와 그녀의 키 차이를 비교했다. 그러자 도훈이 소파에 앉아 윤서를 제 무릎 위에 앉히며 설명하기 시작했다.

"윤서 말이 맞아. 고모는 어른이야. 아빠 눈에만 꼬맹이지."

"왜?"

"그 이유는 우리 윤서도 나중에 동생이 생기면 알게 될 거야."

"어? 윤서 동생 생겨?"

동생이 생기기를 바라고 있었는지 윤서가 들뜬 표정을 지었다.

"당연히 생기지. 나중에."

"나중에 언제? 지금 생기게 해주면 안 되는 거야?"

"지금은 어렵지."

"그럼 내일? 내일은 생기게 해줄 수 있어?"

"내일…… 도 어려워."

"왜 어려워? 별님반 지유는 4살인데 동생이 있단 말이야. 지유는 나보다도 어린데 먼저 동생도 생기고. 히잉, 자존심 상해."

"하하, 뭘 또 자존심씩이나."

윤서가 곧 울음이라도 터트릴 것처럼 입술을 비죽거리자 도훈이 당황해했다. 말 한 번 잘못 꺼냈다가 곤란에 빠진 도훈을 보니 도영은 풋 웃음이 새어 나왔다.

하염없이 쏟아지는 비는 완전히 그친 상태였다. 막걸리와 해물파전을 배불리 먹은 도영은 도훈 내외와 재밌게 놀다가 11시 넘어서야 일어났다. 술을 마신 터라 차는 내일 아침에 출근하면서 가져가기로 하고 택시를 불렀는데 도훈이 택시 타는 곳까지 배웅해준다며 그녀를 따라나섰다.

"술도 마셨고 시간도 늦었는데 자고 가라니까."

"다음에."

아래로 내려가는 화살표 버튼을 누르자 3층에 멈춰 있던 엘리베이터가 위로 올라오기 시작했다.

"말로만 다음에라지. 세연이가 너 집에 꿀단지 숨겨놓은 것 같다더라."

"꿀단지?"

"명절 때 아니면 자고 가는 법이 없으니까 그러지."

"아무래도 집이 편하니까."

"어째 여기는 불편하다는 소리로 들리는데? 여기도 네 집이야,

인마."

도훈이 손가락 두 개를 그녀의 이마에 대고 퉁 튕겼다.

"누가 여기가 불편하다고 했나. 집이 가까우니까 기왕이면 늘 자던 잠자리에서 자는 게 편하다는 거지."

"그 마음은 알겠는데, 그래도 오빠 좀 서운해. 내 동생이 이제 오빠한테 곁도 안 내어주는 거 같아서."

"에이, 오빠도 별소리를 다 한다. 아니야, 그런 거."

"그럼 다행이고. 그냥, 오늘 같은 날은 굳이 안 가도 되는데 네가 이렇게 고집부리면서 집으로 돌아간다고 할 때마다 오빠 기분이 그다지 유쾌하진 않아."

"오빠아."

도훈을 바라보는 도영의 얼굴에 미안한 기색이 어렸다. 그녀는 이러한 자신의 행동에 도훈이 서운해하고 있을 줄은 미처 알지 못했다.

오빠 마음도 눈치채지 못하고. 그동안 너무 나만 생각하고 있었구나, 내가.

도영도 마음은 자고 가고 싶을 때가 있긴 했다. 하지만 태서가 가끔 기약 없이 늦은 시간에 찾아올 때가 있어 그녀는 아주 중요한 날이 아니면 시간이 늦더라도 꼭 자신의 빌라로 돌아갈 수밖에 없었다. 바쁜 스케줄 때문에 자주 만나지 못하는 연인을, 오는지 안 오는지도 불분명한 연인을 기다리기 위해서.

"그래서 오빠 지금도 한 번씩 후회한다."

15층에 도달한 엘리베이터의 문이 스르르 열렸다. 그 안으로 오른 도영이 곁에 선 도훈을 올려다보았다.

"뭘?"

"너 따로 독립시켜 준 거."

도영의 잇새로 옅은 한숨이 밀려 나왔다. 그녀가 도훈에게 독립에 대한 이야기를 꺼낸 건 도훈과 세연의 결혼 날짜가 정해진 직후였다.

"독립은 절대 안 된다고 했을 텐데, 민도영."

단호한 도훈의 반대에 도영은 세연에게 간절하게 부탁했지만 부질없었다.

"나도 오빠랑 같은 생각이야, 도영아. 독립은 허락 못해."

오히려 도훈보다 세연의 반대가 더욱 극심했다. 그녀가 독립하려는 이유가 두 사람의 결혼 때문이라면 세연은 차라리 결혼을 하지 않겠다고 했었다. 도훈에게 그녀가 어떤 동생인지, 얼마나 아프고 소중한 손가락인지 누구보다 잘 알고 있는 사람이 자신인데 그 손가락을 따로 떨어뜨려 가면서까지 결혼하고 싶지 않다는 세연의 말에 눈물이 났다.

도영은 결국 독립을 포기해야만 했다. 우려했던 것과는 달리 세연의 부모님은 도훈을 흡족해하셨고 결혼 승낙도 흔쾌히 해주셨다. 승낙을 받은 다음 해에 결혼 날짜가 잡혔고, 독립하고 싶은 그녀의 마음 하나 때문에 두 사람의 결혼을 틀어지게 만들 수는 없었다. 그녀의 포기로 도훈과 세연은 많은 사람의 축복 속에 결혼식을 올렸고 도영은 그렇게 그들이 마련한 새 보금자리에서 함께 살게 되었다.

"나 독립할래."

도영이 다시 독립 이야기를 꺼낸 건 그로부터 2년이 지나서였다. 예상대로 돌아온 건 반대였다.

"반대해도 난 할 거야. 두 사람이 허락해 주지 않아도 이제 그 정도는 스스로 결정할 수 있는 나이야, 나."

도훈과 세연 못지않게 이번에는 도영도 단호하게 나갔다. 결코 두 사람이 같이 살면서 그녀를 불편하게 했다거나 서운함을 안겨주었다거나 한 건 아니었다. 그들은 한결같이 그녀에게 지극했고 따라서 행복했다. 그래, 그녀는 분명 행복했다. 하지만 그와 동시에 마음 한구석이 편치 않았던 것도 사실이다.

한창 달달한 신혼 생활을 즐겨야 할 신혼부부. 도훈과 세연은 그녀로 인해 제대로 된 신혼을 누리지 못했다. 아무리 그녀를 개의치 않고 애정을 나눈다고 하지만 어디 둘만 있을 때와 같겠는가. 그게 늘 마음 끝자락에 걸려 내려가질 않았다.

그러다가 도영이 독립을 단단히 결심한 건 윤서가 태어나고 나서였다. 윤서가 그녀에게 첫 조카이듯 세연의 친정 부모님에게도 첫 손녀였다. 사돈 어르신들은 눈에 넣어도 아프지 않을 손녀를 보기 위해 한동안 주말마다 올라오셨다. 왜 보고 싶지 않으시겠는가. 그녀도 아침에 출근하면 윤서가 보고 싶어 눈에 아른아른거렸는데, 그분들은 오죽하셨을까. 그러나 사돈 어르신들은 딱 한 번을 제외하고는 주무시고 가신 적이 없었다. 아침 일찍 출발해서 오셨다가 저녁 무렵 댁으로 돌아가셨다. 일요일에 해야 할 일이 산더미처럼 쌓여 있다는 것이 이유였다.

그러던 어느 토요일이었다. 물을 마시려고 주방으로 들어서던 그녀는 우연찮게 도훈과 안사돈 어르신이 나누는 대화를 듣게 되었다.

“왜 매번 그냥 가세요. 주무시고 가시지. 윤서 보고 싶어서 먼 길 오셨는데, 주무시고 내일까지 실컷 보고 내려가세요.”

“에휴, 아니야. 내일 할 일도 있고, 또 우리가 있으면 아무래도 사돈처녀가 불편하지. 평일 내내 힘들게 일하고 주말 이틀 쉬는데 우리가 있으면 어디 편하게 쉴 수나 있겠어. 토요일마다 우리가 와서 편히 못 쉬었을 텐데 일요일 하루는 사돈처녀도 푹 쉬도록 해줘야지.”

도영은 그때 처음 알았다. 두 분이 당일로 다녀가셨던 그 이유를. 전부 그녀를 위한 그분들의 배려였던 것이다. 그녀 때문에 하나뿐인 딸의 집에 와서 하루도 제대로 주무시지 못하는 사돈어른들께 너무 죄송했다.

그녀가 도훈의 하나뿐인 피붙이이듯 사돈어른들도 세연에게 같은 존재인데, 겉으로 내색은 하지 않아도 그런 부모님의 뒷모습을 바라보는 세연의 마음도 좋지만은 않았을 것이다.

그래서 그녀는 굳게 결심했다. 더 이상 도훈에게서 보살핌을 받아야 할 나이도 아니었고, 독립해서 제 앞가림은 충분히 할 수 있었다. 그녀야 자그마한 원룸을 얻어 자주 왕래를 하며 지내도 되지만 그분들은 아니지 않은가. 아침 일찍 서둘러 서울로 올라왔다가 그날 저녁 다시 강원도로 내려가야 하는 일은 나이 드신 분들께는 힘든 여정이었다.

그런 분들을 계속 두고 볼 수만은 없었다. 이번에야말로 그녀가 그분들을 배려해 드려야 할 때였다. 딸의 집에 자유롭게 드나드시면서 그 누구의 눈치도 보지 않고 원하실 때까지 머물다가 가셨으면 하는 바람이었다.

독립을 한다고 하면 또 반대를 할 게 불 보듯 뻔하기에 그녀는 허락도 받지 않은 상태에서 그동안 저축해 놓았던 돈의 일부로 보증금 500에 월세 35만 원짜리 자그마한 원룸을 얻었다. 풀 옵션 원룸이라 가구며 가전이며 크게 준비하지 않아도 돼서 편했고, 침대와 침구, 주방 용품 외에 간단히 필요한 살림살이만 장만하면 끝이었다.

“나 회사 근처에다가 작은 원룸 얻었어. 주말에 들어갈 거야.”

그녀의 독단적인 움직임에 도훈은 불같이 화를 냈다. 도영은 도훈이 그렇게 화를 내는 모습은 처음 보았다. 하나, 이미 엎질러진 물은 다시 주워 담을 수 없다.

“내 선택, 존중해 줬으면 좋겠어. 언제까지 오빠와 새언니한테 보호만 받으면서 편하게 살 수는 없잖아. 나도 이제 그만 자립해서 내 힘으로 한번 살아보고 싶어.”

은근히 그녀의 독립을 반겼던 태서마저 두 분 마음을 아프게 하면서까지 일방적으로 그래야겠냐며 말렸었다. 충분히 설득하고 허락을 받은 후에 독립을 해도 하는 게 서로를 위해서 좋을 거라고 조언하며 걱정했지만 이미 여러 번 부딪혀 본 그녀는 계획대로 실행에 옮겼다. 그리고 그녀가 간단한 짐을 꾸려 원룸으로 이사 나가던 날 도훈과 세연은 나와보지 않았다.

도훈과 세연이 그녀의 새 보금자리인 원룸으로 찾아온 건 그로부터 한 달이 지난 주말이었다. 아직 그녀에 대한 화가 덜 풀린 듯 굳은 표정이었지만 두 사람이 이렇게 찾아와 줬다는 자체만으로도 도영은 너무 기뻤다.

"도영아. 혹시 내가 너 서운하게 한 거 있니?"

혹시나 저 때문은 아닌지 하는 생각으로 마음고생을 했는지 세연의 얼굴이 무거워 보였다. 결혼 이후 확실히 지켰던 아가씨라는 호칭도 생략하고 예전처럼 편하게 이름을 불렀다.

"언니. 절대 그런 거 아니에요. 언니가 얼마나 나한테 잘해줬는데, 언니한테 서운한 점이 털끝만큼도 있다면 그건 제가 나쁜 거죠."

도영은 강하게 부정했다. 친언니가 있었다면 세연만큼 그녀를 아껴줬을까 싶을 정도로 세연은 그녀에게 애정을 보여주었다. 그녀는 행여나 세연이 괜한 오해로 상처를 입을까 봐 한 번쯤 자립해서 제 힘으로 살아보고 싶었다는 전에 했던 말을 다시 한 번 강조했다. 그리고 그 말은 100% 진심이었다. 비록 계기는 다른 곳에서 얻었지만, 내내 독립을 원하고 있었기에 계기가 무엇인지까지는 굳이 말할 필요가 없었다.

그렇게 진심을 다해 재차 그녀의 입장을 전달하고 대화를 나눈 끝에 세연에게서 나온 소리는 전혀 뜻밖이었다.

"좋아. 정 그렇다면 우리도 네 뜻 존중할게. 독립해서 살아봐. 살다가 정 힘들고 외로우면 다시 집으로 들어와. 그게 언제가 됐든 네 방은

늘 그대로 있을 테니까. 단, 너도 우리 뜻 하나만 받아들여 줘야 할 게 있어."

세연의 말에 하마터면 왈칵 눈물이 쏟아질 뻔했다. 드디어 두 사람에게 독립을 허락받은 도영은 그것이 무엇이든 받아들이겠노라 마음먹었다.

"그게 뭔데요?"
"네가 살 집, 우리가 얻어놨어. 거기로 이사해. 여긴 안 돼."
"여기도 좋아요. 보안도 잘돼 있고. 무엇보다 회사도 가깝고."
"이 집이 나빠서가 아니야. 우리 집하고 거리도 한 시간이고, 너무 멀어서 안 돼. 출퇴근은 지금보다 편하진 않겠지만 불과 한 달 전까지 다니던 거리니까 그건 크게 문제없을 거라고 생각해. 우리 뜻 받아줄 거지?"

솔직히 사양하고 싶었다. 그 뜻을 받아들이면 제 스스로 독립에 성공한 것이 아니니까. 제 힘으로 살아보겠노라 당당하게 큰소리 쳤는데 도움을 받아서 독립하면 무슨 의미가 있겠는가. 그러나 한참 망설이던 도영은 그 뜻을 받아들였다. 몇 년이나 심하게 반대하던 독립을 허락해 준 것도 두 사람의 입장에서는 크게 양보한 것인데 그런 그들에게 차마 싫다고 거절할 수가 없었다.
그렇게 이사는 보름 후에 이뤄졌다. 도훈과 세연이 그녀를 위해

새로 얻어놓은 집은 아담한 빌라의 전셋집이었다. 큰 방 하나와 거실과 주방이 따로 분리되어 있었고 혼자 살기에 딱 적당한 집이었다. 두 내외가 살고 있는 아파트에서 걸어서 15분 거리에 있는 위치로 매우 가까웠다. 그녀에게 무슨 일이 생겼을 때 한달음에 달려올 수 있는, 차로 움직이면 5분도 채 걸리지 않는 거리였다.

도영은 여전히 그 빌라에 살고 있었다.

“내가 우리 오빠를 너무 서운하게 했나 보다.”

어느새 1층에 도착한 엘리베이터에서 내린 도영이 도훈에게 팔짱을 끼며 그의 서운한 마음을 다독이듯 말했다.

“미안. 앞으로 더 잘할게. 오빠 서운한 마음 안 들도록.”

“두고 볼 거야.”

“응. 두고 봐. 내가 그동안 오빠 서운하게 했던 거 아주 싹 가시게 해줄게.”

“짜식.”

도훈이 방긋 웃으며 손끝으로 부드럽게 그녀의 머리카락을 헝클어트렸다.

아파트 현관 입구를 빠져나오자 한바탕 세차게 퍼붓고 멈춘 비 냄새가 코끝을 찔러왔다. 집을 나서기 전 부른 택시는 아직 오지 않았다.

“택시가 평소보다 늦네.”

“그러게.”

도훈이 습관적으로 점퍼 안주머니에서 담배를 꺼내 물었다. 담배 끝에 불을 붙이는 도훈에게 도영이 눈을 흘기며 잔소리 한마디를 했다.

"아까도 피우고 들어왔으면서 또 담배야?"

"그때가 언젠데. 한 시간도 더 지났는데."

"담배 그만 끊어. 새언니가 오빠 건강 걱정 많이 하더라."

"왜, 네 새언니가 뭐라고 해?"

"뭐라고 한 게 아니라 걱정한다고. 오빠도 건강 챙겨야 할 나이잖아."

"새언니한테 걱정 말라고 전해. 그리고 인마. 오빠 나이 아직 그 정도 아니야. 아주 팔팔하다고."

도훈이 단단함을 과시라도 하듯 팔을 위아래로 세게 흔들어 보였다.

"솔직히 말 안 하려고 했는데. 오빠 전보다 배도 좀 나온 거 같아. 복부 비만이 가장 위험한 거 몰라?"

"비만까지는 안 갔어. 그리고 요 며칠 운동을 소홀이 해서 그래. 이 정도는 하루만 바짝 운동해도 들어갈 배야."

"에이, 말도 안 돼."

"녀석 못 믿네. 보여줘?"

"응 보여줘. 내일은 오빠도 결혼식 갈 테니까 운동하긴 힘들 거고. 일요일 날 바짝 하면 되겠네, 운동. 내가 월요일에 확인하러 온다? 이 배, 다 들어갔는지 안 들어갔는지."

"흠. 이번 주는 곤란한데. 오빠 일요일도 지인 결혼식이 있어서."

도영의 집요함에 도훈이 방금 전까지 보였던 자신만만한 태도를 훨훨 날려 보냈다. 그녀는 하여간 못 말린다는 듯 고개를 가로저으며 배시시 웃었다.

"그래도 오빠. 건강은 꼭 챙겨. 건강은 스스로가 지켜야지 다른 사람이 지켜주는 게 아니거든. 오빠가 건강해야, 새언니도, 나도 그리고 우리 윤서도 행복하지. 응?"

"알았어. 반드시 챙길게."

"기왕이면 담배도 끊고."

"노력은 해볼게."

"지켜볼 거야."

도영은 대답 대신 나직하게 웃음을 흘리는 도훈의 어깨에 살포시 머리를 기댔다.

"아, 오늘 참 좋다."

사랑스런 조카 윤서도 보고, 언제나 그녀의 곁을 든든하게 지켜주는 소중한 두 사람과 술도 한잔하고, 오랜만에 오빠 도훈과 허심탄회하게 대화다운 대화도 나누고. 이렇게 행복해도 되나 싶을 정도로 행복한 하루가 다 지나가고 내일을 맞이할 준비를 하고 있었다.

빌라로 돌아온 도영은 욕조에 물을 받아 반신욕부터 했다. 따뜻

한 물에 몸을 담그고 나왔더니 고단했던 피로가 스르르 녹아내리면서 한결 가뿐해진 기분이다.

가볍게 샤워까지 마친 그녀는 방으로 와서 기초화장품을 순서대로 발랐다. 그런 다음 젖은 머리칼을 말리기 위해 드라이어를 꺼내려고 하는데 화장대 위에 올려두었던 휴대폰이 진동을 하며 전화가 왔음을 알렸다. 발신자를 확인한 도영의 얼굴에 웃음꽃이 피어올랐다.

"응, 태서야."

도영이 밝은 목소리로 전화를 받았다.

[나 들어가니까 놀라지 마.]

툭, 전화가 끊기는 동시에 현관 비밀번호를 누르는 소리가 들렸다. 태서가 그녀를 만나러 온 것이다. 도영은 급히 거실로 달려나갔다.

띠리릭, 도어록이 해제되고 열린 현관문으로 태서가 들어왔다.

"이 시간에 어떻게 온 거야?"

도영이 시계를 확인하며 물었다. 시간은 벌써 새벽 1시를 넘어가고 있었다.

"어떻게 오긴. 차 타고 왔지."

태서는 안으로 들어서자마자 도영을 끌어당겨 품에 안았다. 도영은 그의 넓은 가슴팍에 얼굴을 기대며 단단한 허리에 팔을 둘렀다.

"촬영은?"

"3시에 다시 가봐야 돼. 지금부터 2시간은 나, 오로지 민도영 거야."

태서가 그녀를 안고 있던 손을 살짝 풀었다. 그는 여전히 허리에 팔을 두른 자세로 고개만 들어 시선을 마주쳐 오는 그녀의 분홍빛 입술에 쪽, 입을 맞췄다. 그리고 그대로 다시 품에 안았다.

"오지 말라니까, 참 말 안 들어. 여기 오는 시간에 부족한 잠부터 채우라고 했잖아. 힘들게 뭐 하러 와."

"나한텐 잠보다 네가 보약이야. 널 봐야지 활력을 보충할 수 있다고."

그렇게 말한 그가 넌지시 물음을 던졌다.

"왜, 내가 온 게 싫어?"

"아니. 좋아."

싫을 리 만무하다. 태서가 그녀를 만나러 오는 대신 그 시간에 충분한 휴식을 취하길 바랐지만, 막상 이렇게 그의 얼굴을 보니 너무 좋았다.

"아주 많이."

도영은 그의 가슴에 볼을 비비며 허리를 두르고 있는 팔에 더욱 힘을 주었다. 쿵쿵. 그의 심장이 뛰는 소리가 귓가로 고스란히 전해졌다.

"밥은?"

"먹었지."

"몇 시에?"

"7시쯤 먹었나?"

"7시? 그럼 출출하겠다."

도영은 그를 안고 있던 팔을 풀었다.

"쉬면서 조금만 기다려."

가슴에 따스한 온기를 채워주고 있던 그녀가 품에서 빠져나가자 허전함을 느낀 태서가 이마를 설핏 찌푸렸다.

"왜?"

"맛있는 밥 해줄게."

"됐어. 배 안 고파."

태서가 주방 쪽으로 몸을 돌리는 그녀의 손목을 잡았다.

"오늘은 네 얼굴만 실컷 보고 가고 싶어, 도영아."

"보면 되지, 누가 보지 말랬어? 실컷 봐, 밥 먹으면서."

도영은 자신을 방으로 이끄는 그의 손을 슬며시 뿌리쳤다. 그러자 태서의 입술이 툭 불거져 나왔다.

"진짜 배 안 고프다니까?"

"내가 배고파서 그래."

"밥 안 먹었어?"

물론 먹었다. 막걸리와 해물파전으로 정말 배부르게. 더는 음식이 들어갈 공간이 없을 정도로 배가 빵빵했지만 이래야지만 태서에게 밥을 먹일 수 있었다.

"이 시간까지 밥도 안 먹고 뭐 했어."

"입맛이 없어서 저녁 건너뛰었는데, 널 못 봐서 그랬나? 널 보니까 갑자기 입맛이 확 당기네."

또 그에게 잡힐까 도영이 쪼르르 주방으로 달려갔다. 빡빡한 촬영 일정을 소화해 내려면 먹는 거라도 잘 먹어야 한다. 바쁘게 돌아가는 현장 속에서 대부분 그가 끼니를 때우는 음식은 김밥, 샌드위치, 제대로 먹어봐야 다 식어버린 도시락 정도였다. 가끔 식당에 가서 식사다운 식사를 한다고 하지만, 가장 든든한 건 그래도 집 밥이었다.

그녀는 7일 만에야 만난 그에게 따뜻한 밥을 손수 차려주고 싶었다.

뭘 해주지? 태서가 좋아하는 김치찌개를 끓여볼까?

일단 도영은 쌀을 씻어 밥부터 안쳤다. 그러고 나서 김치냉장고에서 묵은지를 꺼내 도마 위에 올려놓고 송송 썰었다.

"뭐 하려고?"

조금 쉬고 있으라니까.

그새를 못 참고 그녀를 따라 주방으로 들어온 태서가 뒤에 와서 있었다.

"김치찌개 하려고?"

"응."

송송 썬 김치를 냄비에 담고 물을 부어 가스레인지에 올렸다. 태서는 돼지고기를 넣지 않은 깔끔한 김치찌개를 좋아했다. 그녀는 돼지고기 대신 찌개에 넣을 두부와 대파, 양파를 썰어 접시에 가지런히 담아두고 그저께 재워놓았던 불고기를 꺼냈다. 그가 언제 올지 몰라 고기류는 항상 미리 준비해 놓고 있었다.

태서가 오지 못해 그녀 혼자 그 음식을 해결하는 일이 다반사이긴 하지만.

“뭐 따로 먹고 싶은 거 있어?”

“있지.”

“뭔데? 말해봐. 지금 해줄 수 있는 거면 해줄게.”

“너.”

냉큼 대답한 태서가 뒤에서 그녀의 허리를 꽉 끌어안았다.

“아, 뭐야. 놀랬잖아.”

그래도 그의 갑작스런 스킨십이 싫지는 않은지 밀어내지는 않았다. 태서는 그녀의 목에 얼굴을 묻었다.

“하아, 이제 좀 살 것 같다.”

도영을 보니 콱 막혔던 숨통이 트이는 것 같았다. 코끝으로 스며드는 그녀의 체취에 이제야 숨이 제대로 쉬어졌다.

“많이 힘들지?”

“……조금.”

드라마는 이제 막바지 촬영에 돌입했다. 쪽대본과 생방 촬영이라는 극악의 상황에서 몸은 고단했지만 그래도 버틸 만했었다. 그런데 이상하게 오늘은 몸과 마음이 다운되었다. 기분도 착 가라앉는 것이 오늘마저 도영의 얼굴을 보지 못하면 견딜 수 없을 지경이었다. 다행히 다음 촬영까지 서너 시간 정도 여유가 생겼다. 평소라면 드라마나 영화 촬영으로 한창 바쁠 땐 그녀의 집에 방문하는 일은 자제하라고 한마디 했을 현수가 오늘은 군말 없이 그를 이곳으로 데려다주었다.

"사무실로 연락이 왔대. 네 어머니라는 분한테서."

현수의 말을 듣는 순간 피가 차갑게 식었다. 그의 모친이라고 밝히면서 사무실로 전화가 온 건 오늘이 처음도 아니란다.

"일주일 전에 한 번, 3일 전에 한 번, 네 개인 연락처를 안 알려주니까 너랑 통화 좀 할 수 있게 꼭 좀 연결해 달라고 하셨대."

태서는 그 사실을 왜 이제야 알리는 거냐고 현수를 나무라지 않았다. 어머니라는 그 여자가 부푼 기대를 품고 찾아간 그를 어떤 식으로 외면했는지 옆에서 모두 지켜봤던 현수이기에 선뜻 말을 꺼낼 수 없었을 거다.

어머니를 찾기 위해서 배우가 된 그는 연예계 데뷔 후 2년 만에 친모를 찾을 수 있었다. 친모를 찾았고 만나볼 수 있도록 자리를 마련했다는 소식에 가슴이 벅차올랐었다. 떨리는 마음이 한동안 진정이 되지 않을 정도로 기뻤었다.

하지만 12년 만에 드디어 이루어진 친모와의 만남은 그에게 참담함만 안겨주었다.

"날 왜 찾았니? 난 널 잊고 산 지 오래다. 12년 동안 단 일 초도 널 떠올려 본 적 없어. 어렵게 새 출발해서 그 사람 자식 낳고 행복하게 잘 살고 있는 나를 왜 방송에까지 나와서 들쑤셔 놓니? 날 찾기 위해서 연예인이 됐다고? 하, 기가 막혀서. 누가 널 만나길 원한다고. 난 네 아버지만큼이나 너도 끔찍해. 네가 내 뱃속에 있을 때부터 그랬어. 낳았다고 다 엄마는 아니잖니? 내가 널 자식으로 인정하지 않는데. 다신 날 찾지 마라. 두 번 다신 방송에서 쓸데없이 내 얘기 지껄이지 말란 말이야. 상당히 불쾌하니까."

잔인한 비수. 테이블 아래에서 주먹 쥔 손이 부르르 떨렸다. 엄마라면, 제 배 아파 낳은 자식을 버리고 간 엄마라면 그를 반가워하진 못해도 적어도 미안한 마음은 가지고 있어야 하는 거 아닌가. 그런데 미안한 기색 하나 없이 오히려 날카로운 칼을 혀에 물고서 그의 가슴을 무자비하게 찔러댔다.

그래 놓고 이제 와서 왜. 그를 버렸어도 엄마니까, 엄마라고 그리워서 찾아간 그를 소름 끼친다는 몸짓으로 외면할 땐 언제고 도대체 왜…….

그만! 그만 생각하자.

태서는 조용히 숨을 고르며 들끓는 분노를 가라앉혔다. 1분 1초가 아까운 이 시간을 그따위 생각으로 허비할 수는 없었다. 힘겹게 주어진 지금 순간은 그의 여자 도영에게만 집중하고 싶었다.

"민도영."

"응?"

"저녁 안 먹은 거 맞아?"

"어? 어, 입맛이 없어서 안 먹었다니까."

찔리는 게 있는지 프라이팬에 불고기를 볶고 있던 도영이 어깨를 움찔거렸다. 태서는 입매를 짓궂게 말아 올렸다.

"밥을 안 먹은 배가 아닌데."

태서가 그녀의 티셔츠 속으로 손을 집어넣었다. 손바닥으로 보드라운 배를 살살 어루만지자 그녀가 화들짝하며 상체를 비틀었다.

"야아, 뭐 하는 거야?"

"솔직히 말해봐. 먹었지?"

그의 속삭임에 실려온 숨결이 귓가를 간지럽혔다. 도영은 저도 모르게 움츠린 어깨를 바들 떨었다.

"그래, 먹었어."

이게 다 저한테 밥을 먹이고자 한 거짓말이건만. 그녀는 눈치 없이 캐고 드는 태서가 얄미웠다.

"역시 그럴 줄 알았어."

설마 처음부터 빤히 알면서 모른 척 시치미를 떼고 있다가 일부러 이러는 건가. 어쩌면 그럴 수도 있다. 그녀를 골려주려고.

그렇담 더 얄미운데.

"우리 애인 배가 나온 상태를 보아하니 먹은 지 몇 시간 안 된 거 같은데. 한 두어 시간쯤 됐나?"

"와, 우리 애인 돗자리 펴도 되겠네."

태서가 어림짐작으로 대강 시간까지 맞췄다. 도영은 그에 맞장구를 쳐주듯 짐짓 감탄사를 터트렸다.

근데 티가 날 정도로 배가 나왔나? 하긴 많이 먹긴 했지.

"언제는 됐고. 어디서, 누구랑, 뭐 먹었어?"

"오빠네 집에서, 오빠하고 새언니하고, 막걸리에다가 해물파전 먹었어."

"어쭈, 술까지 드셨어?"

"응, 몇 잔."

불고기가 딱 알맞게 볶아졌다. 집게를 이용해 불고기를 접시에 먹음직스럽게 담던 도영이 도통 떨어질 생각을 하지 않는 태서의 배를 팔꿈치로 약하게 쿡쿡 찔렀다.

"이제 좀 놓아주면 안 될까?"

"안 되겠는데?"

되레 더 힘껏 안는 손의 힘에 도영이 불평했다.

"음식 하는 데 불편하단 말이야. 다 널 위해 차리는 밥상인데 놓아주지?"

"내가 원하는 건 민도영이 차려주는 밥상이 아니라, 민도영인데."

능글맞게 말을 이으며 배 주위를 배회하던 태서의 손이 서서히 위로 움직였다.

"밥이 뭐야, 술까지 마셨으면서 안 먹었다고 거짓말하고. 이렇게 샤워까지 마쳤으면서 나더러 밥이나 먹고 가라고?"

태서가 티셔츠 안에서 브래지어를 들춰 올리고 봉긋한 가슴을 감쌌다. 이어 손끝으로 앙증맞은 정점을 톡 건드리다가 꼬집으며 자극의 강도를 높였다.

읏.

예민한 그곳을 기점으로 찌르르한 전율이 온몸으로 퍼져 나간 도영은 하마터면 입 밖으로 터져 나올 뻔한 신음을 꾹 삼켰다. 그때, 고맙게도 부글부글 맛있게 끓고 있던 김치찌개가 흘러넘치려는 게 눈에 포착됐다.

"김치찌개 넘친다. 비켜봐."

그것을 핑계 삼아 필사적으로 그를 밀쳐 낸 도영이 가스레인지의 불을 약하게 줄였다. 삽시간에 김치찌개에 밀려 뿌리침을 당한 태서가 허탈하게 웃고 있는데, 도영이 슬쩍 고개를 돌려 그를 응시했다. 입가에 야릇한 미소를 띠고서.

"밥 먹는 건 길어야 15분이면 되지 않아?"

그 말은 즉 식사를 마치면 그들에게는 아직 1시간의 여유가 있다는 거였다. 뜨거운 사랑을 나누기에는 충분한.

민도영. 누구 애인인지 참 깜찍하고 사랑스럽다.

양쪽으로 벌어진 태서의 입꼬리가 귀에 걸렸다.

아. 정말이지 살맛이 난다. 내가 살아 숨 쉬는 삶에 감사함을 느끼게 해준 유일한 사람, 민도영의 곁에서야 비로소.

방 안은 두 사람이 뿜어낸 열기로 후끈 달아올라 있었다. 태서의 팔을 벤 채 마주 보고 누운 도영은 가는 손가락으로 부드럽게 그의 얼굴을 찬찬히 훑어 내렸다.

태서야, 무슨 일 있는 거니?

오늘따라 얼굴이 까칠한 것이 낯빛도 좋아 보이지 않았다. 눈과 입은 연신 웃고 있는데 그 웃음 뒤에 뭔가가 숨겨져 있는 듯 보였다.

언뜻언뜻 쓰디쓴 물을 삼키듯 일그러졌던 그의 인상. 단순히 몸이 고단해서가 아니라는 것쯤은 이미 눈치채고 있었지만 묻지 않았다. 입맛이 없어질까 봐. 먹지 않아도 된다는 집 밥을 먹이고 싶다고 고집부려 차려줬는데 그걸 물어보면 마저 안 먹고 숟가락을 내려놓을 것 같았다. 식사를 다 마친 다음에는 물어볼 새도 없이 몰아붙이는 그에게 안겨 침대로 온 바람에 기회를 놓쳤다.

"나한테 집중 안 하고. 뭔 생각을 하는 거야?"

그가 불만스럽게 물었지만 그녀를 쳐다보는 눈길은 다정했다.

"네 생각하고 있었는데, 나."

"나에 대해 어떤 생각?"

"고놈 참, 잘생겼다고."

일단 상념을 떨쳐 낸 도영은 손바닥으로 그의 볼을 쓰윽쓰윽 쓰다듬으며 짐짓 익살스런 표정을 지었다.

"뭐?"

태서가 어이없다는 듯 코웃음 소리를 내자, 도영의 눈가에 미소가 맺혔다.

쌍꺼풀 없이 큰 눈은 부드러우면서도 카리스마가 느껴졌고, 오뚝하고 시원하게 뻗은 콧날은 매력적이었으며 다부지게 다물고 있는 도톰한 입술은 섹시했다. 어디 하나 흠이라고는 찾아볼 수 없을 만큼 완벽한 외모를 가진 윤태서.

누구 애인인지는 몰라도.

"잘생겼다고 너."

"그거 말고."

"그거 아니면 음…… 고놈?"

도영이 천연덕스럽게 눈을 끔뻑이자, 태서가 그녀의 콧잔등을 가볍게 쥐고 흔들었다.

"아주 장난이 날이 갈수록 늘어."

"왜, 그래서 싫어?"

"싫을 리가 있겠어? 민도영인데."

"꺄악!"

방어할 틈도 없이 이불 안으로 훅 치고 들어온 그의 손이 허리를 간지럽혔다. 간지럼에 약한 도영은 자지러지는 비명을 지르며 그를 붙잡고 만류했다.

"아앗. 간지러워 그만해. 태서야, 제발."

사랑을 나눈 직후라 둘 다 실오라기 하나 걸치지 않은 나신이었다. 맨살을 연신 지분거리는 그의 손길이 간지러우면서도 짜릿했다. 그녀는 온몸에 흐르는 전율을 느꼈지만, 야릇하게 반응하진 않았다. 또 한 번의 사랑을 나누기엔 시간이 부족했기에 공연히 그를 자극해서 좋을 건 없었다. 태서는 세 번째 사정을 듣고서야 그녀를 놓아주었다.

"하아, 하아. 진짜, 못됐어."

몸을 간질이는 손을 피하고 말리며 나름 격하게 움직였더니 숨이 차올랐다. 도영은 가쁜 숨을 몰아쉬며 그를 밉지 않게 째려보았다.

"아, 또 안고 싶다."

태서는 물끄러미 응시하던 그녀를 끌어당겨 품에 꽉 안았다.

"괜히 할 말 없으니까, 딴소리."

"딴소리 아닌데. 이거 안 느껴져?"

태서가 몸을 그녀에게 더욱 바짝 밀착시켰다. 뜨거움으로 휩싸인 그의 욕망이 배 아래를 콕콕 찔러대자 도영이 수줍게 얼굴을 붉혔다.

"참아. 시간 얼마 안 남았어."

그들에게 남은 시간은 앞으로 10분 남짓. 연인을 곧 보내야 하는 도영의 목소리에 아쉬움이 묻어나왔다.

"불가능할까?"

"응. 우리 불가능한 일에 아까운 시간 허비하지 말고, 대화하자."

"그것도 일종의 대환데. 몸과 몸의 대화."

"으이구."

태서가 능청스레 말하자, 주먹을 작게 말아 쥔 도영이 그의 가슴을 콩 때렸다.

"그런 거 말고."

"이를테면?"

"너한테…… 무슨 일이 있는 건지에 관한."

그녀의 조심스러운 음성에 그에게 매달려 있던 미소가 점점 옅어졌다.

"말, 안 해줄 거야?"

"……."

"너, 무슨 일 있잖아."

"일은 무슨. 아무 일도 없어."

태서는 다시 미소를 자아내며 부인했다.

"거짓말."

믿지 않는 그녀를 보니 이미 들켜 버린 듯했다. 티 내지 않았다고 자신했는데 저도 모르게 겉으로 표시를 냈었던 모양이다. 역시 그녀의 눈은 못 속인다.

"말하고 싶지 않구나."

태서의 입술 사이로 짙은 한숨이 흘러나왔다.

"오늘은 너랑 웃으며 헤어지고 싶어."

그건 즉, 그 말을 입 밖으로 끄집어내면 그의 기분이 엉망이 될 만큼 좋지 않을 거라는 의미일 터. 대체 무슨 일이 있었기에.

"그러자 그럼."

도영은 몹시 궁금했지만 그의 뜻을 받아들였다. 촬영장으로 돌아가야 하는 그의 컨디션을 망치게 하면서까지 캐묻고 싶지는 않았다.

"말하고 싶지 않음, 하지 않아도 돼."

"……미안."

"아니야."

그녀는 까끌까끌한 그의 턱 끝을 살며시 매만지며 말했다.

"대신 언제든지 말하고 싶을 때 말해. 혼자서 힘들게 끙끙 앓지 말고. 알았지?"

그가 대답 없이 고개를 까딱이자 이내 다소 가라앉은 분위기를 띄워보기 위해 도영이 표정을 환하게 밝히며 외쳤다.

"우리 애인 파이팅!"

피식, 낮게 웃음을 흘린 태서가 고개를 숙여 그녀의 입술을 파고들었다. 도영은 그의 목에 팔을 두르며 적극적으로 키스에 응했다. 그리고 느꼈다. 그 어느 때보다 그의 키스가 애틋하다는 것을.

4

오전 6시. 도영은 태서의 모닝콜로 아침을 맞이했다. 무거운 눈꺼풀을 들어 올리고 휴대폰을 귀에 가져다대자 활기 넘치는 인사가 귓전을 두드렸다.

[굿모닝!]

"굿모닝."

[아직 비몽사몽인가 보네.]

"응."

도영은 잠이 깨지 않는 눈을 비비며 침대에서 내려왔다.

[더 잘래? 30분 후에 다시 깨워줄게.]

"아니, 괜찮아."

시장부터 들러서 매장으로 가려면 일어나야 했다. 휘청휘청, 주방으로 간 그녀는 냉장고 안에서 꺼낸 생수를 유리컵에 따라 한잔 쭈욱 마셨다.

"너야말로 잠은 좀 잤어?"

[한 시간 정도 눈 붙였어.]

시원한 냉수를 들이켜자 그제야 정신이 조금 정신이 맑아졌다. 몸도 개운해지려면 커피가 필요해 커피포트에 물을 붓고 스위치를 눌렀다.

"계속 잠을 못 자서 어떡해."

[나중에 한꺼번에 몰아서 자면 되지 뭐.]

"얼마 안 남았으니까 조금만 더 힘내."

현재 태서가 주연으로 출연하고 있는 미니시리즈 드라마 「우리의 연애」는 평균 25%를 넘나드는 높은 시청률을 기록하며 인기리에 방영되고 있었다.

드라마는 오늘과 내일 마지막 2회분 방송만을 남겨두고 있었고, 약 2개월 동안 잠 한숨 제대로 이루지 못하고 밤낮으로 진행되었던 강행군 촬영도 모두 종료된다. 물론 그는 드라마가 끝나면 밀려 있던 인터뷰와 광고촬영 스케줄과 차기작으로 정해진 영화 촬영 준비로 바쁜 나날을 보내겠지만 며칠간은 충분히 휴식을 취할 수 있었다.

[그러게. 내일이면 끝이네.]

"섭섭해?"

[섭섭하기도 하고, 속이 시원하기도 하고. 뭐, 그래.]

한 작품을 끝낼 때마다 항상 그러했듯, 그의 음성에서 속이 시원한 것보다 섭섭한 마음이 더 크다는 게 느껴졌다.

[촬영 끝나면 우리 도영이 얼굴 질리도록 봐야지.]

"질리도록 볼 시간이나 있고?"

[그야 만들면 되는 거고. 지금보다야 만들기 쉽지 않겠어?]

"근데 난 싫어."

[어째서?]

그의 말투가 뾰로통하게 변했다.

"질리도록 보면 말 그대로 질릴 거 아니야. 설마 나랑 헤어지고 싶은 거야?"

[야, 무슨 그런 끔찍한 말을 해?]

"질리면 싫증나고, 싫증나면 헤어지는 건 당연한 거 아닌가?

[그런 뜻 아니란 거 잘 알면서 말을 그런 식으로 연결을 시키냐, 넌.]

"틀린 소리는 아니잖아."

[오케이, 미안. 내가 엄청난 실언을 했네. 질리도록 본다는 말 취소야. 아주아주 마음껏 볼 거야. 됐지? 휴우.]

말끄트머리에 딸려온 한숨 소리에 도영은 생글거리며 갓 내린 커피를 머그잔에 따랐다. 또로록, 커피가 잔을 채우는 소리와 동시에 뜨거운 김이 모락모락 올라왔다

"음, 좋다."

도영은 잔을 손에 들고 코끝으로 스며드는 커피의 향을 음미하며 거실 창가로 천천히 걸어 나갔다. 블라인드를 올리고 살짝 창문을 열자 선선한 아침 바람이 밀려들어 왔다.

[너 커피 마시지?]

"……응."

그녀가 뜨끔하며 한 박자 늦게 답했다.

[딱 걸렸어.]

커피 마시는 걸 어떻게 알았지? 생각하던 그녀는 방금 전 커피 향에 취해 저도 모르게 감탄사를 흘렸다는 걸 깨달았다.

[빈속에 커피 마시지 말라니까. 말 참 안 듣지, 민도영.]

"어? 그거 어디서 많이 듣던 소린데."

도영의 눈가에 미소가 어설프게 자리 잡았다.

[듣던 소리가 아니라 늘 하던 소리겠지. 네가 나한테.]

"후후."

[웃지 마세요. 나더러 건강은 신경도 안 쓴다고 맨날 잔소리하더니, 정작 본인 건강은 뒷전이지?]

태서는 그녀가 빈속에 커피를 마실 때마다 나무랐다. 빈속에 커피를 마시는 행위는 위를 상하게 한다며 누누이 말렸지만, 그녀는 아침에 눈을 뜨자마자 마시는 커피가 제일 좋았고 맛있었다.

"알았어. 앞으로 자제할게."

[이번에 드라마 끝나면 너 아침에 커피 먹는 습관부터 고쳐줘야겠어.]

"아주 우리 집에 눌어붙을 구실을 찾는구나?"

[구실을 찾는 게 아니라, 다 네 걱정을 생각해서 그러는 거지.]

"네네, 어련하시겠어요. 며칠 쉬지도 못하면서."

말은 눌어붙어 있는다고 해도 길어야 이틀이었다. 다음 달 말 크랭크인 예정인 영화 촬영을 준비하려면 그도 시간적 여유가 많지는 않았다.

[그래도 너랑 보낼 시간은 최대한 만들어볼 거야. 그러니까 나하고 하고 싶은 거 다 생각해 놓고 있어.]

"너하고 하고 싶은 거?"

[데이트하자고.]

"흠."

[어째 싫다는 소리처럼 들리는데 그건 내 착각이겠지?]

"그런 게 아니고."

태서와 하고 싶은 건 셀 수 없이 많았다. 데이트, 당연히 하고 싶었다. 다만, 그걸 그와 함께하고 싶다고 실행으로 옮기기에는 다소 무리가 따랐다.

[그럼 뭐 먼저 할까? 영화부터 볼까? 「경계선」 반응 뜨겁던데.]

"농담이지?"

[진담이야.]

「경계선」은 최근에 개봉해서 절찬리에 상영 중인 영화다. 그와 하고 싶은 데이트 중 영화관에 가서 영화를 관람하는 것도 포함되어 있지만 도영은 고개를 내둘렀다.

"불가능하다는 거 알면서."

만인의 연인인 톱스타 배우 윤태서와 영화관을 간다면 수많은 사람들의 시선을 한 몸에 받는 것을 각오해야 하는데 그건 그녀에게 쉬운 일이 아니었다.

[심야 영화로 보면 돼.]

"저번에 심야 영화 보러 갔을 때 기억 안 나?"

일부러 사람들이 뜸할 심야 시간에 영화를 보러 간 적이 있었다. 그런데 웬걸. 예상과 달리 그 시간대에 영화를 관람하러 온 사람들이 꽤 많았고 모자를 푹 눌러쓰고 있던 태서를 단번에 알아보았다. 심지어 그에게 다가와 사인을 요구하고 사진을 찍자고 부탁하는 이들도 여럿이었다.

다행히 그날은 준희와 인호가 같이 있어서 무사히 넘겼지만 만약 그녀가 태서와 단둘이 있었다면 아마 곤욕을 치렀을 것이다.

[네가 정 불편하면 그때처럼 인호 녀석하고 준희 데려가든가.]

"걔네 둘 그 영화 봤어 며칠 전에."

그녀의 친구 준희와 태서의 친구 인호는 사귄 지 2년 된 연인이었다. 그녀와 그가 어쩌다 가끔 밖에서 데이트를 할 때마다 사람들의 시선 속에서 기꺼이 방패막이가 되어준 두 사람은 그렇게 함께 어울리면서 자연스럽게 가까워졌고 인호가 군에서 제대한 직후 서로 눈이 맞아 연애를 시작했다.

[자식들, 빠르네. 기다리지 좀.]

"우리가 볼지 안 볼지 어떻게 알고."

[한번 물어나 보든가. 괜히 엮이게 해줬어.]

"우리가 엮이게 해줬나? 지들이 알아서 엮였지.

[그 빌미를 우리가 제공해 준 거잖아.]

"그동안 우리가 도움받은 건 생각 안 해? 준희랑 인호 아니었으면 우리 데이트다운 데이트 여태 한 번도 못했을 거야."

[너 지금 내가 아니라 걔네 편드는 거야?]

태서에게서 불퉁한 목소리가 튀어나왔다. 도영은 어이없이 웃었다.

"편드는 게 아니라, 사실을 말하는 거지."

[그 덕분에 서로가 인연이라는 걸 알아본 것도 사실이잖아. 따지고 보면 그들이 우린한테 더 고마워해야 된다고.]

"그런가?

도영은 인정하듯 고개를 갸웃했다. 듣고 보니 태서의 말이 또 아예 틀린 소리는 아니었다.

[이제 와서 내 말에 동의해도 소용없어, 너.]

"무슨 말이야?"

[좀 전엔 걔네 편들었잖아.]

"편든 거 아니라니까."

[그 순간 내가 걔네한테 질투를 느꼈으니까, 편든 거 맞아.]

도영이 코웃음을 쳤다.

"웬 질투씩이나? 그래서 삐쳤어?"

[삐친 게 아니라 서운한 거지. 넌 그 어떤 상황에서도 내 편이어

야지. 내가 그런 것처럼. 그리고 걔들이 아니었어도 우리, 데이트다운 데이트를 한 번은 했을 수도 있어. 못했을 거라고 장담하지마.]

도영은 순간 아차 했다. 본인의 직업 특성상 태서는 자유롭지 못한 연애와 다른 연인들처럼 즐거운 데이트를 누리지 못하는 그녀에게 늘 미안해하고 있었고, 그래서 그 점을 가장 민감해하기도 했다. 그 사실을 누구보다 잘 아는 그녀가 준희와 인호가 아니었으면 데이트를 한 번도 못했을 거라는 말로 민감한 부분을 톡 건드렸으니 뿔이 날 만도 하다.

"미안, 내 생각이 짧았어."

[그만 끊자. 현수 형이 부른다.]

불과 20분 전에 달콤하게 모닝콜을 해주었던 태서의 음성에 기운이 빠져 있었다. 그녀는 저 때문에 아침부터 그의 기분이 다운된 거 같아 마음이 쓰였다.

태서가 자신과 뭘 하고 싶은지 생각해 놓고 있으라고 했을 때 그저 알았다고 하면 됐을 것을.

나도 좀 예민했나?

그와 하고 싶은 건 많은 데 막상 할 수 있는 건 별로 없으니까 예민하게 받아들였을 수도 있다.

"목소리가 왜 그래. 서운한 마음 풀어. 응?"

[알았어.]

"이제 끊어. 우리 애인, 오늘 하루도 힘내. 아자!"

도영은 가라앉은 그의 기분을 조금이나마 풀어주기 위해 평소보다 발랄하게 하루 인사를 전했다.

[너도 아자!]

태서의 외침에 조금은 편안해진 마음으로 전화를 끊으려는데, 할 말이 남았는지 그가 그녀를 다시 불렀다.

[아 참, 도영아.]

"응?"

[내가 웬만해서는 아침부터 이런 말로 네 기분을 건드리고 싶지 않았는데 말이야. 오늘은 꼭 하고 싶네.]

"뭐야, 겁나게.

무슨 소리로 그녀의 기분을 건드린다는 걸까. 뭔지 몰라도 느낌이 별로였는데, 묵직한 저음이 귀를 찔렀다.

[나 오늘 키스신 찍는다. 찐하게.]

그것을 끝으로 전화가 뚝, 끊겼다. 그녀가 얼떨떨해하며 잠시 끊어진 휴대폰을 내려다보고 있는데, 띠링 문자가 왔다.

「하루 종일 질투 좀 해보라고.」

그러니까. 저는 오늘 다른 여자와 키스를 할 테니, 나는 질투를 해라?

"후후."

그의 행동이 황당하면서도 귀여워 작게 웃음을 흘리던 그녀가 조금씩 표정을 굳히더니 입술을 실룩거렸다. 같은 여자가 보기에도 매우 아름다운 여자 배우의 입술과 섹시한 그의 입술이 하나로 겹쳐지는 것이 머릿속으로 그려지자 순간적으로 가슴 밑바닥에서부터 열이 확 뻗쳐오른 것이다.

윤태서, 성공했네.

오늘 그녀의 기분을 아침부터 제대로 건드렸으니 완벽한 성공이었다. 그때, 문자 하나가 더 도착했다.

「질투는 질투고. 오늘도 사랑한다, 민도영.」

날카로운 눈으로 메시지를 읽어 내린 도영은 기막히다는 듯 픽, 비소를 터트렸다.

이럼, 뭐. 내 마음이 풀어질 줄 알고?

그러나 말과는 달리 이름 뒤에 붙어 있는 이모티콘 하트에서 시선을 떼지 못하고 있는 그녀의 얼굴은 언제 열이 올랐었냐는 듯 활짝 만개한 꽃처럼 화사하게 펴져 있었다.

오늘 태서가 찍는다던 키스신에 대한 생각은 문득문득 그녀의 머릿속을 비집고 들어오더니 저녁이 되어서는 아예 한자리를 당당하게 꿰차고 앉아 있었다.

윤태서. 내가 이러기를 바란 거였지?

처음 있는 일이었다. 그는 지금껏 키스신이나 베드신을 찍을 거라고 미리 예고한 적이 단 한 번도 없었다. 이미 찍고 난 후에도 절대 말하는 법이 없었고, 나중에 그녀가 직접 드라마나 영화를 봐야지만 아, 키스신과 베드신을 찍었었구나 하고 알 수 있었다. 이따금씩 그녀가 먼저 이번 드라마에는 혹은 이번 영화에는 키스신이나 베드신 없어? 라고 물으면 그는 대충 이런 식으로 얼버무렸다.

"있을 수도 있고, 없을 수도 있고. 몰라."

모를 리가 있나. 영화나 드라마 속이지만 다른 여자와 사랑에 빠져 야릇한 장면을 연출해야 한다는 사실을 그녀에게 말하는 게 양심에 찔리고 미안해서 그러는 걸 거다. 그 장면들을 그녀와 함께 있는 자리에서 볼 때면 민망한 듯 헛기침을 하다가 괜히 이리저리 두리번거리며 정신을 흩트려 놓는 것만 봐도 알 수 있다.

그런데 그랬던 태서가 오늘은 생전 안 하던 행동으로 그녀의 신경을 야금야금 긁어먹었다.

아침에 내 말이 그렇게 서운했었나?

도영은 겉으로는 담담한 태도를 보이고 있었지만 진정한 속마음은 달랐다. 머리로는 이해하는데 솔직히 기분은 썩 좋지 않았다.

아무리 연기라지만 내 남자가 눈이 부시도록 예쁘고 늘씬한 여자와 껴안고 입을 맞추고 하는데 어느 여자가 좋아라만 할 수 있겠는가. 그저 괜찮은 척 이해하는 척하면서 아무렇지 않게 넘어가는 것뿐이지.

하루 종일 연락 한 통 없으시고.

평소라면 못해도 문자 한 번은 보냈을 텐데 오늘은 깜깜무소식이다. 아침의 모닝콜이 전부였다. 카운터 테이블을 손가락으로 톡톡 두드리던 그녀는 태서에게 메시지를 보냈다.

「찐한 키스신을 찍으시느라 연락이 없으신가?」

메시지에 약간의 비꼼이 섞여 있었다. 비록 사랑한다는 한마디에 마음은 사르르 녹았다고 한들, 그건 키스신은 별개의 문제였으니까.

답장이 바로 오지는 않을 거라는 건 숱한 경험으로 알고 있었다. 도영은 휴대폰을 가방 안에 넣고 일어났다. 시계를 보니 곧 저녁을 함께 먹기로 약속한 준희가 도착할 시간이었다.

"도영아."

생각이 떨어지자마자 준희가 매장 문을 열고 들어왔다.

"왔어?"

"응. 세연 언니는?"

준희가 내부를 둘러보며 세연을 찾았다.

"주문받은 거 보내놓고 4시쯤 먼저 들어갔어. 윤서 돌봐주시는 아주머니가 갑자기 집안에 일이 생겨서 가봐야 한다고 연락이 왔거든."

"아아. 아쉽다. 오랜만에 언니 얼굴 보고 인사하고 싶었는데."

"내일 새언니한테 전해줄게. 못 만나서 준희가 무척이나 아쉬워하더라고."

"꼭 전해."

"그래, 꼭 전할 테니까 나가자."

도영은 준희의 팔에 팔짱을 끼며 밖으로 나갔다. 매장 문을 잠그고 차로 걸어가면서 두 사람은 오늘 저녁 메뉴에 대해 고민했다.

"뭐 먹지?"

"매운 거 어때? 입이 얼얼할 정도로 매운 게 당기는데."

"오, 매운 거 좋아!"

도영의 의견을 준희가 격하게 동의했다.

"인호가 매운 음식은 입에도 못 대서 나도 요새 통 못 먹었거든."

그녀 역시 마찬가지다. 태서도 인호처럼 매운 건 거의 먹질 못해 매운 음식을 언제 먹었는지 기억이 가물 했다.

"입안에 불이 나도록 매운 게 뭐가 있을까?"

준희가 물었다.

"글쎄."

"음……."

태서와 인호와는 달리 매운 음식을 선호하는 두 사람은 어떤 메뉴가 좋을지 각자 생각하다가 동시에 외쳤다.

"매운 떡볶이!"

"매운 닭발!"

서로 선택한 메뉴가 달랐다. 그녀가 선택한 메뉴는 닭발이었고, 준희는 떡볶이였다. 의견이 불일치하니 한 사람이 양보를 해야 하는 상황이었다. 도영은 닭발을 외치긴 했지만 매운 떡볶이를 먹어도 괜찮았다.

"떡볶이로 하자."

"아냐. 우리 공평하게 두 개 다 먹자."

"떡볶이도 먹고 닭발도 먹자고?"

"응. 어디 다른 데 들어가지 말고, 편하게 너희 집에 가서 시켜서 맥주랑 같이 먹자. 그 동네에 맛있게 해주는 매운 닭발 집 있잖아. 요즘 매운 떡볶이야 워낙 많으니까 배달 책에서 보고 골라서 시키면 되고. 두 개 다 시키면 양은 많겠지만 남으면 놔뒀다가 내일 또 데워 먹어도 되잖아."

"그럴까?"

"그러자. 나이 먹으니까 시끌벅적한 곳보다 집이 편하고 좋아."

"그래, 그럼. 우리 집으로 가자."

도영은 흔쾌히 응했다. 모처럼 준희와 그녀의 집에서 맥주를 마시며 늘어지게 시간을 보내는 것도 나쁘지 않았다.

집으로 돌아온 도영은 준희에게 배달 책자를 건네주며 닭발과 떡볶이를 시켜달라고 부탁했다. 준희가 음식을 시키는 동안 그녀는 편한 옷으로 갈아입고 매운 음식에 필수인 달걀찜을 만들기 위해 주방으로 갔다. 주문할 때 추가로 달걀찜도 시키면 편하겠지만 준희가 뚝배기에 만든 달걀찜이 먹고 싶다고 해서 직접 만들어주려고 소매를 걷어 올렸다.

불 조절을 해가면서 달걀찜을 완성하고 나니 주문한 배달 음식들이 차례대로 도착했다. 그녀는 방금 만든 따끈따끈한 계란찜과 오는 길에 마트에 들러 사온 맥주를 냉장고에서 꺼내 쟁반에 받쳐 들고 거실로 나갔다. 그사이 음식들을 거실 테이블에 싸악 세팅해 놓은 준희가 그 앞에서 침을 꼴깍 삼키며 입맛을 다시고 있었다.

"우와, 맛있겠다."

"왜 구경만 하고 있어. 먼저 먹으면 되지."

도영이 쟁반을 내려놓고 앉으며 말하자 준희가 검지손가락을 살래살래 흔들었다.

"이거 왜 이래. 나 의리 있는 여자야. 눈 돌아가게 맛있는 음식이 아무리 눈앞에서 유혹해도 지킬 건 지킬 줄 아는 여자라고."

"인정. 우리 준희가 의리 하나는 끝내주지."

도영이 준희의 우스갯소리를 받아치며 오프너로 맥주병의 뚜껑을 땄다. 펑, 하고 경쾌한 소리가 거실에 울려 퍼졌다. 그녀는 두 개의 투명 유리잔에 맥주를 따르고 잔 하나를 준희에게 건넸다.

"자, 짠 하자. 도영아."

도영이 잔을 들자 유리잔 두 개가 청량하게 부딪혔다. 꿀꺽꿀꺽, 시원하게 맥주를 원샷한 준희가 잔을 내려놓으며 손등으로 입을 닦았다.

"캬아, 좋다. 우리 둘이 이게 얼마 만이냐."

"그러게."

남자들 없이 준희와 단둘이 마지막으로 그녀의 집에서 맥주를 마신 게 구정 연휴가 시작되기 전이니까 거의 세 달 만일 거다.

"아, 역시 집이 편하긴 편해. 나 먹다가 집에 가기 귀찮으면 자고 가도 되지?"

"당연하지. 뭘 그런 걸 묻냐, 새삼스레."

도영은 젓가락으로 뼈 없는 매운 닭발을 하나 집어 먹었다. 넣자마자 입안 가득 퍼지는 매운 맛이 혀끝을 알싸하게 자극했다.

"태서가 올지도 모르니까. 태서 오면 조용히 나가줄게."

"나가긴 왜 나가? 모르는 사이도 아닌데.

"얘, 나도 눈치가 있지. 힘들게 촬영하다가 잠깐 짬을 내서 널 보러 왔는데 내가 있어봐라. 태서가 퍽이나 좋아라 하겠다. 단둘이 보낼 시간을 내가 뺏은 건데."

"별소릴 다 하네. 그리고 며칠 전에 왔다 갔어. 오늘은 못 올 확률이 더 크니까, 신경 쓰지 말고 맘 편하게 있으세요."

또 만약에 태서가 연락 없이 온다 하더라도 긴 시간 머무는 게 아니기 때문에 준희가 자다 말고 돌아가야 하는 상황이 생길 일은 없을 것이다.

“그나저나 인호는 잘 지내?”

“늘 똑같지 뭐. 열심히 회사 다니고, 술도 열심히 마시고. 가만 보면 일보다 술을 더 열심히 마시는 거 같아. 글쎄 하루건너 술이라니까?”

준희가 불만스럽게 툴툴거렸다.

“술 마셔야 하는 핑계는 또 어찌나 잘도 갖다 붙이는지. 월요병을 극복해야 된다면서 마시고, 하루는 과장님 기분이, 또 하루는 부장님 기분이 안 좋아서 풀어줘야 된다고 마시고, 금요일은 불금이니까, 토요일은 주말이니까 마시고.”

인호가 술을 유별하게 좋아한다는 걸 알고 있는 그녀는 이어지는 준희의 한탄을 가만히 들어주었다.

“그 회사 회식은 한 달에 몇 번이나 하는 줄 아니?”

“몇 번이나 하는데?”

“기본 5번이야, 5번. 아니다. 요샌 또 7번으로 늘었어요. 어느 회사가 회식을 한 달에 7번이나 한다니? 순 거짓말이지. 알면서도 속아주는 거라고, 내가.”

말할수록 열이 오르는지 준희가 맥주 한 잔을 더 원샷했다. 도영은 피식거리며 준희의 빈 잔을 채워주웠다.

“그래도 인호가 술 먹고 실수하는 성격은 아니잖아.”

“아니니까 한 번씩 지랄하는 정도로 끝내고 넘어가 주는 거야. 주사까지 있어봐라. 벌써 헤어지고도 남았지.”

준희의 과격한 표현에 도영이 나직하게 웃었다.

“사람마다 다 장단점이 있듯이 연애도 마찬가지야. 너 술 빼면 인호에게 큰 불만 없잖아. 인호도 술로 속 썩이는 거 말고는 너한테 잘하고.”

“그거야 그렇지. 그 맛에 또 연애하는 거고. 인호랑 싸우는 것도 다 술 때문에 싸우는 거지, 다른 문제로 싸워본 적은 딱히 없어.”

“그럼 됐지, 뭐.”

“하긴, 네 앞에서 이런 말 하는 것도 우습긴 하다.”

“뭔 말이야?”

“너흰 아예 안 싸우잖아.”

“안 싸우긴 왜 안 싸워. 우리도 싸워.”

떡볶이와 닭발을 번갈아가며 하나씩 맛을 본 준희가 매운지 스읍, 스읍거리면서 그녀를 쳐다봤다.

“너희가 싸운다고?”

“당연히 싸우지.”

“난 본 적이 없는데. 또 태서랑 싸웠다고 한 번도 얘기한 적 없잖아, 너.”

“뭐 싸우는 걸 광고하면서 싸우나.”

“그래? 너희도 싸운단 말이지.”

준희가 의외라는 듯 눈을 동그랗게 떴다.

“역시 남녀 사이는 당사자 둘만 아는구나. 너도 그렇고 태서도 그렇고 싸울 만한 일을 만드는 성격들이 아니니까, 한 번도 없는 줄 알았지. 근데 진짜 궁금하다, 야. 서로 좋아서 죽고 못 사는 너희는 뭣 때문에 싸우는지."

"다 똑같지 뭐."

도영은 가볍게 어깨를 으쓱거리며 말을 이었다.

"태서는 나한테 맨날 빈속에 커피 마신다고 뭐라고 하고, 난 태서가 제대로 밥을 안 챙겨먹거나 분명 여기 올 시간에 차라리 잠을 더 보충하라고 했는데 고집부리고 오면 진짜 말 안 듣는다고 한소리 하고. 그러는데?"

말은 끝났는데 어째 조용했다. 옆을 돌아보자 빤히 그녀를 주시하고 있던 준희가 입을 열었다.

"설마, 그게 다야?"

"뭐가 더 있어야 돼?"

도영이 눈을 깜빡깜빡거리자 준희의 얼굴에 허무함이 실렸다.

"그걸 싸운 거라고 말하는 거야, 지금?"

"왜?"

"태서가 그럴 때마다 넌 뭐라고 그래?"

"빈속에 커피 안 마시도록 노력해 보겠다고 하지."

"네가 그럴 때마다 태서 반응은?"

"앞으로 말 잘 듣겠다고 하지."

도영의 대답에 준희가 답답하다는 듯 한숨을 폭 내쉬었다.

"얘가 싸운다는 말의 정의를 모르네."

맥주 한 모금으로 입술을 축인 준희는 이내 도영을 바라보며 싸움의 정의를 설명하기 시작했다.

"남녀가 연애하다가 싸울 때는 말이다, 도영아. 어떤 문제로 한쪽이 화가 나서 큰 목소리로 따지고 짜증내고 그러면 다른 한쪽도 똑같이 소리 지르고 네가 잘못했네, 내가 잘했네 하다가 며칠씩 서로 연락도 끊어버리고, 후에 그 상황을 못 견디는 쪽이 먼저 연락해서 미안하다고 사과하면 연락을 받은 쪽은 못 이기는 척 그 사과를 받아들이고 화해하는 게 그게 싸우는 거라고. 근데 너희는 서로 목청 높여서 막 싸워본 적 있어?"

"아니."

그런 적은 없다.

"그럼 네가 싸웠다고 주장한 그 일이 있고 나서 이틀, 아니, 하루라도 연락 끊어본 적 있어? 문자 포함해서."

이번에도 도영은 고개를 내저었다. 여태까지 연애하면서 단 하루도 태서와 연락을 주고받지 않은 적이 없었다. 태서가 촬영차 해외에 나가 있을 때도 하루에 한두 번은 반드시 통화를 했었으니까.

"그렇담, 그건 싸운 게 아니야. 걱정 어린 잔소리일 뿐이지. 연애는 나보다 오래 한 계집애가 그것도 모르냐?"

쯧쯧, 혀를 내두르던 준희가 갑자기 눈매를 가늘게 접었다.

"너, 알면서 일부러 그런 건 아니지?"

"뭘?"

"우린 연애한 지 오래됐어도 안 싸우고 사랑만 하면서 잘 지낸

다, 이거 자랑하고 싶어서 일부러 고작 그런 걸로 우리도 싸우네 뭐네 한 거 아니냐고."

"아니거든?"

준희의 의심스런 눈초리에 도영이 헛웃음을 터트렸다.

"암튼 대단해, 너네. 5년이 넘었는데도 어쩜 그리 한결같냐, 둘 다. 부럽다."

5년. 시간이 어느새 5년이나 흘렀구나. 빠르다, 참.

"우리 도영이 소심해서 남자랑 연애나 할 수 있을까 걱정했는데……."

"잠깐. 소심한 게 아니라 세심한 거지."

손바닥을 들어 올리며 준희의 말을 끊은 도영이 틀렸다는 듯 단어 하나를 정확하게 따지고 넘어갔다. 기막혔는지 준희가 콧방귀를 뀌었다.

"그래. 지나치게 '세심!' 한 우리 도영이가 윤태서랑 사귈 줄 누가 알았겠냐고."

그리고 정정해 준 단어를 세게 강조해서 말하자 도영은 만족스럽다는 얼굴로 웃으며 고개를 끄덕끄덕했다.

"나도 몰랐어. 네가 태서 친구 인호랑 사귀게 될 줄은."

"어쭈. 말 받아치는 게 점점 늘어."

입가에 미소를 매단 준희가 살짝 옆구리를 쿡 찌르자, 도영이 장난스럽게 손가락 두 개로 브이를 만들어 보였다.

"어쨌든 너희 둘 보기 좋아. 부러워서 배 아플 만큼 사랑스런 커플이야."

"고마워."

준희의 목소리에 담긴 진심에 도영은 표정에서 장난기를 지우고 고마움을 전했다.

"난 드라마나 영화에서 태서를 볼 때보단 네 옆에 남자로 있을 때의 태서가 훨씬 멋있더라. 주위 둘러봐도 태서만 한 남자 없더라고. 한 여자만 바라보고 사랑하는 순정파 남자. 모든 여자들의 로망이잖아."

"인호가 들으면 섭섭해하겠다."

"섭섭해도 어쩔 수 없어. 인정할 건 해야지. 그러니까 태서한테 잘해. 연애하기 전에 태서 속 엄청 태웠었잖아, 너."

"태서를…… 힘들게 했지, 내가."

이제는 아련풋해진 기억. 도영은 그때를 떠올리면 아직도 태서에게 미안해서 가슴이 아팠다. 준희의 말처럼 애도 많이 태웠고, 한 걸음 한 걸음 천천히 다가오려고 하는 그를 밀어내기에만 급급했다. 자신의 그 행동이 그에게 상처가 될 수 있다는 생각은 하지도 못하고.

"두려웠었으니까."

윤태서는, 평범한 남자가 아니었으니까. 그는 그녀가 감당해 낼 수 있는 남자가 아니었다. 그래서 더 그의 마음이 버거웠었다.

"궁금했거든. 내 첫사랑. 민도영이."

상상치도 못한 태서의 고백을 듣던 날 그녀는 혼이 빠져나간 듯 정신이 멍했었다. 몸이 공중에 붕 떠 있는 느낌으로, 한동안 그렇게 미세한 미동도 없이 서 있었다.

"내 첫사랑이야, 너. 지금도 좋아하고."

간신히 정신이 돌아온 후에는 혼란스러웠다. 그녀가 다니는 대학교에서 우연히 만난 태서가 왜 그토록 반가워하고 친숙하게 다가왔는지. 이름도 얼굴도 기억나지 않는 고등학교 동창생 인호가 왜 그녀의 연락처를 알고자 했는지. 그제야 의문투성이였던 모든 퍼즐들이 하나씩 차곡차곡 맞춰졌다.

"미안하지만, 네 마음. 난 부담스러워. 오늘 네가 한 말, 못 들은 걸로 할게. 그리고…… 앞으로 다시는 만나는 일 없었으면 좋겠어. 이건, 오늘 먹은 밥값이야."

그녀는 행여나 그가 밥을 사라는 핑계로 다시 연락할지 몰라 지갑에서 만 원짜리 지폐 세 장을 꺼내 운전석과 조수석 사이에 올려두고 차에서 내렸다. 순간 일그러지는 그의 얼굴을 모른 체하고 돌아서는데 가슴 한편이 따끔거렸다.

좋은 친구가 될 줄 알았다. 친근하고 서글서글하게 다가오는 그가 처음에는 당황스럽고 부담됐지만 그 마음은 두 번째 만남에서 말끔히 사라졌다. 그녀도 누군가에게 빠르게 마음이 열리고 그 사람이 편해진 경우는 태서가 처음이었기에 가끔씩 연락하면서 친구로 지내고 싶은 마음까지 들었다. 적어도 바로 그날, 그에게 고백을 듣기 전까지는.

그날 이후, 그의 연락을 철저히 무시했다. 그녀는 자신의 내면에 모진 면도 존재한다는 사실을 그를 상대하면서 처음 깨달았다.

"나 피하지 마. 내가 너한테 사귀자고 했어, 연애를 하자고 했어? 난 그저 널 좋아한다고 고백을 했을 뿐이야."

"연애를 하자고 하진 않았지만 나하고 친구하고 싶어서 이러는 것도 아니잖아. 그리고 네 마음. 난 분명히 거절했어."

"그렇다고 무작정 피하기부터 해? 생각, 한 번쯤은 나란 놈에 대해서 생각해 봐줄 순 없는 거야?"

"미안해. 생각해도 달라지는 건 없을 거야. 솔직히 잠깐 네가 친구이길 바란 적이 있었어. 그런데 지금은 친구도 될 수 없게 되어버렸잖아. 그러니까 이제, 그만 찾아왔으면 좋겠어. 너도 바쁠 텐데 괜한 데 기운 쓰지 말고."

태서는 더 다가오지 않았다. 하지만 그녀를 찾아오지 않은 것도 아니었다. 그저 한발 물러선 거리에서 조용히 지켜보기만 할 뿐 그녀의 앞을 막아선다거나 말을 건다거나 하진 않았다. 그녀도 더는 말리지 않았다.

비가 오든 눈이 오든, 날이 덥든 춥든, 그녀를 기다리는 건 그의 마음이니까 상관하지 않았다. 그러나 저도 모르게 온 신경은 밖에서 기다리고 있는 태서에게 향해 있었다. 외면하면서도 그가 신경 쓰였던 이유가 이미 그를 좋아하고 있어서였다는 사실은 나중에, 아주 나중이 되어서야 알게 되었다.

그렇게 1년 3개월이라는 시간이 흘렀다. 그는 어김없이 일주일에 한 번은 꼭 그녀를 찾아와 멀리서라도 지켜보다가 돌아갔고, 그녀에게 감기 증상이 보일 때면 약을 사다가 손에 쥐여주기까지 하면서 주위를 맴돌았다. 예고 없이 비가 오는 날이면 인호에게 연락해 우산을 건네주도록 하는 세심함까지 보였고, 눈에 보이지 않는 곳에서조차 그녀를 알뜰살뜰 챙겼다. 그 우산을 받던 날 그녀는 인호와 처음 만났다. 제 친구를 1년이나 넘도록 마음고생 시키면서 힘들게 하는 그녀가 인호의 눈에 곱게 들어올 리 없었다. 잔뜩 못마땅하다는 얼굴로 그녀에게 우산을 건네면서 퉁명스럽게 몇 마디 던지고 돌아섰다.

"첫사랑이 뭐라고 참. 그 자식, 군에 있을 때 제일 보고 싶었던 사람이 너란다. 정작 면회 가고 휴가 나올 때마다 술 사준 건 난데. 내참 억울해서. 근데 말이야. 내가 지금까지 그 녀석을 겪어오면서 그 녀석이 가장 행복해하는 표정을 봤을 때가 언젠 줄 아냐? 제대하고 널 우연히 만난 날부터 시작해서 딱 일주일이야. 그 녀석이 그렇게 들떠 있던 모습은 처음이었다고."

그녀는 가슴이 서걱거렸다. 그녀도 마냥 그를 외면하는 게 쉬운 것만은 아니었다. 힘들고 괴로웠다. 그를 밀어낼수록, 밀어낸 만큼 심장으로 통증이 밀려들었다.

"너, 윤태서가 싫어? 부담스럽고 그런 걸 떠나서 윤태가 막 찾아오고 그러는 게 치 떨리게 싫으냐고. 치 떨리게 싫으면 도훈 오빠한테 얘기해서 더는 못 찾아오도록 다른 조치를 취해보든가, 그런 게 아니라 단지 부담스럽기만 하다면 진지하게 한번 생각해 봐. 끙끙 앓지 말고 이 미련퉁이야. 내가 보기엔 너 윤태서가 연예인이라는 이유만으로 선을 딱 그어버린 거 같아. 생각조차 해보지 않고. 얘는 내가 감당하기 버거운 존재야, 얘랑 만나면 다른 사람들 시선에, 관심에 시달려서 피곤하고 힘들 거야. 이런 생각들이 네 진짜 감정을 막고 있는 거라는 생각은 안 해봤지? 넌 윤태서가 부담스러운 게 아니라 윤태서랑 만남으로써 너한테 집중될지 모를 타인의 시선과 관심이 부담스러운 걸지도 몰라. 왜냐면 너, 윤태서가 싫지만은 않은 것 같거든. 그러니까 여태 두고 보기만 하고 있었던 거고. 좋으면 만나. 윤태서 그만 힘들게 하고. 너도 윤태서 외면하는 게 괴롭잖아. 몰래 사귀면 되지 누가 대놓고 사귀래? 연예인들 다 뒤에서 몰래 연애해."

준희의 충고가 뼛속 깊이 스며들었다. 태서가 싫으냐는 물음에 그녀는 바로 답하지 못했다.

왜냐하면…… 싫지가 않았으니까.

준희의 말마따나 정말 싫었다면 도훈에게 털어놓고 더 이상은 태서가 찾아오지 못하도록 다른 주의를 줬어야 했어야 했는데 그러지 않았다.

그럼 내 진짜 감정은 무엇일까.

싫어하는 게 아니라면 저도 모르는 사이 그를 좋아하기라도 하고 있었단 건가. 그래서 그를 매정하게 외면하면서도 아팠던 걸까.

돌이켜 보면 그녀의 가슴을 처음 두근거리게 만든 남자도 태서였다. 비 내리던 날 좁은 우산 속에서 바싹 밀착되었던 어깨, 바래다주던 차 안에서 그녀의 팔목을 잡았던 커다란 손, 산책길을 걷다가 그녀의 머리 위에 내려앉은 단풍잎을 떼어내 주던 손길. 괜스레 입이 마르고 속도 울렁거리고 가슴이 두근거렸다.

그럼 설마 내 감정은 그날부터 서서히 시작되고 있었던 것이었을까? 모르겠다. 마음만 어지러웠다.

그로부터 며칠 지난 어느 날이었다. 그날은 초겨울에 이례적인 폭설이 내렸고, 폭설로 하루 종일 집에 있었던 그녀는 어둑해진 저녁 설마 하며 밖으로 나가보았다. 예감은 적중했다. 온 세상이 하얗도록 내린 폭설로 교통은 마비되고 꽁꽁 얼어붙은 빙판길에 사고가 잇따르고 있다는 소식이 뉴스로도 전해졌는데 5일째 보이지 않았던 그가 하필이면 그런 날 집 앞에서 그녀를 기다리고 있었다.

그녀는 너무 화가 나고 속상해서 1년 3개월 만에 처음으로 그에게 먼저 다가갔다.

"너 왜 여기 있어? 오늘 폭설 내린 거 안 보여?"

"왜 안 보여. 폭설 때문에 촬영도 취소됐는데."

"촬영까지 취소될 정도로 내렸는데, 오늘 같은 날은 집에 있어야지. 위험하게 운전까지 해서 여길 와?"

"오늘이 아니면, 이번 주는 내내 촬영 때문에 못 올 거 같아서."

"너 정말……."

그에겐 마치 폭설 따위는 별거 아니라는 것처럼 들렸다. 할 말을 잃은 도영이 두 눈을 감은 채 길게 한숨을 토해냈다.

"근데, 너. 나 걱정하는 거야? 후후, 오늘 오길 잘했네. 폭설을 뚫고 온 보람이 있어."

그의 입가에 어린 흐뭇한 미소가 날카로운 바늘이 되어 심장을 콕콕 찔러냈다. 그녀는 어깨를 기운 없이 축 늘어뜨렸다. 그리고 1년 3개월 만에야 그에게 자신을 좋아하는 이유를 물어보았다.

"넌 내가 왜 좋은 건데?"

"너라서. 너니까 좋은 거야. 민도영이라서. 민도영이니까."

그녀를 향한 더없이 진지한 그의 눈빛. 순간 마음이 울컥했다. 너라서, 민도영이라서 좋아한다는 한마디가 촉촉하게 스며들어와 가슴을 적셨다. 그녀가 가슴에 견고하게 세워두었던 벽은 끝내 그의 진심에 완벽히 허물어졌다.

"그래도 지금은 행복하잖아."

두려웠었다는 그녀의 중얼거림에 준희가 현재의 감정을 물었다.

"너무 행복해서 무서울 정도지. 이 행복이 언제 깨지게 될지 모르니까. 만에 하나 깨지게 되면 난 잘 견뎌낼 수 있을까, 하고 있지."

"또, 또! 쓸데없는 걱정."

"농담이야, 농담."

도영은 생긋거리며 잔에 남은 맥주를 비워냈다.

"태서를 밀어내고 힘들게 했던 내 자신이 미울 정도로 행복해."

앞으로 이보다 더한 행복은 없을 거라는 생각이 들 만큼 행복하다. 도영은 그와 연애를 시작한 후 지금껏 자신의 선택에 후회해본 적이 결단코 없었다. 다른 연인들처럼 밖에서 만나 흔하디흔한 데이트를 하지 못하더라도 괜찮았다. 서로가 서로를 사랑하는 데 만나는 장소는 전혀 상관없었다. 데이트는 집에서도 할 수 있고,

집이 정 답답하면 차로 드라이브를 할 수도 있으니까.

밖에서 친구라는 이름으로 두어 번의 데이트를 해본 결과 역시 그녀에겐 무리라는 걸 깨달았다. 그는 차차 익숙해질 거라고 했지만 전혀 아니었다. 그녀는 타인의 시선이 도무지 익숙해지지 않았고, 적응이 안 됐다. 그건 공인이 아닌 평범한 일반인이 감당해 내기에 쉬운 일이 아니었다.

연이은 작품 흥행으로 톱스타의 위치까지 오른 그와 언제 어디를 가든지 어김없이 쏠리는 시선에 마음 편히 차를 마실 수도 밥을 먹을 수도 없었다. 다정하게 손을 잡고 거리를 거니는 건 꿈에서나 가능한 일이었다.

밖에서만큼은 그에게 연인이 아닌 단순히 친구일 뿐이니까.

애초부터 그녀가 원한 것이었고, 비밀 연애는 꽤 잘 유지되고 있었다. 상황이 그렇다 보니 만날 수 있는 시간과 장소는 한정적이 될 수밖에 없었다. 그의 집이나 인호의 집, 그리고 차 안. 그녀가 독립한 후에는 대부분 그녀의 집에서 같이 시간을 보냈다. 비교적 노출이 적은, 대부분의 사람들이 잠들어 있는 늦은 밤과 새벽 사이에.

"걱정 마라 친구야. 앞으로 너한테 더 큰 행복이 기다리고 있을 거다."

준희가 그녀의 등을 톡톡 다독이며 좋은 기운을 북돋아주었다.

"너도."

"좋았어. 그런 의미에서 짠 한 번 더?"

"오케이."

도영이 잔을 들었고 맥주잔이 부딪히는 소리가 또 한 번 집 안을 경쾌하게 울렸다.

절반이나 남은 음식들을 밀폐용기에 옮겨 담아 냉장고에 넣어 두고 먹은 자리를 정리하고 나니 10시 5분 전이었다. 도영은 새로 꺼내 온 맥주를 들고 안주로 구운 오징어를 먹기 편하게 손으로 찢고 있는 준희의 옆에 나란히 앉았다.

"아직 광고 중이네."

"응. 어? 시작하려나 보다."

TV 화면 우측 맨 위에 떠 있던 드라마 제목이 사라지자 준희가 삐딱하게 앉아 있던 자세를 바로잡았다. 수목 드라마 시청률 1위를 달리고 있는 만큼 준희도 「우리의 연애」의 팬이었다. 14회까지 1회도 빠트리지 않고 꼬박꼬박 챙겨 보고 있는 유일한 드라마라며 오늘도 그녀보다 먼저 시간을 체크하더니 리모컨을 찾아댔다.

"야. 근데 이 드라마 내일이 마지막인데, 촬영 안 끝났대?"

"내일 오전까지는 하는 거 같아."

"와, 진짜 심하다. 이래서 생방 촬영이라고 하는구나. 태서 힘들겠다, 야. 몸보신 좀 시켜줘야겠어."

"정말? 네가?"

"내가 왜? 네가 있는데."

걱정스런 말투에 도영이 눈을 번쩍이자 준희가 발뺌하며 뒤로 물러났다.

"태서 몸보신 시켜줄 때, 인호랑 나도 좀 불러주고. 꼽사리 끼게."

준희가 쿡쿡 웃자, 그녀는 그럼 그렇지 하며 오징어를 하나 물고 드라마에 시선을 돌렸다. 드라마에 집중한 준희는 한동안 조용했다. 그러다 여자주인공과 그녀의 친구가 함께 등장해 살벌하게 대화를 나누자 흥분하며 말을 쏟아냈다.

"와. 뻔뻔하다 저 계집애. 처음엔 제일 친한 친구의 남자친구를 남몰래 좋아하는 마음조차 죄스럽다더니, 그 감정 질질 흘리고 다니다가 고백까지 하고. 둘 사이 이간질까지 시켜서 흔들어놓고 지는 잘못이 없다는 것 좀 봐. 잰 정말 볼수록 얄미워. 드라마 안에서 얄미우니까 연예 프로 같은 데 나와도 얄밉더라. 저번에 연예통신에 이 드라마 주역배우들이 나와서 인터뷰한 거 봤어?"

"못 봤어."

"태서 옆에 앉아서 깔깔 웃다가 어깨, 팔, 심지어 허벅지까지 은근슬쩍 터치하는데 와, 정말 꼴 보기 싫더라니까?"

도영은 싱겁게 웃었다.

"드라마에서 보여지는 모습 때문에 그런 거겠지."

"그럴 수도 있고. 그런데 태서 채민아랑 친하다니? 채민아 재방송에서 태서랑 엄청 친한 척하던데."

"그런 소리 듣지는 못했는데, 같은 소속사 후배니까 친할 수도 있지."

"태서한테 채민아 멀리하라고 전해줘. 걔, 별로 느낌 안 좋아. 하긴, 걱정할 필요는 없겠다. 태서가 아무한테나 마음 여는 스타일은 아니니까."

그건 준희의 말이 맞았다. 도영은 처음 태서의 서글서글한 성격이 누구에게나 해당되는 것인 줄 알았다. 하지만 아니었다. 겉으로는 친절하고 상냥해 보이지만 그는 자신이 그려놓은 동그란 원 안에 들여놓은 사람이 아니면 곁을 쉽게 내어주지 않았다.

"아니다. 그래도 혹시 모르니까, 얘기는 해서 차단시켜 놔. 같은 소속사면 오빠 오빠, 하면서 알짱댈 수도 있으니까."

한바탕 열을 올리던 준희는 다시 드라마에 집중했다. 그녀는 못 말린다는 듯 고래를 절레절레 흔들었다. 드라마에서 맡은 역할 때문에 아무 죄 없이 준희에게 미움을 받은 채민아가 조금 안쓰럽기도 했다.

1시간 동안 방영되는 드라마는 어느새 끝나가고 있었다. 15회의 엔딩장면은 키스신이었다.

오늘 찍은 키스신이 이 장면인가? 아니면 내일 또 나오는 건가?

저로 모르게 입술이 삐죽 나왔다. 도영은 눈을 게슴츠레 뜨고 TV 화면을 노려보듯 쳐다보았다.

태서가 맡고 있는 인물 여준과 여준이 사랑하는 여자 효정이 가벼운 입맞춤을 시작으로, 본격적으로 키스에 돌입하는 장면이 나오자 준희가 갑자기 흠흠거렸다. 자기가 태서도 아니고, 괜히 민망해서 헛기침을 터트리는 준희의 모습에 그녀는 웃음이 나왔다.

"난 드라마를 재밌게 보다가도 태서 키스신만 나오면 영 찝찝하더라."

"찝찝해할 필요 뭐 있어. 연긴데."

태연한 척 말은 했지만 그녀의 속도 태서의 진한 키스신으로 인해 부글거리고 있었다.

"알지, 그거야. 근데 왠지 친구 남자의 바람피우는 현장을 목격한 느낌이랄까? 암튼, 그래. 푹 빠져서 재밌게 보다가도 키스 장면이나 저 여자랑 침대에 누워 있는 장면만 나오면 기분이 개운하지가 않아."

"나만 하려고."

"계집애. 아무렇지 않은 척하더니, 아니구나?"

도영이 마침내 솔직한 속내를 드러내자, 준희가 입술을 양옆으로 늘이며 팔꿈치로 그녀를 툭 건드렸다.

"아무렇지 않을 리가 있어? 내 남자가 다른 여자랑 입술을 섞는데."

"당연하지. 암만 연기라지만 어느 여자가 좋아하겠냐? 태서, 이번 드라마에서 키스신 좀 있던데. 연기니까 태서한테 뭐라 하지도 못하고, 드라마 볼 때마다 우리 도영이 속이 새카맣게 탔겠네."

준희가 마치 위로라도 하듯 그녀의 등 토닥토닥 두드려 주는 그때, 휴대폰 벨이 울렸다. 준희의 휴대폰이었다.

"어, 태서네? 태서가 나한테 어쩐 일이지? 지 얘기하고 있어서 귀가 간지러웠나?"

발신자를 확인한 준희의 입에서 뜻밖의 이름이 튀어나왔다. 본인도 의아했는지 머리를 갸우뚱하던 준희가 아, 하며 그녀에게 휴대폰을 내밀었다.

"왜?"

"태서가 나한테 전화할 일이 너밖에 더 있어? 네가 전화 안 받아서 나한테 했나 본데, 받아봐."

"나한테 전화 안 왔는데."

또 태서는 오늘 그녀가 준희와 약속이 있었던 사실도 모른다. 도영은 이상하다 여기며 준희의 휴대폰을 받았다.

"여보세요."

[민도영.]

준희에게 전화를 걸었음에도 태서는 그녀의 목소리를 단번에 알아들었다.

[너, 휴대폰 어디다 갖다 버렸어.]

아래로 착 가라앉은 음성에 약간의 화가 실린 듯했다.

"휴대폰?"

도영은 '휴대폰이 어디 있지?' 웅얼거리며 주위를 두리번거렸지만 보이지 않았다. 그러다 문득 집에 돌아와서 가방에서 휴대폰을 꺼내지 않았다는 사실이 떠올랐다.

"아, 가방에 있다."

준희에게 입 모양으로 잠깐, 하고 일어선 도영은 방으로 들어갔다. 그리고 화장대 아래에 놓아두었던 가방에서 휴대폰을 찾아 들었다.

“가방에 넣어놓고 준희랑 얘기하느라 내내 까먹고 있었네.”

[하아. 걱정했잖아.]

안도하듯 토해내는 태서의 긴 한숨 소리에 미안해하며 도영은 휴대폰을 확인했다.

“미안. 전화 많이 했네.”

부재중 전화만 무려 17통이었다. 첫 번째로 걸려온 전화가 9시였으니 17통 모두 2시간 사이에 걸려온 전화였다. 그리고 중간중간 보낸 몇 개의 메시지도 눈에 띄었다.

「전화도 안 받고, 지금 어디야? 설마 삐진 건 아니지?」

시간을 보니 그녀가 전화를 한 번 안 받았을 때 보낸 메시지 같았다. 그녀가 아침에 키스신을 찍는다는 소리를 듣고 토라져서 받지 않은 거라 생각한 듯하다. 그러나 두 번 세 번 연달아 받지 않는 전화에 메시지의 내용이 점점 심각해졌다.

「무슨 일 있어? 왜 계속 전화를 안 받아?」

「민도영. 너, 어디서 뭐 하는 거야? 정말 무슨 일이라도 생긴 거야? 전화 좀 받아봐, 제발!」

「아무 일만 없는 거지? 그래, 아무 일만 없으면 돼, 아무 일만. 그래도 도영아, 전화는 좀 받아줘라. 걱정되잖아.」

메시지에서 그의 초조함이 고대로 전해졌다. 그녀와 2시간이나 연락이 닿질 않으니 준희에게 전화를 해본 것 같다.

"내가 안 받아서 준희한테 해본 거야?"

[응.]

"내가 오늘 준희 만난 건 어떻게 알고?"

[혹시 몰라서.]

그녀의 물음에 연신 단답형으로 대답하는 걸 보니 아무래도 그는 화가 아직 안 풀린 모양이었다.

"화 많이 났구나? 나한테 무슨 일 생길 게 뭐가 있다고 그렇게 걱정을 해."

[걱정을 안 하게 생겼어? 두 시간이나 씻을 리는 없고. 잔다는 문자도 없었는데, 이 시간에 전화까지 안 받고. 안 좋은 사고라도 난 줄 알고 얼마나 내가…….」

태서가 북받치는 감정을 누르고 있다는 게 느껴졌다. 안절부절 못하며 전전긍긍했을 그의 모습이 머릿속으로 상상이 되자, 미안함이 두 배로 늘어났다.

남들이 들으면 겨우 2시간 연락이 안 된 걸로 유난이라고 하겠지만 당사자가 되어 겪어보지 않은 이상 모른다. 더군다나 요즘 같은 흉흉한 세상에는 말이다. 늦은 밤 시간대에 2시간 내내 통화 연결이 안 되면 누구라도 태서처럼 2시간이 20시간처럼 길게 느껴졌을 것이다.

"미안해. 화 풀어. 응? 다음부터는 집에 오자마자 휴대폰부터 손에 꽉 쥐고 있을게."

도영은 나긋나긋한 목소리로 사과를 건네며 그의 마음을 달래주었다.

[……준희마저 전화 안 받으면 촬영이고 뭐고 뛰쳐나가려고 했어.]

그녀의 사과에 화가 조금 누그러졌는지 딱딱했던 그의 말투가 한결 부드러워졌다.

[알아둬. 하마터면 윤태서가 드라마 마지막 회 촬영 중 무단이탈했다는 기사들이 인터넷에 도배 될 뻔했다는 걸.]

"준희한테 고마워해야겠다. 너라도 휴대폰을 옆에 두고 있어서 다행이라고."

도영이 생글 웃으며 그만 거실로 나갔다. 드라마가 끝나고 TV는 그대로 켜져 있는데 준희의 모습이 안 보였다. 욕실에서 물소리가 들리는 걸 보니 씻고 있는 듯했다.

[그래서, 오늘 준희랑 뭐 했는데? 얼마나 즐거워서 휴대폰이 없는 것도 까먹고 있으셨어?]

"집에서 닭발하고 떡볶이 시켜서 맥주 한잔했지."

[좋았겠네. 누구는 속이 타는 줄도 모르고.]

"뭐야, 끝난 거 아니었어?"

태서가 은근 뒤끝을 보이자 도영이 입술을 삐죽였다.

[말이 그렇다고. 준희 지금까지 있는 걸 보니 자고 갈 건가 보네?]

"응, 자고 간다고 했어."

[맥주 많이 마셨어?]

"아니. 둘이서 세 병. 저녁 먹으면서 두 병 마시고, 「우리의 연애」 보면서 한 병 나눠 마셨지.

[둘이서만 만나는 건 오랜만일 텐데 드라마는 뭐 하러 봤어. 밀린 얘기나 실컷 나누지.]

도영의 입매가 양쪽으로 슬그머니 벌어졌다. 엔딩 장면을 염두에 두고 하는 소리 같았다.

"드라마 보면서도 충분히 얘기 나눌 수 있어. 그리고 준희가 너 나오는 드라마 열렬한 팬이라는 거 알잖아. 나보다 먼저 TV 틀던걸?"

[보면서 날 안주 삼아 씹으셨겠네들.]

"왜? 키스신 때문에?"

[흠흠.]

"걱정 마, 안 씹었으니까."

준희가 얄밉다고 씹은 건 여조 채민아였다. 태서의 키스신에 대해서 그녀와 준희가 주고받았던 대화 정도는 그를 씹었다고는 할 수 없을 만큼 양호했다.

"그런데 15회 엔딩에 나온 키스신, 오늘 찍은 거야?"

[아니.]

"아니라고?"

그럼 내일 키스신 장면이 또 나온다는 거잖아?

도영의 고운 이마에 옅은 주름이 생겼다.

[오늘 찍은 건 내일. 마지막 회잖아.]

어느 드라마든, 특히 로맨스 드라마라면 마지막 회에 키스신은 기본으로 나오긴 한다. 하지만 준희의 말대로 이번 드라마에서는 유독 더 많긴 했다.

[왜, 한 번 더 남았다니까 실망했어?]

"너 아침에 내 말이 그 정도로 서운했어? 그동안 안 하던 말로 날 건드리더니 지금은 또 떠보기까지 하네?"

[실망하지 않았다고 안 하는 거 보니까 내 말에 질투를 하고 있긴 했었나 보군.]

나직한 웃음소리가 귓속으로 흘러들었다. 괜히 얄미워 그녀의 마음에 심술이 달라붙었다.

"그래, 우리 태서는 좋겠어. 일을 핑계 삼아 내로라하는 미녀들하고 막 입도 맞추고. 그걸 질투해 주는 애인도 있고."

[어? 지금 질투했다고 실토하는 거야?]

"으으, 진짜. 질투했다니까 좋아?"

[좋지. 질투를 한다는 건, 네가 날 아주 사랑하고 있다는 걸 증명해 주는 거니까.]

"그런 거야? 그럼 나도 한번 그 질투를 너한테 맛보게 해줘야 해야겠네? 네 사랑을 확인해 보려면? 오늘 아침처럼 내가 인호하고 준희 편들어서 하는 그런 질투 말고. 나도 다른 남자를 만나서……."

[민도영.]

태서가 그녀의 이름을 부르며 말을 중단시켰다. 그리고 악다문 듯한 목소리로 경고하듯 말했다.

[그러기만 해봐.]

"너 웃긴다. 질투는 사랑하고 있다는 걸 증명해 주는 거라고 네 입으로 말해놓고."

[나는 상황이 원하지 않아도 만들어졌으니까 어쩔 수 없는 거고, 굳이 일부러 만들어서까지 증명할 필요는 없지. 그게 아니더라도 내가 널 사랑한다는 건 방금 전 열렬하게 확인시켜 준 거 같은데?]

"네가 언제?"

[사랑하지 않으면 두 시간 연락 안 됐다고 미친놈처럼 불안해하지는 않지.]

윤태서 Win.

할 말이 없어진 도영은 입을 다물었다.

[이로써 우리는 오늘 서로에 대한 사랑을 다시 한 번 확인을 한 거네.]

"그러게."

[그러니까 앞으로 다른 남자 만나서 질투를 맛보게 해주고 싶다, 그런 불필요한 생각은 절대 하지 마. 못써.]

"네네."

짐짓 야단치는 듯한 말투에 도영은 고분고분하게 대답했다.

[목소리 확인했으니까 됐어. 그만 끊어. 준희 심심하겠다.]

"아, 맞다. 이 휴대폰 준희 거지?"

그제야 준희의 휴대폰으로 너무 길게 통화를 하고 있었다는 걸 깨달은 그녀는 태서와 마무리 인사를 나눴다.

"남은 촬영 마지막까지 파이팅하고. 내일 밤에 올 거야?"

[응. 종방연 끝나고 갈게.]

"알았어. 내일 보자."

[사랑한다. 잘 자.]

"나도."

사랑을 담은 태서의 음성이 그녀의 가슴을 따스하게 어루만졌다.

"왜? 태서가 사랑한대?"

"앗, 깜짝이야!"

이상하다. 욕실 문이 열리는 소리는 듣지도 못했는데, 준희가 삐딱하게 벽에 기대어 서서 젖은 머리카락을 수건으로 털고 있었다.

"욕실에서 언제 나온 거야?"

"네가 태서한테 '내일 밤에 올 거야?' 하고 묻고 있을 때?"

준희가 어깨를 으쓱해 보이며 방으로 들어가자 도영도 소파에서 일어났다. 그녀는 방에서 자신의 화장품을 바르고 있는 준희에게 휴대폰을 돌려주었다.

"미안. 하다 보니 네 휴대폰인 줄도 모르고 넘 오래 붙들고 있었네."

"괜찮아. 잠잠해서 심심했을 텐데, 너라도 놀아줬으면 됐어."

"뭐라는 거야."

"내 휴대폰 말이야. 아까 엄마한테 전화 온 거 말고는 안 울렸잖아."

"아."

준희의 표현력에 도영이 작게 낄낄거렸다.

"인호 이 자식은 어쩜 전화 한 통화를 안 해? 태서 반만큼만 해도 내가 업고 다니겠어."

"오늘 나 만난다고 얘기했다며. 방해 안 하려고 그런 거겠지."

"방해는 무슨. 그 녀석 오히려 이 기회를 잘 이용하고 있을걸? 너 만나는 거 아니까 오늘은 내 전화로 잔소리 들을 일 없겠거니 하고, 기뻐하면서 지금쯤 물 만난 고기처럼 술 퍼마시고 있을 게 분명해."

그런 인호가 못마땅하다는 듯 크림을 찍어 바른 얼굴을 문지르는 준희의 손에 힘이 실렸다.

"태서. 네가 전화 안 받으니까 나한테 한 거 맞지?"

"응. 화났더라."

"태서가 얼마나 전화했는데?"

"17번. 두 시간 넘도록 내내 연락이 안 되니까 걱정했나 봐. 한 번도 그런 적 없었거든."

"당연하지. 네가 막 여기저기 돌아다니면서 노는 성격도 아니고, 더군다나 밤인데. 태서 많이 놀랐겠다, 야. 가뜩이나 요즘 마음도 심란할 텐데."

그때였다. 준희가 무심코 흘리듯 내뱉은 말에 도영의 입가에 자리 잡고 있던 미소가 서서히 걷혀졌다.

"무슨 소리야?"

"뭐가?"

"태서 마음이 심란할 거라는 말."

촬영으로 몸이 피곤해서가 아니라 마음이 심란할 거라고 했다. 그건 즉, 태서에게 뭔가 심적으로 힘든 일이 생겼다는 뜻이다.

"너, 모르고 있었어?"

준희가 머뭇하며 물었다.

"뭘?"

"정말인가 보네. 나 실수한 건가?"

준희가 난감해하며 이마를 긁적거렸다. 도영은 고개를 저었다.

"아니야. 괜찮으니까 얘기해 봐."

알고 싶었다. 아니, 알아야 했다. 준희는 알지만 그녀는 모르는, 태서에게 일어난 일이 무엇인지.

"나도 그제 인호한테 들었는데, 인호도 태서한테 직접 들은 건 아니고. 현수 씨한테 들었다더라."

현수는 인호의 사촌 형이었다. 그리고 태서의 매니저이기도 했다. 그런 현수에게서 흘러나온 말이라면 정확한 사실일 것이다.

"그게 뭔데?"

"요즘, 태서 낳아준 어머니한테서 연락이 오나 봐."

"……어머니?"

도영의 눈동자가 흔들렸다.

"응. 회사 사무실로 전화해서 태서랑 통화 좀 할 수 있게 해달라고 그러나 봐. 그 어머니, 태서한테 너무한 거 아니니?"

"언제? 인호는 현수 씨한테 언제 들었대?"

"얼마 안 된 것 같던데. 나도 모르겠어, 그것까진. 너까지 신경 쓰게 하기 싫어서 태서도 말 안 했나 본데, 난, 요 입이 문제야. 난 너도 당연히 알고 있는 줄 알고."

"아니야. 알려줘서 고마워."

도영은 어쩔 줄 몰라 하는 준희의 어깨를 쓰다듬어 주고는 거실로 나왔다. 주저앉듯 소파에 기대어 앉은 그녀는 2주 전의 기억을 더듬었다.

그럼 그 일 때문에 그날…….

"말하고 싶지 않구나."

"오늘은 너랑 웃으며 헤어지고 싶어."

태서의 씁쓸한 음성이 메아리치듯 들려온다. 이제야 알게 되었다. 그에게 무슨 일이 생긴 건지 궁금했지만 더는 묻지 못했던 사실을.

우리 태서. 혼자서 마음 아팠겠다.

가슴이 찌르르 저려왔다. 도영은 물기가 차오르는 두 눈을 지그시 감았다.

5

"컷! 오케이!"

어스름한 빛에 내려앉은 새벽. 감독의 우렁찬 목소리와 함께 드라마 「우리의 연애」 촬영이 모두 종료가 되었다.

"수고하셨습니다."

"수고하셨습니다!"

"고생 많이 하셨어요."

끝까지 촬영을 같이한 동료 배우들과 감독, 그리고 스탭들 한 명 한 명과 인사를 나눈 태서는 단체 사진을 찍는 것을 마지막으로 자신의 밴으로 돌아왔다.

"고생했어, 형."

태서가 손을 앞으로 뻗어 제 곁에서 가장 고생이 심했던 운전석에 앉은 현수의 등을 탁탁 두드렸다.

"너도 수고 많았다. 집에 가서 한숨 푹 자. 4시쯤 데리러 갈게."

"종방연이 몇 시라고 했지?"

"7시."

"잠들면 일어날 수나 있을지 모르겠네."

차가 촬영장을 빠져나가자, 두 달 넘게 그의 몸을 지배하고 있었던 긴장이 사르르 풀리기 시작했다. 긴장이 풀린 상태로 잠자리에 들면 48시간은 거뜬히 눈 한 번 안 뜨고 잘 수 있을 것 같았다.

"뺨을 때려서라도 깨워야지."

"잔인하네."

폭력을 써서라도 오늘 저녁 그를 종방연 자리에 참석시키겠다는 심산이다. 태서는 픽, 짧게 웃으면서 휴대폰을 집었다.

현재 시각, 새벽 5시 30분. 도영이는 꿈나라에 있겠지? 잠깐 들러서 얼굴만 보고 집으로 갈까?

그녀도 곧 깨어날 시간이고, 지금 출발하면 얼추 시간은 맞을 것이다. 하나, 그는 고민하던 마음을 이내 고이 접어 넣었다. 준희가 자고 간다는 소리도 들었고, 또 그의 집으로 가는 도중 도영의 집을 거치게 되면 현수도 분명 피곤해할 게 분명하다. 고로 지금은 그가 제 뜻을 접는 것이 여러 사람을 도와주는 거였다.

태서는 아쉬운 마음은 오늘 밤에 실컷 달래기로 하고 간단히 메시지만 보냈다.

「촬영 종료.」

메시지는 도영이 깨어나면 확인할 테고. 휴대폰을 주머니에 집어넣은 태서는 시트에 머리를 기대고 눈을 감았다. 그리고 눈을 감은 채 무심한 말투로 현수에게 말을 툭 던졌다.

"전화, 아직도 온대?"

"무슨…… 아!"

한 박자 늦게 그의 말을 이해한 현수가 미간을 좁혔다. 그를 낳아준 생모에게서 소속사 사무실로 전화가 걸려온다는 사실을 전해 들은 이후, 태서는 그 일에 관해서는 전혀 입에 담지 않았다. 지금이 처음이었다.

"그게, 오나 보더라고."

착잡한 듯, 현수가 한숨을 쉬었다.

"그래서 대표님이 한번 만나볼 생각이신가 봐."

"대표님이 왜? 내 개인사야. 그러지 마시라고 해."

그가 소속되어 있는 환엔터테인먼트의 대표는 강이환이었다. 10년 전, 그가 연예계 3대 기획사 중 한곳인 환엔터테인먼트와 계약을 체결할 때의 대표는 그의 부친 강명한 회장이었지만, 강 회장은 몇 해 전 회사의 전반적인 모든 권한을 아들인 강이환에게 넘겨주고 일선에서 물러났다. 그리고 그에게 손을 내밀어 연예계에 발을 디디게 해준 사람은 강 회장이었지만 그를 톱스타의 자리까지 올라올 수 있도록 만들어준 사람은 강이환 대표였다.

"그 소리 대표님 앞에서 해봐, 엄청 서운해하실 거다. 널 오죽 아끼시냐? 그 일도 드라마 촬영이나 끝나면 전하라고 했는데 말 안 듣고 너한테 알렸다고 나 한 소리 들었어."

이환이라면 그러고도 남았다. 그가 고등학교 때 강 회장의 소개로 만난 이환은 그에게 은인이었고, 형이었다.

"암튼, 널 만나고 싶어하는 이유가 뭔지, 먼저 만나서 알아보신다고 하셨어."

태서의 입술 끝이 비뚜름히 올라가며 쓴웃음을 자아냈다.

만나고 싶어하는 이유라.

어미가 자기가 낳은 자식을 만나겠다는데 이유가 어디 있겠냐마는, 그는 그 사람의 자식이 아니었다. 비록 그 사람의 몸을 빌려 태어나긴 했지만, 제가 낳은 자식인 그를 자식으로 인정하지 않는다고 했다. 낳았다고 전부 엄마는 아니라고 그 입으로 분명히 말했다. 그가 끔찍하다는 듯이.

그래 놓고 이제 와서, 왜.

그조차도 무슨 목적을 가지고 저와 만나길 바라는 걸까, 라는 의문이 드는데 다른 사람들은 왜 안 그러겠는가. 당연히 무언가 다른 목적이 있을 거라는 의심이 들 수밖에.

"형."

"응?"

"나와 연락하려는 이유가, 정말 뭘까?"

"글쎄."

"돈…… 일까?"

"에이, 설마."

"연락처 받아서 나한테 보내줘."

현수가 그건 아닐 거라는 듯한 뉘앙스를 풍겼지만 그의 생각은 달랐다. 예감이…… 그랬다.

"직접, 연락해 보게?"

"애타게 원한다는데 해줘야지. 한 번은."

가슴속에서 차가운 바람이 일기 시작한 태서의 표정 위로 어둠이 드리워졌다.

시간은 어느새 자정을 넘어가고 있었다. 도영은 20분 전 그녀의 집으로 오기 위해 출발했다는 태서의 연락을 받고 기다리는 중이었다.

거의 도착할 때가 된 거 같은데.

종방연에 참석한 사진이 올라온 태서의 기사를 뒤늦게 찾아보고 있던 그녀는 인터넷 창을 닫고 노트북을 종료시켰다. 그리고 옷장에서 그가 편하게 갈아입을 수 있는 옷과 세면도구를 미리 준비해 놓았다. 도훈과 세연이 이따금씩 집을 방문해서 그의 물건들을 눈에 띄는 곳에 아무렇게나 놔둘 수가 없어 그가 다녀가면 항상 모두 정리해서 옷장 안에 보관해야 했다.

"아, 속옷."

꺼내온 그의 물건을 욕실 앞 간이 테이블에 올려두고 다시 방으로 들어갔다. 옷장 안 깊숙이 숨겨놓았던 속옷을 챙겨 거실로 나오자 현관 비밀번호 누르는 소리가 들렸다.

"왔어?"

"나 기다리느라 못 자고 있었지?"

태서가 손을 뻗어 그녀의 어깨를 감싸 안았다. 그에게서 풍겨오는 도영이 코를 막는 시늉을 했다.

"으으. 술 냄새."

"술 냄새 많이 나?"

"조금. 술 많이 마셨어?"

도영이 다소 벌게 있는 그의 얼굴에 손을 가져다댔다. 엄지손가락으로 볼을 살살 어루만지자 그의 입술이 부드럽게 호선을 그렸다.

"별로. 소맥 폭탄주로 한 10잔?"

"허어, 소맥으로 10잔이 적어?"

태서가 그 정도의 술은 별것 아니라는 듯 말하자 도영의 눈과 입이 놀란 듯 크게 벌어졌다. 소맥 폭탄주면 일반 글라스 잔으로 마셨을 거다. 그 잔으로 10잔이면 소주는 한 병을 넘게 마셨다는 거고 맥주는 적어야 두 병이었다.

"그러고도 안 취했어?"

"약간 취기가 오르긴 하는데, 정신은 말짱해."

"너나 인호나. 술은 정말 세다니까. 누가 친구 아니랄까 봐."

준희는 인호가 술을 너무 좋아한다고 못마땅해했는데, 태서도 인호 못지않게 술을 즐겼다. 촬영 들어가면 마실 시간이 없어서 못 마시는 것뿐이지, 그도 평범한 직장인이었다면 인호보다 더 마셨으면 더 마셨지 덜 마시진 않았을 거다.

"밥은 먹었어?"

"먹었지."

"술만 마신 거 아니고?"

"고기도 먹고 냉면도 먹고 밥도 한 공기 다 비웠어. 술만 마신 거 아니고. 못 믿겠으면 자, 배 만져 봐봐."

태서가 그녀의 손목을 잡아 제 배로 가져갔다. 그녀는 그에게 손목이 잡힌 채 배를 쓱쓱 문질렀다. 술배인지 밥 배인지는 모르겠지만 뭘 먹긴 먹은 듯했다. 그래도 확실히 2개월 사이 꽤 야위었다. 무슨 음식으로 몸보신을 시켜줘야 하나, 고민하며 욕실 앞으로 걸어갔다. 그리고 미리 준비해 두었던 옷들과 세면 가방을 졸졸 뒤따라온 그에게 안겨주었다.

"알았으니까, 우선 씻기부터 해."

"같이 씻을까, 우리?"

태서가 슬쩍 음흉한 눈빛을 보내자, 도영이 단칼에 거절했다.

"아니. 미안하지만 난 씻었어."

"또 씻으면 되지. 같이 들어가자, 응?"

이어지는 태서의 조름에 그녀는 두 팔을 가슴 앞으로 모아 착 팔짱을 끼고 그에게 눈을 흘겼다.

"택시를 불러줄까, 현수 씨를 불러줄까?"

"나, 그냥 가라고?"

"자꾸 보채면 돌려보내는 수밖에."

"와아. 역시 도도해, 우리 애인. 이러니 안 사랑할 수가 없지, 내가."

태서가 살짝 허리를 굽히고 그녀에게 얼굴을 가까이 들이밀었다. 이어 가늘게 뜬 눈으로 그녀를 응시하며 감탄을 하듯 말하고는 허리를 바로 세웠다.

"쫓겨나기 전에 씻어야겠다. 혼자서 외롭게 후딱 씻고 나올 테니까 방에 가서 얌전히 기다리고 계세요."

드디어 욕실 안으로 들어가는 그를 지켜보던 도영은 피식 웃음을 터트리며 주방으로 향했다. 그리고 그가 마실 꿀물을 한 잔 타가지고 방으로 돌아와 쟁반을 테이블에 올려놓고 침대에 누웠다.

잠시 후, 샤워를 마친 태서가 욕실에서 나왔다. 스킨과 로션을 바르고 드라이어로 젖은 머리카락까지 완벽하게 말린 그는 방 불을 끄고 침대로 뛰어들었다.

"이리 와."

태서가 도영의 목 아래로 팔을 집어넣으며 그녀를 끌어당겨 품에 안았다. 자연스레 운동으로 다져진 단단한 가슴에 손을 올린 도영은 문득 그가 꿀물을 마시지 않았다는 게 생각났다.

"맞다, 꿀물. 꿀물 타다 놨어. 마시고 자."

"내일."

태서는 저에게서 벗어나려는 도영을 안은 손에 더욱 힘을 주었다. 온몸으로 전해지는 그녀의 포근한 체온을 단 1초도 놓치고 싶지 않았다.

"내일 일어나서 마실게. 귀찮아. 지금은 꼼짝도 하기 싫어."

그러면서 은근슬쩍 이불 안으로 손을 넣어 그녀의 허리를 더듬거렸다. 손끝에 닿은 보드라운 살결이 그의 심장에 불을 지폈다. 마른침이 삼켜지며 그녀의 살결을 온몸으로 느끼고 싶은 욕망이 솟구쳤다.

태서는 보다 과감하게 손을 움직였다. 허리 라인을 쓰다듬던 손이 상의를 들추려고 하자, 도영이 그의 가슴을 찰싹 때렸다.

"귀찮아서 꼼짝도 하기 싫다며?"

"꿀물 마시는 게 귀찮단 거지. 널 사랑하는 게 귀찮을 리 없잖아?"

그대로 고개를 내린 태서의 입술이 그녀의 입술을 덮쳤다. 하나로 포개진 입술, 그의 혀가 노크를 하듯 입술 선을 건드리자 도영이 슬며시 입술을 열었다. 그는 거침없이 열린 입술 안으로 혀를 밀어 넣었다. 기다렸다는 듯 수줍게 그를 맞이하는 작은 혀를 휘어감아 부드럽게 빨아들였다.

"술 마셨는데, 해도 돼?"

"정신만 말짱하면, 네 사랑을 받는 게 싫을 리 없잖아?"

저를 흉내 낸 듯한 그녀의 말투에 태서가 나직이 웃음을 흘리며 분홍빛 입술을 삼켰다. 맞물린 입술 안에서 두 개의 혀가 다시금 뜨겁게 엉켜들었다. 입술의 움직임이 격렬해질수록 호흡도 가빠

지면서 화르륵 피어오른 열기가 순식간에 전신으로 퍼져 나갔다. 이에 옷들이 하나씩 하나씩 벗겨졌고, 마침내 알몸이 된 두 사람은 하나가 되었다.

고요한 정적을 깨고 울리는 알람 소리에 번쩍 도영의 눈이 뜨였다. 그녀는 황급히 침대 테이블로 손을 뻗어 휴대폰 알람을 껐다. 등 뒤에서 아무런 움직임이 느껴지지 않자 안도의 숨을 내쉬었다.

휴우.

태서는 다행히 잠에서 깨지 않았다. 정수리 위로 느껴지는 그의 고른 숨소리에 도영은 최대한 조심스레 몸을 돌렸다. 커튼 틈새를 비집고 방 안으로 스며들어 오는 불그스름한 노을빛이 그의 얼굴을 비춰주고 있었다.

잘 자네, 우리 태서.

약 두 달간 밤낮없이 드라마 촬영 스케줄을 소화해 낸 그는 모처럼 달콤한 꿀잠에 푹 빠져 있었다. 잠시 잠든 그의 얼굴을 애정어린 눈빛으로 바라보던 그녀의 시선에 안쓰러움이 섞여들었다.

"요즘, 태서 낳아준 어머니한테 연락이 오나 봐."

그래서 그날, 표정이 안 좋았던 거였다. 무슨 일이 있느냐는 그녀의 물음에도 답하고 싶지 않을 만큼 가슴이 쓰라렸을지도 모른다.

엄마가 보고 싶어서 연예인이 되었다는 아들. 그런 아들을 매몰차게 외면한 엄마.

데뷔 이후, 전도유망한 배우로 많은 스포트라이트를 받던 그가 무슨 이유로 고등학교를 졸업하자마자 돌연 군에 입대를 했는지 그 이유를 나중에야 알았다. 12년 만에야 드디어 다시 만난 어머니가 꽂은 잔인한 비수에 갈 길을 잃어버린 것이다. 모든 의욕이 사라진 가슴에 절망만 가득 들어찼을 것이다.

하지만 기특하게도 그 힘든 시간을 홀로 버티고 견뎌낸 그는 결국 제자리로 돌아왔다. 아니, 더 높은 자리로 우뚝 올라가 많은 사람들의 기대와 사랑을 한 몸에 받고 있었다. 그렇게 아픈 상처의 기억을 훌훌 털어버리고 행복한 삶을 살고 있는데, 그분은 왜 이제 와서 그의 가슴에 다시 찬바람을 불러일으키는 걸까.

대체 무슨 자격으로.

태서는 여전히 저를 낳아준 분에게 연락이 왔다는 사실에 대해 전혀 언급이 없었다. 본의 아니게 준희에게 들어 이미 알고 있는 그녀도 그가 스스로 말해주기를 기다리고 있을 뿐, 입에 올리진 않았다. 그가 그녀에게 알리지 않는 이유를 잘 알고 있으니까.

힘든 일도 같이 나누면 좋으련만.

항상 그랬다. 그는 그녀에게 좋은 것만 보여주고 싶어했고, 기쁘고 행복한 일만 함께 나누기를 원했다. 힘들고 괴로운 마음은 혼자 삭일 뿐, 그런 내색은 되도록 그녀 앞에서는 안 비쳤다. 그것이 그녀를 향한 그의 배려라는 것을 알고는 있지만, 또 그게 때때로 그녀의 마음을 서운하게 만들었다.

혼자 끙끙대지 마. 태서야. 좋고 행복한 것만 함께하지 말고, 아픈 일도 같이하자, 우리. 사랑하는 사이라면 모든 걸 서로 나눠도 되는 거잖아. 그래야 더 빨리 아물지.

말끄러미 그의 얼굴을 들여다보던 도영이 손가락 끝으로 까끌까끌한 턱을 조심히 매만지며 속으로 읊조렸다.

하루가 참 더디게 흘러갔다. 세 팀에게 예약 주문을 받았던 도시락 세트 총 70개를 만들어 보내느라 아침부터 정신없이 바쁘게 보냈음에도 불구하고 시간은 오후 4시밖에 되지 않았다.

태서가 집에 있어서 그런가.

사람의 심리가 이런가 보다. 매일 똑같이 규칙적으로 흘러가는 시간이지만 마음가짐에 따라 그 속도가 빠르기도 하고 느리기도 하고 다르게 느껴진다. 어제부터 그녀의 시간은 느린 쪽이었다. 태서가 있는 집에 빨리 가고 싶은 마음이 클수록 시간은 그만큼 느릿느릿하게 흘러가고 있는 기분이었다.

나도 없는 집에서 혼자 뭐 하고 있으려나?

종방연을 끝내고 곧장 그녀에게로 달려온 태서는 어제 그를 데리러 온 현수를 따라 잠시 집에 갔다가 저녁에 다시 와서 지금까지 바깥출입 전혀 없이 그녀의 집에서 머물고 있었다.

하루 종일 집 안에만 있어서 답답할 텐데.

바쁜 시간을 보내고 숨을 돌리고 있던 도영은 카디건에서 휴대폰을 꺼냈다. 그리고 일단 세연의 동태부터 살폈다. 가족들은 그녀의 연애 사실을 전혀 눈치채지 못하고 있기 때문에 태서에게 문자 한 통을 보낼 때도 가능한 조심스럽게 움직였다. 자칫 잘못하면 들켜 버릴 수 있으니까.

블로그 보고 계시나 보네.

세연은 컴퓨터 앞에 앉아 있었다. '민트 테이블'의 블로그는 세연이 관리하고 있었고, 공지사항이나 사진을 올리는 것을 비롯해 1:1 문의 사항이나 게시판에 올라오는 질문들의 답변은 그날그날 해주었다.

세연이 블로그에 신경을 두고 있다는 걸 눈으로 확인한 도영은 마음 편히 태서에게 메시지를 보냈다.

「뭐 하고 있어?」

답장을 기다리며 마치 피아노를 치듯 손가락으로 테이블 위를 톡톡 두드렸다. 답장은 1분쯤 지나서 도착했다.

「너 어릴 적 사진 앨범 보는 중.」

「본 거잖아. 또 봐?」

「또 봐도 좋은데? 우리 도영이 어릴 때 눈도 초롱초롱하고 엄청 예뻤

네. 우리 결혼하면 너 닮은 딸 꼭 낳아줘.」

도영이 빙글, 소리 없이 웃었다. 그의 말은 전에 앨범을 봤을 때 했던 소리와 토씨 하나 틀리지 않았다.

「심심하지? 밥은 챙겨먹었어?」

「안 심심. 밥도 챙겨먹음. 쇠고기 고추장찌개 예술이더라. 밥 두 공기 해치우고 설거지도 싹 해놨어. 앨범 보고 청소도 할까 생각 중.」

「말리지 않을게. 구석구석 깨끗하게 부탁해.」

「한 번은 말릴 줄 알았더니. 약았네.」

문자를 찍으며 휴대폰 화면을 노려보고 있을 태서의 표정이 머릿속에서 그려지자, 도영은 손으로 입을 막고 키득거렸다.

"아가씨, 뭐 즐거운 일 있어?"

"네?"

갑자기 치고 들어오는 목소리에 화들짝 놀란 도영의 눈이 커다래졌다.

"재밌는 일이면 나한테도 말해줘. 혼자만 웃지 말고."

아직 영문을 모르는 세연은 벌써부터 입가에 미소를 띠고 있었다. 낭패다. 웃음이 터지지만 않았어도 조용히 문자를 마무리할 수 있었을 것을.

"그런 거 아니에요."

도영이 어설픈 눈웃음으로 대답을 회피하자 세연의 눈매가 가늘어졌다.

"말 못하는 거 수상한데. 아가씨, 혹시……."

세연이 의심스런 눈초리로 쳐다보자, 그녀는 긴장하며 꼴깍 침을 삼켰다.

"연애해? 남자친구 생겼어?"

"……네에?"

심장이 덜컥 내려앉았다.

"내가 무슨 연애를 해요. 새언니도 참."

도영은 더할 나위 없이 커져 버린 눈동자로 시치미를 뚝 잡아떼며 부정했다. 세연과 동업으로 '민트 테이블'을 오픈하고 1년 동안 잘 숨겨왔는데 마음의 준비도 못한 상황에서 들켜 버릴 수는 없었다.

"그럼 지금 문자 주고 받은 상대 누군데?"

"준희요, 준희. 확인시켜 드려요?"

당장 떠오르는 인물이 준희뿐이었다. 빠른 손놀림으로 그와 주고받았던 메시지 창을 닫고 휴대폰을 세연에게 내미는 척을 해 보이자 세연이 손을 휘휘 저었다.

"준희 씨면 됐어. 난 또, 혹시나 하고 은근 기대하면서 떠봤는데."

세연의 낯에 실망한 기색이 역력했다.

"아. 그냥 떠보신 거였어요?"

도영은 속으로 안도를 하면서도 어째 세연에게 당한 것 같은 기분이 들었다.

“연애는 둘째 치더라도 남자 만나는 걸 한 번도 본 적이 없으니까. 우리랑 살 때도 준희 씨하고만 만나고 다녔잖아.”

준희하고만 만난 게 아니라 준희를 핑계로 내세우고 태서를 만났던 도영은 심장 한구석이 뜨끔거렸다.

“그런데 이젠 아가씨 나이도 있고 누구랑 통화하거나 문자 하면 나도 모르게 기대하게 되네. 주위에 친구 말고 남자가 그렇게 없어?”

“없네요.”

“에휴. 도영 아가씨야. 아가씨 나이도 벌써 스물아홉이야. 내년이면 앞자리 숫자가 3으로 바뀐다고. 한창 젊고 예쁠 때 연애도 좀 하고 그래야지. 꽃다운 20대를 그냥 허무하게 흘려보낼 거야, 아깝게? 그 예쁜 얼굴에 왜 연애를 못 해?”

세연이 답답한 한숨을 토해내며 일장연설을 하듯 말을 쏟아내었다.

“준희 씨도 연애한다고 했지?”

“네.”

“준희 씨 남자친구의 친구 중에 괜찮은 사람 없대? 있으면 소개 좀 시켜달라고 해봐. 아님, 내가 얘기해 볼까, 준희 씨한테?”

“콜록콜록.”

세연의 말에 갑자기 기침이 나왔다. 준희 남자친구는 인호였고,

인호의 친구는 태서였다. 인호의 친구 중 태서 외에 또 있긴 하지만 그녀와 태서의 관계를 알고 있는 인호가 다른 친구를 그녀에게 소개시켜 주는 건 하늘이 두 쪽 나도 있을 수 없는 일이다. 한 번의 웃음으로 대화가 이런 식으로까지 이어질 줄 몰랐던 그녀는 난감하기만 했다.

"아니. 그러지 마요, 언니."

"왜? 보통 그렇게들 소개팅 주선해 주지 않나? 나도 오빠 소개팅으로 만났잖아. 내 친구 남자친구의 친구가 오빠였거든. 뭐 둘은 결혼까지는 못하고 헤어졌지만."

마치 저와 도훈은 결혼까지 성공한 게 뿌듯하다는 듯 세연이 어깨를 으쓱 올렸다가 내렸다.

"준희 씨 주변 인물하고 엮이기 싫으면 나하고 오빠가 찾아볼까? 그래, 차라리 그게 좋겠다. 아가씨한테 소개시켜 주는 남잔데 우리가 제대로 알아보고 만나게 해줘야지."

세연이 혼자 들떠서 말하던 그때, 도영의 손안에서 지잉, 휴대폰이 짧게 진동을 했다. 그녀는 슬쩍 시선을 휴대폰 화면으로 내렸다.

「바빠진 거야? 답문이 없네. 청소할 때 방해 안 할 테니 열심히 청소에만 매달려라, 그 의미로 잠잠한 건 아니겠지?」

장난 섞인 태서의 메시지에 그녀가 희미한 미소를 머금었다.

「새언니랑 대화 중.」

태서에게 메시지를 전송한 동시에 세연의 음성이 이어졌다. 도영은 시선을 옮겨 세연을 바라보았다.

"기다리고 있어봐. 내가 우리 아가씨한테 어울릴 만한 멋있고 좋은 남자 찾아볼 테니까."

"아뇨, 언니."

도영이 웃는 낯으로 딱 잘라 거절하자 세연이 시무룩하게 물었다.

"왜?"

"아직은 누구를 만나고 싶은 그런 마음이 없어요. 그리고…… 제 인연은 제가 찾고 싶어요."

도영이 그렇게 제 뜻을 세연하게 전하는데 다시 진동이 지잉, 울렸다. 그녀는 가느다란 숨을 내쉬며 문자를 확인했다.

「오케이. 나야말로 방해 안 할게. 좀 이따 봐. 내 첫사랑.」

내 첫사랑.

마지막 구절에서 눈을 떼지 못하는 도영의 심장이 잔잔하게 울렸다.

토요일, '민트 테이블'의 영업 종료 시간은 평일보다 3시간 빠른 5시였다. 세연을 차로 바래다주고 집으로 돌아온 도영을 태서가 맞이했다.

"왔어, 허니?"

주방에서 뭘 하다가 나온 건지 앞치마까지 두른 그가 느끼한 호칭을 입에 올리자 도영이 두 손을 빠르게 접었다 펴기를 반복하며 몸을 떨었다.

"뭐야, 오글거리게."

"그치? 오글거리긴 하네. 그래도 한번 해보고 싶었는데, 했으니까 앞으론 하지 말아야겠다."

같은 생각이라는 듯 태서가 그녀의 말을 인정하며 빙그레 웃었다.

"뭐 하고 있었는데 앞치마를 두르고 있어?

"비밀."

태서가 검지손가락을 세로로 세워 입술에 가져다댔다.

"방에 들어가서 편하게 옷 갈아입고, 손도 씻고 와."

"뭔데 비밀이래. 궁금하게."

방 쪽으로 등을 떠미는 그의 손에 의해 발걸음을 움직이면서 도영이 길게 목을 빼고 주방을 힐끔거렸다. 그러자 태서가 짐짓 엄한 기세로 그녀의 목을 잡아 제자리로 돌려놓았다.

"허어. 조금 있다가 나와보면 알 것을."

도영은 기막히다는 듯 픽 웃으며 방으로 들어왔다. 그의 지시대로 편한 옷으로 갈아입고 깨끗하게 손을 씻고 주방으로 향했다. 싱크대 앞에 서서 뭔가에 굉장히 열중하고 있는 그의 옆으로 다가가 보니 김치와 각종 야채들을 꺼내놓고 잘게 썰고 있었다.

"와아, 지금 나 밥해주려고 하는 거야?"

"물론이지. 힘들게 일하고 들어온 우리 애인 밥 정도는 손수 만들어 드려야지."

어설픈 칼 솜씨로 재료를 썰고 있는 표정이 꽤나 진지해 보였다. 도영은 터져 나오려는 웃음을 삼키고 왼팔로 그의 허리를 감았다.

"메뉴가 뭔데?"

"김치볶음밥."

"김치볶음밥 만드는데 야채는 왜 죄다 꺼냈어?"

재료를 김치볶음밥이 아니라 야채볶음밥을 준비하고 있는 것 같았다. 감자, 양파, 호박, 버섯, 당근까지 야채란 야채는 전부 나와 있었으니까. 또 야채는 아니지만 스팸이 재료들 사이에 어색하게 끼어 있었다.

"자고로 음식은 많은 재료를 넣어야지 맛이 더 풍부하고 좋다고 했어."

"누가?"

"윤태서가."

"뭐야."

그의 장난에 도영이 넓은 등을 손으로 가볍게 밀었다.

"그런데 태서야. 김치볶음밥에는 김치만 있어도 충분해. 맛도 더 깔끔하고. 이 야채 다 넣으면 말 그대로 야채볶음밥인데?"

"그래? 그럼 김치야채볶음밥으로 하지 뭐. 썰어놓은 야채들을 아깝게 버릴 수는 없고, 이걸 버리면 내 노력도 고스란히 버려지는 거잖아. 내가 이걸 얼마나 힘들게 썰었는데."

그녀의 말에 메뉴를 급변경한 태서가 자신의 노력이 헛되이 되기를 바라지 않는다는 듯 입 근육을 실룩거렸다. 어설프지만, 진지하고 신중하게 칼질을 하는 걸 잠시나마 곁에서 지켜본 그녀가 위로하듯 그의 어깨를 다독였다.

"그래. 그런 것 같긴 하다."

"두고 봐. 엄청난 맛을 맛보게 될 테니까."

태서가 자신에 찬 말투로 으스댔다.

"완전 기대되는데? 내가 뭐 도와줄 건 없어?"

"없으니까, 거실에 가서 쉬고 계세요. 일하고 와서 피곤할 텐데. 다 되면 친히 모시러 나갈게."

"그래도 돼?"

"당근."

하지만 금방이라도 거실로 나갈 것처럼 보였던 도영은 옆으로 한 발자국만 움직여 태서의 등 뒤에 섰다. 그리고 두 팔로 그의 허리를 휘감아 안고 넓고 단단한 등에 얼굴을 기대며 살며시 두 눈을 감았다.

"하아, 편하다."

“나가서 쉬고 있으라니까. 말 참 안 들어.”

그래도 그녀의 백허그가 싫지 않은지 나무라는 어투와 달리 그의 음성은 다정했다.

“왜, 쉬고 있는데. 나만 편하면 된 거 아닌가?”

그러면서 그녀는 그를 안은 팔에 살짝 힘을 더 주었다. 그에게 기대어 있으니 마음이 아늑하고 평온해졌다.

“혹시 방해돼?”

“전혀.”

태서가 짧게 고개를 저었다. 도영이 그렇게 그의 등에 껌딱지처럼 달라붙어서 그가 움직이는 동선을 이리저리 따라다니는 사이 김치야채볶음밥이 완성되었다.

“와우, 그럴듯한데?”

잘 익은 김치와 갖은 야채를 넣고 만든 볶음밥은 육안으로 보기에는 꽤나 그럴싸했다. 거기에 볶음밥 위에 올려져 있는 반숙으로 익힌 달걀프라이까지. 기대했던 것보다 더 먹음직스러워 보였다.

“냄새도 좋고.”

“맛은 더 좋을걸? 먹어봐.”

“잘 먹을게.”

도영은 숟가락을 들고 윤태서표 볶음밥을 한입 크게 떠서 먹어보았다. 맛을 천천히 음미하면서 입을 오물오물거리던 그녀가 눈을 반짝이며 엄지손가락을 번쩍 치켜세웠다.

“으음. 정말 맛있는데?”

"진심이야?"

"응, 진짜 맛있어."

간도 딱 알맞았고, 입안에서 씹히는 김치와 야채의 식감이 그야말로 일품이었다.

"요리 잘하네, 우리 태서."

"거봐. 엄청날 거라고 했지, 내가?"

태서가 의의 양양한 표정으로 우쭐거리자, 도영이 생그레 웃으면서 말했다.

"엄청나게 맛있는 볶음밥 만드느라 고생했는데, 보고만 있지 말고 너도 얼른 먹어. 다 식겠어."

"오케이. 그럼 어디 한번 먹어볼까?"

그녀의 말에 태서가 그제야 숟가락을 들고 볶음밥을 한 입 떠먹었다. 스스로 만든 음식을 '으음' 감탄까지 하면서 먹는 태서의 모습에 도영은 웃음이 나려 했다.

"그나저나 닭도 사다 놨는데. 삼계탕 해주려고."

사실 도영이 생각한 오늘 저녁 메뉴는 삼계탕이었다. 어제 직접 시장에 가서 싱싱한 장어를 골라 구입하면서 닭도 사왔었다. 어제 저녁 장어구이에 이어 오늘은 삼계탕으로 그에게 몸보신을 시켜주려고 했는데 태서가 그녀를 위한 서프라이즈로 손수 저녁 준비를 하고 있을 줄은 몰랐다.

"내일 먹으면 되지."

"내일도 안 가?"

"일요일까지는 죽었다 깨어나도 나 건드리지 말라고 했다니까?"

"월요일에 스케줄 있다며?"

"그날 새벽에 나가면 돼. 그런데 민도영."

"응?"

볶음밥을 먹던 도영이 고개를 들고 태서를 쳐다봤다.

"어제는 장어구이에, 오늘은 쇠고기 고추장찌개에 밥을 두 그릇이나 먹게 하더니. 오늘 저녁 메뉴는 또 삼계탕을 해주려고 했어? 요새 통 운동도 못하고 있는데. 날 살찌게 할 셈이야?"

"드라마 촬영 때문에 축난 몸, 영양 보충 해주려는 거지."

"다른 뜻이 있는 건 아니고?"

음흉함을 담은 태서의 눈길이 그녀에게 닿았다.

"다른 뜻 뭐?"

"예를 들어 내가 밤에 불끈 힘이 솟기를 바라는……."

"아니거든! 암튼 생각하는 거하고는."

도영이 발끈하며 강하게 반박했다. 그때, 얼굴까지 붉힌 채 자신을 째려보는 그녀가 귀엽다는 듯 하하, 유쾌하게 웃고 있는 태서에게 전화가 걸려왔다. 휴대폰 화면에 떠오른 현수의 이름을 확인한 태서는 웃음을 가다듬고 전화를 받았다.

"어, 형."

[목소리가 아주 즐거워 보인다?]

"그럼. 아주 즐겁지. 누구랑 있는데."

태서가 다정다감한 눈빛으로 그녀를 쳐다보자, 도영이 입 모양으로 누구냐고 물었다. 태서도 소리 내지 않고 입 모양으로만 '현수 형' 이라고 알려주었다.

[즐거운 시간을 방해해서 진심으로 미안한데 말이다, 태서야.]

"왜, 무슨 일 있어?"

[그게, 방금 그쪽하고 통화했어.]

태서의 미간이 설핏 구겨졌다. 현수가 정확하게 누구라고 말하지 않았음에도 그는 단번에 파악이 되었다.

"그런데?"

[내일 당장 너를 만나보고 싶다고.]

"내일?"

그의 미간에 잡힌 주름이 더욱 깊게 패었다. 문득 도영을 바라보자, 그녀는 무슨 일인지도 모른 채 그의 표정 변화에 벌써부터 걱정하는 낯으로 그를 보고 있었다.

"잠깐 통화하고 올게. 밥 먹고 있어."

태서는 손바닥으로 휴대폰을 가리고 그녀에게 말하면서 눈을 싱긋해 보였다. 그리고 그 자리를 벗어나 거실로 나오면서 딱딱한 어조로 입을 열었다.

"연락만 닿게 해달라더니, 이제는 만나기까지 하재?"

[직접 네 얼굴을 보고 말하고 싶다고. 연락도 네가 아니라 내가 하니까, 네 개인 연락처 알려달라고 사정사정하는데 아주 혼났다, 야.]

"사정이라…… 우습군."

태서의 입술 끝에 비소가 걸렸다. 원래는 그가 직접 연락을 하려고 했었다. 그 사실이 소속사 대표 이환의 귀에 들어갔고, 이환은 반대했다. 이환은 지금에서야 그 사람이 그를 찾는 데는 필시 다른 목적이 있을 거라 판단했고, 그 목적이 무엇인지 뚜렷하게 알기까지는 아무리 그를 낳아준 생모라 하더라도 개인 연락처는 노출시키지 않는 편이 좋겠다는 의견을 제시했다. 그래서 일단 매니저인 현수가 나서서 연락을 취한 것이다.

[네가 했어도 마찬가지였을 거야. 단순히 통화만 하길 원하는 거 같진 않아 보였거든. 널 만나서 뭔가 할 말이 있는 눈치였어.]

이로써 그에게 목적이나 의도를 가지고 접근을 시도했다는 사실이 명백해졌다. 그리고 태서는 그 목적이 무언지 일찌감치 예감하고 있었다.

[가장 중요한 건 네 의사이긴 한데, 태서야. 만날 의향이 있으면 너도 시간이 내일뿐이야. 다음 주는 월요일부터 그 주 내내 스케줄이 꽉 차 있거든.]

"내일까지는 그 어떤 일로도 나 건드리지 말라고 했을 텐데."

더군다나 이런 문제로 그의 달콤한 시간을 뺏기는 게 썩 내키지가 않다.

[알지, 그거야. 네가 싫다고 하면 다른 날로 잡긴 하겠는데, 어차피 만날 거라면 빨리 만나는 게 낫지 않을까 싶다. 미뤄도 신경은 계속 쓰일 테고, 그사이에 또 연락이 안 올 거라는 보장도 없잖

아. 차라리 내일 만나서 얘기 듣고 정리할 거 있으면 정리하는 게 좋지 않을까 해, 내 생각은.]

머리가 지끈거렸다. 태서는 손끝으로 관자놀이를 꾹꾹 누르며 조용히 탄식을 흘렸다. 그래. 현수의 말이 옳다. 질질 끌어봤자 더 나은 건 없을 테니까. 하루라도 빨리 만나고 끝내 버리는 게 나았다.

"그럼 그렇게 해. 내일로, 약속 잡아줘."

[몇 시?"]

"5시."

[알았어. 5시로 잡고, 장소는 회사로 할게. 외부에서 만나는 건 아무래도 사람들의 이목도 있고 하니까.]

"형이 알아서 해."

[그래. 내가 내일 시간 맞춰 그리로 데리러 갈까?]

"괜히 번거롭게 움직이지 마. 형 차도 내가 끌고 왔는데 가져다 줘야지."

그는 개인 소유의 차로 도영을 만날 때나 도영의 집에 올 때면 늘 현수의 차와 바꿔서 이용했다. 언제 어디서 따라붙을지 모를 시선에 대비한 눈속임의 방편이었다.

[알았다, 그럼. 내일 회사에서 보자.]

통화를 마친 태서는 답답했던 마음을 가다듬고 주방으로 들어갔다. 그녀의 맞은편에 앉아 볶음밥이 담긴 접시를 보자 그가 현수와 통화하는 사이 별로 입에 대지 않았는지 아직 절반이나 남아 있었다.

“먹고 있으라니까, 안 먹고 있었나 보네?”

“현수 씨가 왜 전화한 거야? 무슨 일 있대?”

도영이 그의 물음에 대한 답은 건너뛰고 반문했다.

“별일 아니야. 신경 쓰지 않아도 돼.”

“별일 아닌 걸로 표정은 왜 안 좋았는데?”

“내일까지 푹 쉰다고 건드리지 말라고 했는데, 불러내려고 하니까.”

슬쩍 그녀의 시선을 피하며 숟가락을 든 태서는 볶음밥을 깨작깨작 헤집었다. 솔직히 아직은 도영이 그 일을 모르게 하고 싶었다. 언제까지 도영에게 숨길 수는 없겠지만 지금은 아니었다. 사실을 말하면 그 즉시 그녀는 분명 잊고 있던 상처의 기억을 한 번쯤은 떠올렸을 그가 안쓰러워 가슴 아파할 것이다.

따라서 그는 빠듯했던 드라마 촬영 일정 속에 쫓기듯 감질나게 만나다가 몇 달 만에야 시간에 구애받지 않고 그녀와 여유롭고 행복한 시간을 보내고 있는데 그 사람을 굳이 언급하면서까지 분위기를 망가뜨리긴 싫었다. 또 그 사람의 목적이 무엇인지 정확하게 드러나지 않은 상황에서, 미리부터 그녀를 걱정시키며 신경 쓰이게 만들고 싶지 않았다.

“대표님이 내일 날 좀 보자고 하신대. 영화 문제로 상의할 게 있다고.”

“일요일인데?”

"응. 다음 주에 내 스케줄이 꽉 잡혀 있어서 볼 시간이 없으니까."

"그래서 표정이 그랬던 거야?"

"좀 짜증나잖아. 낼까지는 네 옆에 착 달라붙어 있으려고 했는데, 불러내니까."

제법 그럴싸한 거짓말로 둘러댄 태서는 천연덕스럽게 그녀를 바라봤다. 다행히 그녀는 그의 말을 믿는 듯했다. 그래도 미심쩍은 부분이 남아 있었는지 다시 그를 떠보았다.

"그럼 왜 날 피해서 전화를 받아? 그런 전화라면 굳이 나가서 받을 필요는 없었잖아."

"그거야 현수 형한테 싫은 소리 한마디 하려는데, 네 앞에서 하면 잔소리할까 봐. 괜히 형한테 뭐라고 한다고."

거짓말이 거짓말을 낳는다고 했던가. 거듭 이어지는 거짓말에 머리 회전도 빠르게 돌아갔다. 더 이상의 거짓말은 낳고 싶지 않아 이번에는 그녀가 믿어주기를 바라고 있는데.

"정말이야?"

"응."

말없이 가만히 그를 주시하는 그녀의 눈빛에 괜스레 마음이 찔려 그는 애꿎은 볶음밥에 숟가락을 푹푹 찔러댔다.

"그래, 아무 일 없는 거면 됐어. 마저 밥 먹자."

다행히 그의 말을 믿은 듯 그녀는 더 묻지 않았다. 태서는 안심하고 숨을 골랐다. 도영의 표정에 미세한 변화가 있다는 것은 눈치채지 못하고.

저녁 식사를 마친 후, 소파에 나란히 앉아 TV를 보다가 영화 채널에서 구매한 최근 영화 두 편을 연속으로 보고 나니 시간은 어느새 새벽 2시를 향해 가고 있었다.

도영은 두 번째로 본 영화가 끝나자 두 팔을 위로 쭉 뻗어 시원하게 기지개를 켜다가 목도 좌우로 움직이면서 스트레칭을 했다.

"졸려?"

"아니."

태서의 물음에 그녀가 고개를 저었다. 조금 고단하긴 한데 졸리지는 않았다.

"그럼 우리 나갈까?"

"이 시간에?"

"이 시간이니까 사람들도 없을 테고 조용하잖아. 우리 손잡고 산책한 지도 오래됐는데, 간만에 나가보는 거 어때?"

"음. 좋아."

도영은 흔쾌히 수락했다. 그의 말대로 밖에서 손을 마주 잡고 거리를 걸어본 지가 언젠지 기억이 가물가물한데, 새벽 공기를 마시면서 그와 바람도 쐬고 조금 걷다가 들어오는 것도 좋을 듯싶었다.

"새벽 공기 쌀쌀하니까 겉옷 따뜻하게 입고."

"응."

방으로 들어간 도영은 옷장에서 가벼운 야상 점퍼를 꺼내 입었다. 태서가 그녀와 비슷한 색깔의 점퍼를 걸치고 모자를 푹 눌러 쓰는 것으로 준비를 마친 두 사람은 얼마 만인지도 모를 바깥 데이트를 나섰다.

밖으로 나오자마자 태서가 그녀의 손을 잡았다. 새벽 2시가 훌쩍 넘은 컴컴한 골목길은 인적도 없고 고요했다. 골목 사이사이에 세워져 있는 가로등 불빛만이 그들이 걷고 있는 길을 은은하게 비춰주었다.

"도영아, 안 추워?"

"괜찮아."

봄의 계절 5월. 따스한 봄이었지만 아침, 저녁으로는 일교차가 컸다. 새벽 시간대라 공기는 그보다 더 서늘했지만 머리는 한결 맑아지는 느낌이었다. 그리고 모두가 잠든 후에야 비로소 자유롭게 마주 잡은 그의 손에서 전해져 오는 온기가 마음까지 따뜻하게 덥혀주고 있어 전혀 춥지 않았다.

"너 몇 시간 만에 외출하는 거지?"

"글쎄."

고개를 갸웃 기울인 태서가 시간을 가늠했다.

"한 27시간 만인가?"

"너야말로 가슴이 시원하겠다. 온종일 좁은 집 안에서 답답했을 텐데."

"난 좋았다니까? 요 몇 달간 긴 시간 집에만 있어본 적이 없으니까."

"그렇긴 하겠지만, 우리 집에 있었으니까. 너희 집은 크기도 하지만 전망이 시원하게 탁 트여 있어서 답답하진 않잖아."

"집이 크고 전망이 좋으면 뭐 해. 네가 없는데. 난 아담하더라도 네 흔적과 네 체향이 묻어 있는 네 집이 좋아."

"배우라서 그런가. 너, 말은 진짜 멋있고 느끼하게 잘한다. 듣고 감탄할 때가 한두 번이 아니라니까?"

고개를 비스듬히 기울인 채 태서를 올려다본 도영이 그의 말재간이 신기하다는 듯 배시시 웃었다.

"멋있고 느끼한 건 또 뭐야. 그냥 하나만 하지? 기왕이면 듣게 좋게 멋있다로."

"그래, 기분이다. 너 멋있게 말 참 잘해."

"진심이 안 느껴져서 별로 마음에 안 와 닿는다."

"뭐야. 기껏 기분 내서 원하는 대로 말해줬더니만."

태서가 씁쓸하다는 듯 입맛을 다시자, 도영이 눈가에 미소를 달고 흘깃 노려보았다. 그러자 그가 작게 소리 내어 웃음을 뿌렸다.

"나, 아예 짐 싸서 네 집으로 들어올까?"

"뭐어?"

태서의 말에 그녀의 눈이 둥그레졌다. 그리고…….

"아님 네가 짐 싸서 내 집으로 들어올래?"

바로 이어진 말에는 가슴이 쿵쿵거렸다. 마치 불시에 프러포즈를 받는 기분이 들어서, 두근두근 설레었다. 24살에 그와 연애를 시작하고 5년이 지난 지금까지 여전히 그녀는 그저 지나가는 말처럼 흘리는 그의 말 한마디에도 가슴이 설레었고, 이렇게 손만 마주 잡고 걸어도 심장이 두근거렸다. 처음 시작했을 때의 마음과 변함없이 그가 좋았고, 그와 함께 있는 이 시간이 행복했다. 누군가 태서도 과연 여전히 너와 같은 마음일까, 라고 물어온다면 도영은 자신 있게 대답할 수 있었다.

물론이라고.

매일 매 순간 그에게 사랑받고 있다는 걸 온 마음으로 느끼고 있으니까. 그녀를 사랑하는 감정만큼은 숨기지 않고 거침없이 드러냈다.

"대답 안 하네."

"말도 안 되는 소리를 하니까 그러지."

오히려 애정 표현에 인색한 건 그녀 쪽이었다. 사랑하는 마음은 그와 같은데 수줍고 부끄러운 순간에는 저도 모르게 말을 툭툭 뱉어낸다. 바로 지금처럼.

"왜 말이 안 되지? 사랑하면 같이 살고 싶은 건 당연지산데."

"넌, 내가 아직도 그렇게 좋아? 같이 살고 싶을 만큼?"

그러면서도, 또 알면서도 남자의 사랑을 확인받고 싶은 게 여자의 심리다.

"무슨 그런 뻔한 걸 물어?"

걸음을 멈춘 태서가 질문이 마음에 안 든다는 듯 그녀의 이마를 살짝쿵 때렸다.

"설마, 넌 나에 대한 마음이 전 같지 않다는 뜻이야?"

"누가 그렇다고 했나."

도영이 입술을 비죽이며 맞잡은 그의 손을 끌었다. 타박타박. 다시 걷기 시작한 두 사람의 발걸음 소리가 골목길의 정적을 깨고 울렸다.

"그럼? 새삼 또 새롭게 내 사랑을 확인받고 싶으셨나? 늘 보여주는 걸로도 모자라?"

전혀 모자라지 않다. 오히려 넘쳤으면 넘쳤지.

"흐음. 어떻게 얼마나 더 내 사랑을 보여줘야, 우리 도영이를 만족시킬 수 있으려나."

고민하는 듯한 그의 모습에 싱그레 웃음 짓던 도영이 슬그머니 물었다.

"넌 사랑이 뭐라고 생각해?"

"사랑이라…… 음, 서로 한마음으로 같은 곳을 바라보면서 행복을 주는 것? 난 그래, 도영아. 너한테는 좋은 것만 보여주고 싶고, 좋은 것만 듣게 해주고 싶고. 네가 나로 인해 행복해하는 모습을 지켜볼 때가 내겐 가장 행복한 순간이거든."

예상하고 있었던 대답이다. 그는 지금껏 늘 항상 그래 왔으니까.

"너는?"

"나는…… 아픔을 함께 나누는 거."

"아픔?"

도영은 고개를 끄덕이며 차분한 목소리로 계속 말을 이어나갔다.

"기쁘고 즐거운 것만 나누는 게 아니라, 힘들고 아픈 일도 같이 나누면서 보듬어 안아 위로도 해주는. 지칠 땐 서로를 의지하며 기댈 수 있는, 이 모든 일을 함께 나누는 게 사랑이 아닐까 생각해. 그러니까 태서야."

도영이 천천히 거닐고 있던 걸음을 멈춰 세우자 그의 발걸음도 자연스레 멈췄다. 살며시 몸을 틀어 태서와 마주 보고 선 그녀는 호수처럼 잔잔한 눈빛으로 그를 올려다보았다.

"나한테 너무 좋은 것만 보고 듣게 해주려고 애쓰지 마. 너무 행복만 주려고 하지 마. 난 이미 너로 인해 충분히 행복해. 그리고 난 너랑 좋은 일들만이 아닌 아프고 힘든 일들도 같이 나눴으면 좋겠어."

도영은 오늘 저녁, 아니, 어제저녁 현수가 단순히 소속사 대표와의 약속을 알려주고자 그에게 전화를 한 것이 아니란 걸 눈치채고 있었다.

"연락만 닿게 해달라더니, 이제는 만나기까지 하재?"

그는 그녀의 귀에 들리지 않게 하려고 최대한 목소리를 낮춘 듯했으나, 막 주방에서 거실로 나갈 때 흘러나온 말이라 작게나마 들을 수 있었다. 그 뒤의 대화까지는 들을 수 없었으나, 저 말이 강이환 대표를 두고 한 게 아니라는 건 그의 거짓말이 증명해 주었다.

그는 그녀와 마주 보고 대화를 나누는 자리에서는 절대 시선을 피하지 않는다. 그런데 어제는 무슨 일이 있는가에 대한 물음부터 아무 일이 없는 게 정말이냐는 물음까지. 두 번이나 그녀의 시선을 회피했다. 그 순간에는 그녀와 눈을 똑바로 마주치려 하지 않았다.

마치 뭔가를 감추려는 듯이.

그리고 그녀는 그가 감추고 싶어하는 사실이 무엇인지 짐작이 되었다. 준희에게 아무런 말도 듣지 않았다면 짐작도 하지 못했겠지만.

연달아 이어지는 거짓말에 차마 왜 솔직하게 말하지 못하고 거짓말을 하냐고 따질 수도 없었다. 안 하던 거짓말까지 해가면서 말하고 싶지 않아 하는 이유를 알고 있으니까.

지난번에는 그저 그녀와 웃으면서 헤어지고 싶다는 말로 더 묻지 못하게 입을 막더니, 어제는 거짓말로 그녀의 입을 막았다.

솔직히 털어놓고 기대도 좋으련만.

아마도 오늘 태서가 만나기로 한 사람은 그를 낳아준 그분일지도 모른다. 참 심란하고 복잡한 심정일 텐데, 그녀의 앞에서 아무 내색도 하지 않고 있는 그가 짠하면서도 한편으로는 서운했다.

"그래서 말인데, 태서야."

"응?"

도영이 나지막하게 이름을 부르자 태서의 잇새로 탁한 음성이 흘러나왔다.

"지치거나 속상한 일이 있을 땐 내게 기대도 돼. 내가 행복해야 너도 행복하듯, 네가 행복해야 나도 행복해. 네 속은 힘든데 내게 좋은 것만 주려고 그 마음을 혼자서 속으로 삭이지는 말아줘. 네가 나에게 기대지 않으면 나도 네게 기대지 못해. 그럼 우리는 늘 서로를 위해서 겉으로는 행복한 척을 하게 될 텐데, 그건 진정한 행복이 아니잖아. 또 그렇게 지내다 보면 분명 언젠가는 서로에게 지치게 되는 날이 올 거야. 난 그렇게 되고 싶진 않아. 너와 사랑도 나누고 어려움도 함께 헤쳐가면서 한 발 한 발 나아가고 싶어. 우리, 그러면 안 될까?"

도영은 진심을 다해 속내를 털어놓았다. 지그시 내린 시선을 그녀와 마주한 태서의 입가에 옅은 미소가 띠어졌다. 그가 엄지손가락으로 그녀의 손등을 살살 어루만지며 찬찬히 고개를 주억였다.

"그래, 그러자."

"자, 약속."

도영이 새끼손가락을 펴고 내밀었다.

"약속."

태서가 새끼손가락을 걸어오자 도영의 입가에도 미소가 번졌다. 그녀는 한 걸음 다가가 그의 넓은 품에 얼굴을 묻으며 안겼다. 그리고 자신의 몸을 포근하게 감싸 안아주는 그의 심장 소리를 들으며 속으로 바랐다.

Part 3. 갈등 & 이별

6

일요일 오후 5시.

약속 시간에 맞춰 환엔터테인먼트 사옥에 도착한 태서는 강이환 대표 사무실로 향했다. 현수에게 오늘 약속을 전해 들은 이환이 일요일임에도 불구하고 회사를 나왔다는 연락을 받아서였다. 사무실 안으로 들어가자 그보다 먼저 도착해 있던 현수와 이환이 소파에 앉아 대화를 나누고 있었다.

"왔냐?"

그를 본 현수가 소파에서 잠깐 일어났다가 다시 앉았다. 가볍게 고개를 까닥인 태서는 이환에게 시선을 던졌다.

"뭐 하러 나오셨어요?"

태서가 현수의 옆자리로 가서 앉자 상석에 앉은 이환이 느긋한 자세로 소파에 등을 기대며 입을 열었다.

"당연히 와서 상황을 지켜봐야지."

"내 사적인 일이에요. 문제만 일으키지 않는다면 소속 연예인 사생활은 신경 안 쓰겠다고 하지 않았나?"

"그랬지. 그래서 내 뒤통수치고 시작한 네 연애도 지금껏 묵인하고 있는 거고."

비꼬듯 하는 말투에 태서는 피식 웃었다. 데뷔 후 운 좋게 좋은 작품을 만나 많은 인기를 얻었던 그는 스포트라이트를 받으며 빛을 볼 무렵 군에 입대를 했다. 그가 배우로 활동한 기간은 고작 2년 남짓. 제대 후 얼마 지나지 않아 바로 연예계에 복귀는 했지만 처음부터 다시 시작하는 거나 마찬가지였다. 그런 그에게 소속사에서 가장 먼저 주의를 준 게 여자 문제였다. 입대 전에 얻은 인기가 그런대로 유지되고는 있다고 하나 더 높은 위치의 자리까지 올라가려면 여자와의 열애설은 치명타가 될 수 있다며 각별히 유념하라고 했다.

하지만 그는 제대하자마자 도영을 찾았고, 밀어내는 그녀의 마음을 얻기 위해 끊임없이 주위를 맴돌았다. 소속사에서 도영의 존재를 알게 된 건 연애를 시작하고 2년이 지나서였다. 그에게서 수상한 낌새를 눈치챈 이환이 끈질기게 현수를 떠보았고, 이미 그의 연애 사실을 알고 있었던 현수는 이환을 당해내지 못하고 끝내 모두 불어버렸다.

"네가 감히 뒤에서 내 뒤통수를 쳐?"

힐난이 아니었다. 그저 기가 막힌다는 듯 콧방귀를 뀌었다. 어차피 계약 기간도 거의 끝나가고 있었고, 그는 이환이 끝내 제 연애를 막으려고 한다면 배우 생활까지 접겠다는 마음으로 이환과 맞설 준비를 하고 있었는데, 뜻밖의 소리가 들려왔다.

"내가 막는다고 네가 그만둘 녀석도 아니고. 조용히 만나, 지금처럼. 문제만 일으키지 않는다면 나도 관여 안 할 테니까."

톱스타의 반열에 올라 한창 최고의 주가를 올리고 있는 그를 소속사 입장에서는 놓칠 수 없었을 테고, 동시에 동생처럼 아껴온 그를 놓을 수도 없었을 것이다. 도영이 원하는 바이기도 하고 그도 아직은 공개적으로 연애 사실을 드러낼 생각은 없었기에 그러겠노라 받아들였다.

평범한 일반인이라지만 마음만 먹는다면 그녀의 개인정보 정도는 얼마든지 알아낼 수 있는 시대였다. 섣부른 공개 연애로 그는 그녀가 그런 시달림을 받는 건 원치 않았다.

"그런데요?"

태서는 새삼 제 연애 문제를 들먹인 이환에게 물었다.

"이건 네 개인적인 일로 끝날 수도 있고, 경우에 따라서 아닐 수도 있으니까."

그 말은 즉, 회사가 움직여야 하는 상황이 올 수도 있다는 의미였다. 이환은 혹시 모를 그 일에 미리 대비를 하고자 하는 것이고.

그는 고개를 돌려 현수를 쳐다봤다.

"그쪽은?"

"벌써 30분 전부터 와서 기다리고 계신다."

태서의 입술이 비틀렸다. 급하긴 어지간히 급한 모양이었다.

"우리는 원래 시간보다 10분을 늦었고."

"1시간을 늦더라도, 아쉬우면 기다리겠지. 뭐, 이대로 돌아가도 상관없고."

9년 전, 그는 약속 장소에서 2시간을 기다렸다. 그따위 소리를 들으려고 2시간이나.

"그래도 일부러 시간 끌 필요 뭐 있냐? 네 속만 더 시끄럽지. 가보자, 그만."

현수가 그의 어깨를 다독이듯 툭툭 치며 자리에서 일어났다. 현수의 말에 따라 차가운 한숨을 내쉰 태서도 곧 움직였다.

그 사람이 기다리고 있다는 회의실로 걸어가면서 이환이 태서의 컨디션을 체크했다.

"기분은?"

"나쁘지 않아요."

"감정 조절 잘하고."

"네."

또각또각. 복도를 울리던 세 사람의 발소리가 회의실 앞에서 멎었다. 회의실의 문을 연 현수가 앞장서 들어가고 이환과 태서가 차례대로 그 뒤를 따랐다. 회의실 가운데에 놓인 커다란 테이블 앞에 그 사람이 앉아 있었다. 딸로 보이는 여학생과 함께.

"안녕하십니까, 대표 강이환입니다."

이환이 먼저 정중하게 인사를 건네고 맞은편 자리에 착석했다. 상대 쪽은 자리에서 일어나지도 않은 채 고개만 까딱이며 인사만 받고 끝이었다. 떳떳해 보이기까지 하는 그 태도에 무덤덤하던 태서의 심장이 싸늘하게 식었다.

"늦었구나."

이은실. 태서를 낳은 그 사람의 이름이다. 은실이 아직 서 있는 그를 눈으로 올려다보며 입을 움직였다. 마치 그가 약속 시간에서 10분 이상을 늦은 게 못마땅하다는 듯. '오랜만이구나, 그동안 잘 지냈니?' 라는 인사를 바란 건 아니지만 기분이 참, 더러웠다.

태서는 속과 달리 포커페이스를 유지하며 이환의 옆에 앉았고, 각자의 앞에 준비한 음료를 놓아주고 테이블을 돌아온 현수가 그의 옆에 자리했다. 은실은 타인이 있든 말든 상관없다는 듯 그들에게 자리를 비켜달라는 요구는 하지 않았다.

"용건부터 말씀하시죠."

태서가 날카로운 시선으로 은실을 똑바로 응시하며 운을 뗐다.

"인사도 안 하니, 넌?"

그러자 은실이 힐책하는 투로 반문했다. 그는 비식, 비웃음을 터트렸다. 그의 연락처를 알려달라고 사정했다고 한 사람이 맞나 싶을 정도로 기세가 당당하기 그지없다.

"내 인사 받자고 만나자고 한 건 아니지 않습니까?"

끔찍하기만 했던 모정이 29년 만에 뜬금없이 생겼을 리가 없을 테니 말이다. 지금도 그에 대한 미안함이나 애틋함은 일절 보이지 않았다.

"흠흠."

"저기, 엄마. 나부터 소개를 좀 시켜줘야지."

그의 말이 정곡을 찔렀는지 헛기침을 하는 은실의 팔을 옆에 있던 여학생이 살며시 잡아 흔들었다. 그에 은실이 한숨을 푹 내쉬며 딸을 소개했다.

"인사 나눠라. 네 여동생이다."

여동생이라니. 하아! 기가 차서 말도 안 나온다. 그때, 머뭇머뭇거리는 목소리가 귀를 찔렀다.

"저…… 안녕하세요, 오빠."

태서의 시니컬한 눈빛이 여학생에게로 옮겨졌다.

"허업. 저, 저는 고지원이라고 합니다. 고, 고등학교 2학년이에요. 오빠가 제 오빠라고 해서 얼마나 놀랐는지. 너무 반가워요."

태서와 눈이 마주치자 지원은 몸 둘 바를 모르겠다는 듯 말을 더듬거리며 볼을 붉혔다. 오빠라는 사람이 아닌 그저 동경하던 연예인을 바라보는 얼굴로 그가 전혀 궁금해하지 않는 본인의 소개와 인사까지 마쳤다.

“지금 뭐 하시는 겁니까?”

그런 지원을 짧게 일별하고 인사를 건너뛴 태서가 은실을 차갑게 쳐다봤다. 어이없게도 비난이 날아왔다.

“너야말로 뭐 하는 거니? 동생 인사도 무시하고.”

“누가 동생입니까?”

태서는 은실의 속내가 훤히 들여다보였다. 초지일관 뻔뻔한 자세와 온몸을 명품으로 휘감고 나왔던 9년 전에 비해 다소 초라한 차림새에서 그를 찾은 목적이 무엇인지 뚜렷하게 드러났다.

본인이 한 짓이 있으니 딸을 내세워 그의 마음을 흔들어보려는 심산인가 본데 그는 호락호락하게 넘어가 줄 생각이 결코 없었다. 그의 무시에 모멸감을 느꼈는지 지원의 얼굴이 새빨개졌다.

“널 낳아준 엄마인 내 딸인데, 당연히 네 동생 아니니? 네 몸에 내 피가 흐르고 있는 이상 우리 지원이는 네 여동생이야.”

우리 지원이.

딸을 향한 다정한 호칭에 그의 입매가 쓰게 뒤틀렸다. 같은 배를 빌려서 태어난 그는 끔찍한 존재인데 딸은 아주 소중한 자식인가 보다.

“엄마라. 낳았다고 다 엄마는 아니라고 하지 않았습니까?”

태서가 비아냥거리는 투로 말했다.

“뭐?”

“맞습니다. 낳아줬다고 다 엄마는 아니죠. 그러니까 내 어머니가 아닙니다, 당신은. 내가 당신을 어머니로 인정하지 않는데, 내 어머니가 될 수 없죠."

태서는 9년 전 은실이 잔인하게 퍼부었던 소리를 그의 입장에서 똑같이 되돌렸다. 그리고 분하다는 듯 눈가를 파르르 떠는 은실을 직시하며 처음 했던 질문을 다시 입에 올렸다.

"목적이 뭡니까."

단 1분도 더 시간을 지체하고 하고 싶지 않았다. 여러 번에 걸쳐 회사로 전화해 낳아준 생모라고 밝히면서까지 그를 만나고자 한 이유가 뭔지, 그것만 듣고 일어날 것이다. 솔직히 무시하려면 얼마든지 무시할 수 있었다. 하지만 소속사 직원들은 그의 개인 직원들이 아니다. 그가 끝까지 모른 척 방관한다면 그들은 언제 끝날지 모를 은실의 전화에 시달려야 할 테고, 그는 그걸 알면서도 가만히 두고만 보고 있을 수는 없었다.

"돈입니까?"

태서는 단도직입적으로 물었다.

"그게……."

막상 말하려니 입이 떨어지지 않은 것인지 은실이 방금 전까지 보였던 기세와는 다르게 우물쭈물거렸다.

"시간 낭비 그만하시죠. 길게 얼굴 맞대고 앉아 있는 게 불편한 건 피차 마찬가질 텐데."

태서가 왼쪽 손목에 착용하고 있는 시계를 짜증스럽게 들여다보았다.

"할 말 없으면 일어……."

"그래!"

그가 정말 곧장 일어서 이 자리를 박차고 나갈 것 같았는지, 은실이 태서의 말을 자르고 다급하게 외쳤다.

"돈 때문에 널, 만나자고 했다."

역시 처음 순간부터 머릿속에 확 박혔던 예감은 무섭게 맞아떨어졌다. 지그시 힘주어 감은 태서의 두 눈이 이지러졌다. 이미 예감하고 있었음에도 분노의 감정이 가슴속에서 소용돌이를 쳐댔다.

"5억이면 된다. 5억만 다오."

훗, 비소가 터졌다. 5억. 결코 작은 액수가 아니다. 한데, 은실은 5억 정도는 큰 액수가 아니라는 듯 태연하게 요구했다.

"애 아빠가 하던 사업이 갑자기 어려워졌어. 손 놓고 있다간 지금 살고 있는 집도 내놔야 할 판이야. 5억이면 당장 급한 불은 끌 수 있다고 하더구나."

들을수록 가관이었다.

"지금 그 말은. 현재 살고 있는 집을 처분하면, 급한 불은 끌 수 있는데 날 찾아왔다는 뜻이네요."

"집을 처분할 수는 없잖니?"

가지고 있는 재산은 건드리지도 않고 그에게 손을 벌려 해결하려고 들다니. 뻔뻔하기가 이를 데 없다.

"네가 5억만……."

"싫습니다."

은실의 말을 가로챈 태서는 딱 잘라 거절했다. 고민, 하고 말 것도 없었다.

"그 집, 처분하셔서 급한 불 끄세요. 손 놓고 있지 마시고."

"5억만 있으면 되는데, 집까지 처분하라는 거니? 집은 절대 안 된다. 우리가 어떻게 얻은 집인데. 그리고 그 집을 처분한다고 해도 급한 불 끄고 나면 사실 얼마 남지도 않아."

"적어도 길거리로 나앉을 일은 없을 만큼은 되겠죠."

그가 계속 비협조적으로 나가자 은실이 격양된 목소리로 쏘아붙였다.

"네게 그 정도의 돈이 없는 것도 아닐 텐데. 널 낳아준 어미한테 그 정도도 못해준다는 거니?"

"5억이 아니라 5천이라도 못해줍니다. 아니, 안 해줍니다."

"뭐야?"

당장에 꺼야 하는 급한 불이라면 그 불을 끈다 해도 또 꺼야 할 불이 생겨날 가능성이 다분했다. 이번에 그가 그 불을 꺼준다면 그다음 불을 꺼야 할 때도 또 그 이후에도 은실은 그를 찾아올 것이다. 설사 그렇지 않다 하더라도 그는 결단코 현재의 급한 불을 꺼줄 생각이 추호도 없었다.

"그리고 분명히 말씀드렸습니다. 당신, 내 어머니 아니라고."

이제 와서 어미라고? 가소로웠다.

어쩌면, 정말 만에 하나 은실이 정말 생활이 어려울 정도로 힘든 처지에 놓여 있는 상황이었다면 그의 마음은 다를 수도 있었을 거다. 사과는 고사하고라도, 저 철면피를 뒤집어쓴 얼굴이 아니라 진심 어린 모습으로 부탁하면서 도움을 요청했다면 혹시 어쩌면 그도 흔들렸을지 모른다. 아무리 그의 가슴에 상처를 냈어도 낳아 준 생모니까, 서로를 부모와 자식으로 인정하지 않아도 피는 섞였으니까. 또 오죽했으면 그리도 끔찍하게 여겼던 그를 찾아왔을까, 씁쓸해하며 동정으로라도 생활고에 시달리는 형편을 지켜만 보고는 있지 않을 것이다.

하지만!

따로 해결할 방도가 있으면서도 자기가 손에 쥐고 있는 재산은 잃을 수 없다는 이유로 당당히 타인에게 손을 내미는 그들에게는 단돈 100원도 내어주기 싫었다.

"너 끝까지……."

은실이 자존심 상한다는 듯 표정을 일그러트리며 표독스럽게 이를 갈고 있는 가운데 앙칼진 목소리가 끼어들었다.

"됐어, 엄마. 일어나, 가자. 엄마가 왜 이런 수모를 당하고 있어? 내가 엄마 이런 모습이나 보자고 따라온 줄 알아?"

쾨당, 신경질적으로 의자를 밀치고 일어난 지원이 은실의 팔을 잡아당겼다.

"이 손 놓고 가만히 있어, 넌. 그러게 집에 있으라니까 왜 따라와?"

은실이 지원의 손을 뿌리치고 일어나지 않자, 지원이 씩씩거리며 그를 째려보았다.

“윤태서가 내 오빠라니까, 한번 보고 싶어서 따라와 봤지. 와아. 진짜 TV에서는 그렇게 안 봤는데, 성격 참 더러우시네. 역시 연예인들은 겉과 속이 다르다는 말이 사실인가 봐. 완전 가식 쩐다.”

빈정거림이 역력한 말투. 여태 가면을 쓰고 있었던 듯, 그를 보고 수줍게 얼굴을 붉히고 부끄러워하던 모습은 이젠 온데간데없었다. 처음에는 동경하던 연예인을 바로 눈앞에서 만나고 그런 사람이 제 오빠라고 하니까 신기하면서 좋기도 해서 그에게 잘 보이고자 가면을 뒤집어쓰고 있었는데, 오빠라는 이에게 무시당하고 모멸감도 느끼고 또 제 엄마의 요구까지 매몰차게 거절하자 더는 가면을 쓰고 있을 필요가 없다고 판단한 모양이었다.

옆에 앉아서 지켜보고 들었으면 은실과 그 사이에 무슨 일이 있었는지 눈치로 어느 정도 짐작은 했을 거다. 그런데도 저따위로 지껄이는 걸 보면 그건 평소의 성격이라는 거다. 외모는 별로 닮지 않았는데 뻔뻔한 성격 하나는 은실과 똑 닮았다.

“일어나라니까, 그만? 보아하니 더 말한다고 해도 돈 줄 거 같지도 않은데 왜 버팅기고 앉아 있어? 치사하고 더러워서 줘도 안 받는다고 하고 얼른 일어나.”

“치사라고 더러운 그 돈, 내드릴 생각 없으니까 학생 말 듣고 일어나시죠, 그만.”

“학생? 하!”

태서의 말에 지원이 기막히다는 듯 콧방귀를 뀌었다. 태서는 더 할 말도 들을 말도 없었고, 그에게 날을 세우기 시작한 지원은 상대할 가치도 없어 자리에서 그만 일어나려고 했다. 터무니없는 소리가 들리기 전까지는.

"꽤 모질구나, 너."

냉기를 품은 태서의 시선이 은실의 얼굴에 꽂혔다.

"솔직히 나, 너한테 그만한 요구는 할 자격이 있는 거 아니니?"

"자격? 진심으로 자격이 있다고 생각하십니까?"

태서가 입꼬리를 비뚜름하게 말아 올렸다.

"그래. 충분히 있다고 본다."

분해서 이 악물고 있던 은실은 그새 다시 당당한 자세로 돌아와 있었다.

"따지고 보면 너, 이렇게 잘된 것도 다 내 덕분 아니니? 날 찾겠다고 연예인이 됐으니 말이다. 그러니까 그에 대한 보상은 해다오. 내가 아니었으면, 네가 지금 그 자리에 앉아 있을 수나 있었겠니?"

와아. 감탄사가 저절로 나온다. 어떻게 저런 발상을 해내는지. 대체 이 사람의 뻔뻔함은 끝이 어디일까? 정말 가도 가도 끝이 없다.

"날 찾고 돈을 벌었으면 어려울 때 도와야 하는 게 도리 아니야? 내가 50억을 달랬니? 급한 불만 끌 수 있게 5억만 달라고 한 건데, 그 요구도 하나 못 들어줘? 내가 도움이 필요할 때 모른 척

할 거면 뭐 하러 찾았어? 차라리 찾지나 말든가!"

은실은 주먹 쥔 두 손으로 테이블을 탁 내려치며 고함을 질렀다. 분노가 머리끝까지 치솟았지만 오히려 마음은 차분해졌다. 묵직하게 가라앉은 태서의 음성이 회의실을 울렸다.

"그래서 후회됩니다."

"뭐?"

"당신을 찾은 거 후회한다고요, 나도."

아주 뼈저리게 후회했고 지금은 제 자신이 원망스러울 정도로 후회하고 있었다. 애초부터 찾지 말았어야 했다. 그리움은…… 그리움으로 간직하고 살았어야 했다.

"네 엄마 사진이다. 이름하고 생년월일은 할미가 사진 뒤에 적어놨으니까 찾고 싶으면 찾아보려무나."

병마와 싸우고 계시던 할머니가 돌아가시기 전 은실의 사진을 그의 손에 쥐어주었다. 빛바랜 사진 한 장 속에서 기억조차 희미해진 엄마의 얼굴을 들여다봤을 땐 심장이 미친 듯 날뛰었었다.

그의 부친과 은실은 시작부터가 어긋난 인연이었다. 은실은 당시 사랑하는 이가 있었고 부친은 그런 은실을 사랑했다. 은실을 자신의 여자로 옆에 두고 싶은 욕망이 나날이 커져만 갔던 부친은 결국 일을 치르고 말았다. 부친은 계획적으로 술자리를 만들어 은실에게 술을 마시게 했고 그날 밤, 술에 취해 정신이 흐릿해진 은실을 반강제적으로 가졌다.

그리고 그 결과는…… 그였다.

다른 남자의 아이를 가졌다는 사실을 알게 된 사랑하던 남자는 은실을 무참하게 버렸고, 절망 속에 빠져 허우적거리던 은실은 끝내 그의 부친과 결혼을 했다. 그렇게 이뤄진 가정이니 당연히 행복할 리 없었다. 은실은 시간이 지날수록 더욱 부친을 치가 떨리도록 소름 끼쳐 했다. 아무리 부친이 용서를 빌며 다가가려 해도 끔찍해하기만 할 뿐 단단히 걸어 잠근 마음의 문은 열지 않았다. 그 감정은 부친의 씨를 받고 태어난 그에게도 고스란히 옮겨졌다.

은실은 어린 그를 단 한 번도 따뜻하게 품에 안아준적이 없었다. 어렴풋해진 기억 속에 그의 어린 시절은 늘 할머니와 함께였으니까.

그가 8살 되던 해, 부친은 근무하고 있던 건설현장에서 사고로 돌아가셨다. 은실은 부친이 돌아가시자마자 기다렸다는 듯 고작 8살밖에 되지 않은 그를 버리고 집을 나갔다. 부친의 사망 보험금과 재산을 모조리 챙겨서. 한순간에 부모를 잃은 거나 다름없었던 그는 할머니의 손에서 자랐다. 할머니와 지내면서 그의 마음은 은실에 대한 원망보다 그리움이 더 크게 자리 잡고 있었다. 결코 할머니의 사랑이 부족해서가 아니었다. 할머니는 그에게 매우 극진했고 애정도 듬뿍 쏟아주었다.

하지만 할머니의 무한한 애정을 받으면서도 그의 마음 한구석은 늘 텅 빈 것처럼 공허했다. 그를 한순간도 따스하게 안아준 적 없는 엄마일지라도 보고 싶었다. 그리웠다. 찾고 싶었다.

그런 그의 마음을 할머니는 진작 헤아리고 안쓰러워하고 계셨던 듯 그에게 은실의 사진을 건네고 눈을 감으셨다. 그래서 그는 할머니가 돌아가신 후, 이민을 준비하고 있던 작은아버지가 그곳으로 함께 나가서 살자고 제안한 것을 거절하고 한국에 남았다.

비록 17살에 이 땅에 홀로 남겨졌지만 그에게는 엄마를 찾겠다는 희망과 기대가 있었다. 작은아버지의 도움으로 경기도에서 서울로 거처를 옮겨 어릴 적부터 죽마고우였던 인호가 다니는 학교로 전학을 갔고, 타국에 계시는 작은아버지의 경제적인 지원을 받아 학교를 다니면서 간간이 아르바이트도 했다.

그리고 그곳에서 환엔터테인먼트의 수장인 강 회장을 만났다. 강 회장은 그가 아르바이트를 하고 있던 식당의 단골이었고, 틈틈이 그를 눈여겨보고 있던 강 회장이 어느 날 그에게 연예인을 해볼 생각이 없느냐고 은근히 떠보았다.

"연예인 되면 어머니를 찾을 수 있을까요?"

"너 혼자의 힘으로 동분서주하는 것보다는 수월하겠지. 원한다면 네 어머니 찾는 일은 내가 도와줄 수도 있다."

강 회장의 그 한마디에 그는 연예인이 되기로 결심했다. 1년 동안 혹독한 연기 트레이닝을 받으며 한 걸음 한 걸음 배우의 길로 걸어갔다. 오디션을 통해 본격적으로 연기자 활동을 시작했고 각종 인터뷰와 방송에서 배우가 된 계기를 질문했을 때 그는 있는 사실 그대로 대답했다. 어머니를 찾기 위해서 배우가 되었다고. 그러는 동안 강 회장은 뒤에서 은실을 찾는데 힘을 써주고 있었다.

그렇게 만나게 된 은실은 그를 여전히 끔찍해했고, 잔인하게 그의 심장을 난도질했다. 은실을 만나기 전까지 품고 있었던 기대와 희망은 한순간에 나락으로 떨어졌고 그에게 남은 건 오직 분노와 절망뿐이었다.

부친만큼이나 끔찍하게 여겼던 그일지라도 배 아파 낳은 자식이니까, 시간이 지나면서 그런 감정은 어느 정도 희석되었을 거라 믿었는데, 그건 그의 큰 착각이었다.

"하, 후회? 그럼 해봐서 알겠구나. 후회는 뒤늦게 해봐야 아무 소용 없다는 걸. 난 그걸 널 낳고서야 느꼈다. 하루에도 수천 번 수만 번 널 내 배 아파 낳은 걸 후회하고 또 후회했지. 그런데 아무리 뼈저리게 후회해도 달라지는 건 없더구나. 넌 그대로 내 옆에서 안아달라고 징그럽게 울고 떼쓰고 있었어. 진저리 나게 싫었지."

태서의 눈동자가 서슬이 퍼렇게 번득였다. 테이블 아래로 잔뜩 힘이 실린 두 주먹에 힘줄이 툭 불거졌다. 그 손등을 이환의 손이 다가와 슬쩍 감싸 쥐었다. 마치 위로를 해주듯 따스하게. 그러자 분개로 가득 차 있던 마음이 묘하게 안정이 되었다.

"너, 날 찾은 걸 후회한다고 했니? 그래서 뭐가 달라졌어? 내가 그랬듯, 네가 후회한다고 해서 날 찾은 일이 없던 일이 돼버리는 게 아니야. 넌 날 찾고 후회했다지만 그래도 날 찾은 덕분에 지금 그 많은 걸 누리며 살고 있잖아. 하지만 난! 네가 다시 내 앞에 나타나면서 간신히 지워 버린 그 끔찍했던 시간을 다시 떠올렸어. 그거에 대한 보답이라고 생각하고 내가 말한 5억, 이틀 안에 준비해서 보내다오."

태서는 끝을 알 수 없는 은실의 뻔뻔하고 당당한 요구에 이를 사리물었다. 정말로 그 돈이 절실하게 필요하다면 그를 자극해서 좋을 건 없다는 것 정도는 알 텐데, 은실은 그를 끊임없이 자극하며 분노를 촉발시켰다.

아무리 돈이 급해도 너 따위 것한테는 자존심까지 굽혀가며 구걸하기는 싫다는 의미인가? 저런 말들을 뱉어내면서 떳떳하게 자격을 들먹이고, 보상 보답을 운운하면 그가 당연히 그 돈을 내어줄 거라고 생각하고 온 건가? 그가 그렇게, 우습고 만만하게 보였나?

"말씀, 끝나셨습니까?"

무슨 소리를 하건 도로 앉는 게 아니었다. 무시하고 나갔어야 했다. 지금까지 이 자리에 앉아 있는 제 자신이 한심스러웠다.

"대답 안 했잖니?"

"그 대답. 이미 했습니다, 난."

"뭐야? 끝내 그 돈을 안 해준다는 거니, 너!"

"그만 돌아가시죠."

은실의 성난 외침을 무시하고 의자에서 몸을 일으킨 태서는 얼음장처럼 차가워진 눈으로 은실을 똑똑히 응시했다.

"그리고 두 번 다시, 내 눈앞에 나타나지 않는 게 좋으실 겁니다."

그렇게 경고하듯 마지막 말을 전하고 돌아서는데 패악에 가까운 소리가 등으로 날아와 박혔다.

"야! 네가 이런 식으로 나오면 내가 가만히 있을 거 같아? 생각 잘하는 게 좋을 거다. 내가 너 당장이라도 배우 생활 못하게 만들어 버릴 수도 있어! 네가 지금 호의호식하면서 누리고 있는 거 전부 잃어버리게 해줄 수도 있다고!"

태서의 입술 끝이 시니컬하게 올라갔다. 하다하다 이제는 협박까지. 그러나 그 협박에 휘둘려 줄 생각이 전혀 없었던 그는 아랑곳하지 않고 회의실의 문 쪽으로 가는 걸음을 멈추지 않았다. 그때, 이 상황을 묵묵히 지켜보고 있기만 하던 이환이 처음으로 입을 열었다.

"해보시죠, 한번."

"뭐요?"

"방금 한 말, 할 수 있으면 행동으로 옮겨서 해보라는 말입니다."

이환의 음성은 침착하면서도 위엄이 넘쳤다. 하지만 그에 기죽을 은실이 아니었다.

"내가, 하라면 못할 것 같아요?"

"그러니까 어디 해보시라고요. 단, 그 행동에 대한 각오는 단단히 하고 계셔야 할 겁니다. 우리도 두고 보고 있지만은 않을 테니까. 김 실장, 이분들 가시는 거 배웅해 드리고 와."

"네, 대표님."

이환의 지시에 현수가 고개를 끄덕였다.

"하!"

기가 차다는 듯 연신 뿜어내는 은실의 콧방귀는 회의실 문이 닫히면서 차단되었다. 이환이 복도 벽에 기대고 서 있는 태서의 어깨를 손으로 짚었다.

"가자."

"네."

태서는 벽에서 등을 떼고 이환과 걸음을 나란히 했다. 묵묵히 복도를 지나 대표실 안으로 들어서자마자 태서의 잇새로 참고 참았던 탄식이 터져 나왔다.

"괜찮냐?"

"……아뇨."

태서는 폭신한 소파에 몸을 깊숙이 기대고 앉아 피곤하다는 듯 손바닥으로 얼굴을 쓸어내렸다.

괜찮지 않은 이 기분.

찝찝하고 더러우면서, 씁쓸하고 착잡하고 또 화도 나는 이 복합적인 감정을 도대체 뭐라고 설명을 해야 할지 모르겠다.

"나도 참. 물을 걸 물어야지. 맥주 한 캔 줄까?"

"사무실에 맥주가 있어요?"

"이 자리에 앉아 있다 보면 일하다가 속 타는 일이 한두 가지가 아니거든."

피식, 태서의 입가에 작은 미소가 지어졌다.

"네 문제로 속 타보기는 처음이지만."

이환이 한쪽 벽면을 차지하고 있는 장식장 왼쪽 아래에 있는 미니 냉장고에서 맥주 세 캔을 꺼내왔다.

"자, 받아."

태서는 이환이 던지듯 건넨 맥주 캔의 뚜껑을 따서 크게 한 모금 들이켰다. 알싸한 맥주가 목을 타고 흘러내려 가 시원하게 속을 훑자 답답함이 조금은 가시는 느낌이었다.

"그나저나 어쩌려고 그런 소리를 한 거예요?"

"무슨?"

"어디 한번 해보라는 말."

정말 은실이 작정하고 악의적인 루머를 만들어 퍼트리고 그 루머가 기사화 돼서 뿌려진다면 그 피해는 그 혼자만이 아니라 소속사까지 입게 된다. 은실이 자신의 입장에서 말을 온통 거짓으로 꾸민다면 이쪽에서는 그것이 거짓이라고 입증할 만한 증거가 없었다. 물론 맞서서 대응은 하겠지만 확실한 증거가 없는 이상 루머는 점점 더 무성하게 자라 퍼져 나갈 테고 쉬이 가라앉지도 않을 것이다. 그걸 누구보다 잘 알고 있는 사람이 이환인데.

"내가 문제를 일으켰으면 수습을 해야지, 대표라는 사람이 어떻게 더 도발을 해요?"

"훗."

이환이 입매를 비틀어 웃으며 상의에 걸친 재킷 안주머니에서 만년필 하나를 꺼냈다.

"인마. 이래 봬도 나, 유능하다고 인정받은 사업가야. 내가 왜 굳이 그 자리에 가서 앉아 있었겠어?"

"그럼, 그 만년필이 설마……."

태서는 이환의 철저한 대비에 감탄하며 혀를 내둘렀다. 지금 이환의 손에 들려 있는 만년필은 일반 만년필이 아닌 녹음이 가능한 만년필 녹음기였다.

"사람은 쉽게 변하지 않거든. 특히나 그런 사람의 경우는 더더욱."

맞는 소리다. 그가 처음부터 의심했듯, 이환도 마찬가지였다. 은실이 아무런 의도와 목적 없이 그를 만나고 싶어할 리는 없을 거라고 생각하고 있었으니까.

"이게 쓰일 일이 일어나지 않길 바라지만, 혹시나 써야 할 날이 온다면 이건 최후의 카드로 꺼내 들 거다. 그러니까, 넌 네 일에만 집중해. 아무 신경 쓰지 말고."

만년필을 다시 집어넣은 이환이 그와 맥주 캔을 짠, 부딪혀 왔다. 태서는 쓴웃음을 지으며 맥주 캔을 입으로 가져갔다.

과연 잠잠하게 지나갈 수 있을까?

이환의 말대로 그도 그러기를 바라지만 어째 이번에도 느낌이

싸했다.

❖

점심 무렵부터 머리가 지끈거리고 목이 칼칼하더니 이제는 기침도 나오고 몸에 으슬으슬 한기까지 느껴졌다. 도영은 캐비닛에서 재킷을 꺼내 지금 입고 있는 카디건 위에 걸쳤다. 그래도 몸이 부들부들 떨리고 추운 기운이 좀처럼 가시지 않았다.

"아가씨, 왜 그래?"

"좀 추워서요."

"추워?"

단걸음에 다가온 세연이 손으로 그녀의 이마를 짚었다.

"열이 있네.

"콜록콜록."

"저런, 기침도 하고. 아휴, 내가 뭐랬어. 아까 아가씨 머리 아프고 목 불편하다고 할 때 감기 같다고 했잖아. 약 사다가 먹으라니까, 말 안 듣고."

"콜록콜록."

걱정 섞인 세연의 타박에 도영은 기침을 하면서도 씨익 입술을 늘였다.

"웃음도 나오겠다, 참. 목감기하고 몸살이랑 같이 오나 본데."

세연이 손으로 연신 그녀의 두 팔을 위에서 아래로 마구 문질러

대며 온기를 나눠 주었다. 그러다가 캐비닛으로 달려가 제 외투를 꺼내오더니 그녀의 몸 위에 덮어주었다.

"그동안 몸이 꽤 고됐나 봐, 아가씨. 하기는, 매일을 아침 일찍 일어나 혼자 시장부터 들렀다가 매장 와서 문 열고 바쁜 날은 앉을 틈도 없이 움직이는데 병이 안 나고 배기겠어. 이거, 괜히 말하다 보니 미안해지네."

"새언니가 왜 미안해요. 일하는 건 새언니도 마찬가진데."

"난 아침 시장은 안 가잖아."

"시장은 처음부터 제가 가기로 한 건데요 뭐."

도영은 '민트 테이블'을 오픈한 이후 휴일을 제외하고는 하루도 빠짐없이 아침마다 시장을 들렀다. 그날그날 직접 눈으로 보고 고른 신선한 재료로 음식을 만들어 판매를 하는 것을 목표로 세웠기 때문이다. 그래서 예약 주문도 최소 3일 전에는 미리 받았고, 예약이 없는 날은 매장에서만 판매할 분량의 재료만을 구입해 왔다. 그렇게 매일매일 시장에 가서 재료를 고르고 사오는 일을 전적으로 그녀가 맡은 이유는 가정이 있는 세연이 아침 일찍 시장으로 움직이는 건 불가능해서였다. 도훈은 둘째 치더라도 윤서를 챙겨 어린이집에 보내야 해서 아침에는 도저히 시간을 낼 수가 없었다.

"콜록콜록."

한번 터진 기침은 쉬이 멎지 않고 터져 나왔다. 그녀를 지켜보고 있던 세연이 안 되겠는지 팔을 부축해 일으켜 세웠다.

"왜요?"

"아가씨. 여기서 이럴 게 아니라 오늘은 그냥 집에 들어가. 가서 쉬어, 응?"

"괜찮아요, 저."

세연의 말에 도영이 고개를 저었다. 아직 4시밖에 되지 않았고, 오늘은 예약이 더 없다고 하나 매장을 찾는 손님들은 문을 닫기 직전까지 있었다.

"내가 괜찮지 않아. 그리고 아가씨 그 몸으로는 오늘 무리야. 감기 걸린 사람이 음식을 만들어 팔 거야? 더군다나 기침까지 하면서. 나 혼자서도 충분하니까 차라리 오늘은 들어가서 푹 쉬어. 더 안 좋아지기 전에."

세연의 말도 일리는 있었다. 언제 터질지 모를 기침을 하면서 음식을 만들 수도 없었고, 오한으로 부들 떨면서 카운터에 앉아 있으면 손님들도 불편해할 것이다. 또 사실 집으로 들어가서 쉬라는 세연의 제안을 사양하긴 했었지만 솔직한 마음은 따뜻한 곳으로 가서 편하게 눕고 싶었다.

"그래도 돼요? 콜록콜록."

"당연히 그래도 되지. 내일 아침에는 시장도 내가 갈게."

"괜찮으시겠어요?"

"어차피 토요일이라 윤서도 어린이집 안 가고 오빠도 쉬니까, 오빠한테 차로 태워다 달라고 하면 돼. 그러니까 아가씨는 내일 아침까지 몸조리 잘하고 있어."

"네."

"집에 감기약은 있어?"

"아뇨."

감기가 하도 오랜만이어서 집에 약이 있을 리가 없었다.

"그럼 잠깐만 있어봐."

지갑을 챙겨 빠르게 밖으로 나간 세연이 옆 건물 약국에서 감기약들을 사가지고 돌아왔다. 감기약을 그녀의 가방에 넣어주며 말했다.

"차는 두고 요 앞에서 택시 타고 가. 그리고 이따 저녁에 오빠한테 들르라고 할 테니까, 간단하게 짐 챙겨서 와."

"그러지 마요, 새언니. 나 고작 감기예요."

"어머? 고작 감기라니? 감기는 초반에 확 잡아야 한다고."

"지금 집에 가서 약 먹고 푹 쉬면 내일은 괜찮아질 거예요. 괜히 오빠 보내지 말아요."

"괜찮은 건 내일 아침에 내 눈으로 직접 확인할게. 약 먹으려면 밥을 잘 챙겨먹어야 하는데, 몸이 아프면 혼자서 밥 챙겨먹는 것도 귀찮고 힘들어. 그러니까 내 말대로 하고, 얼른 가."

세연이 더는 군소리하지 말라는 듯 살포시 그녀의 등을 떠밀었다. 예기치 않게 찾아온 감기 몸살에 처음으로 이른 시간 매장을 나선 도영은 어깨를 흠칫 떨었다. 밖은 5월의 봄 날씨답게 맑고 화창했지만, 온화하게 불어오는 바람도 그녀의 시린 몸을 따스하게 감싸주지는 못했다.

세연의 말대로 택시를 타고 집으로 돌아온 도영은 제일 먼저 보일러부터 올렸다. 그리고 세연이 챙겨준 기침약과 해열제를 먹고 침대로 곧장 직행했다.

너무 춥다.

그녀는 폭신한 침대에 누워 이불을 턱 아래까지 끌어 올려 푹 덮었다. 이불 속에서 으스스 떨리는 몸이 저절로 움츠러들었다.

"콜록콜록."

약을 먹었는데도 기침도 온몸에 돌고 있는 서늘함도 그대로였다.

한숨 자고 일어나면 조금 나아지려나?

도영은 보드라운 이불의 감촉을 느끼며 스르르 두 눈을 감았다. 잠시 후, 그녀는 쌕쌕거리는 숨소리를 내쉬며 깊은 수면에 빠졌다.

Rrrrrr, Rrrrrr.

얼마쯤 잠에 빠져 있었을까. 고요한 방 안을 울리기 시작한 휴대폰 벨 소리에 그녀의 무거운 눈꺼풀이 꿈틀하다가 느릿느릿 위로 올라갔다. 도영은 손만 뻗어 테이블을 더듬거리며 휴대폰을 찾아 반쯤 감긴 눈으로 발신자를 확인했다.

「윤★.」

글자 윤과 별 이모티콘. 태서였다. 도영은 바로 전화를 받지 않고 몸부터 일으켰다. 시계를 보니 7시 정각이었다.

어쩌지, 안 받을 수도 없고.

곤란한 듯 도영의 미간이 좁혀졌다. 태서는 그녀의 퇴근이 8시라는 걸 알고 있었다. 이 시간에 그녀가 집에 있는 걸 알게 된다면 분명히 이상하게 여길 것이다.

들키면 안 되는데.

도영은 손바닥을 목 부근으로 가져다대며 목소리를 내보았다.

"흠흠. 아아."

탁하긴 했지만 심하진 않았다. 이 정도면 괜찮겠다 싶어 전화를 받으려는데 신호음이 뚝 끊겼다. 그녀는 곧바로 태서의 번호를 띄워 통화 버튼을 눌렀다. 신호음이 울리자마자 태서가 전화를 받았다.

[바쁜 거 아니었어?]

"괜찮아. 콜록콜록."

소리를 내볼 땐 아무렇지도 않았던 기침이 말하기 무섭게 터지자, 그녀의 이마가 설핏 찌푸려졌다.

[웬 기침이야? 감기 걸렸어?]

아니나 다를까. 태서의 음성이 단번에 걱정으로 변했다.

"아니야. 물 마시는데 사레가 들어서."

[목소리도 좀 잠긴 거 같은데.]

"말을 안 하고 있다가 해서 그래."

의심이 깃든 어조에 도영은 계속 발뺌하며 옷장에서 담요를 꺼내 뒤집어쓰고 주방으로 향했다. 따뜻한 물로 목을 달래주면 조금 나아질까 하고 전기포트에 물을 부은 다음 전원을 켰다.

[새언니분 안 계셔?]

"아니, 계시지. 잠깐, 요 앞에 나가셨어."

말을 안 하고 있었다니까 매장을 혼자 지키고 있는 줄 알았나 보다. 그녀는 대충 에둘러 대고 넘어갔다.

"넌? 촬영은 잘하고 있어?"

또다시 목구멍이 간질간질거려 왔다. 일부러 목소리를 가다듬는 척, 흠흠 하면서 머그잔에 뜨거운 물을 따르고 호호 불어 한 모금 마셨다.

[민도영. 너 목감기 아니야?]

단지 흠흠거렸을 뿐이건만, 태서의 의심이 다시 시작됐다. 그녀의 물음을 건너뛰었다는 건 아는지 모르는지 제 궁금증만 캐내려고 했다.

[너 아침에 통화했을 때보다 목소리도 더 갈라져 있어. 사실대로 불어. 감기 왔어?]

하여튼 윤태서, 눈치하다는 기가 막히다. 하지만 도영은 이번에도 딱 잡아뗐다.

"아니라니까 그러네."

[거짓말하면 오빠한테 혼난다, 너.]

태서가 음성을 낮게 내리깔며 짐짓 엄하게 말하자 도영이 풋, 하고 웃었다.

"이보세요, 윤태서 씨. 내가 너보다 생일은 6달이나 빠르거든요?"

태서의 생일은 양력으로 9월 5일이었고, 그녀는 3월 17이었다. 그런데 누가 오빠라는 건지.

"엄연히 따지면 내가 누나지."

[흠흠.]

부정할 수 없는 사실에 반박하지 못한 태서가 공연히 헛기침을 터트렸다.

"그러는 넌 왜 흠흠거려? 너야말로 감기 아니야?"

[그 소리의 의미를 모르지 않을 텐데. 은근슬쩍 묻어가려고 하지 말고. 나도 없는데 아플까 봐 걱정돼서 그래.]

그래서 숨기는 거다. 태서는 오늘 경기도의 한 스튜디오에서 CF 촬영을 소화해 내고 내일 오전에는 화보 촬영을 위해 뉴욕으로 떠날 예정이었다. 일주일 넘는 일정이었기에, 아프다는 사실을 말해도 어차피 그녀에게 와볼 수가 없었다. 그럼 그는 분명 그녀의 곁에 있어주지 못하는 그 상황에 미안해할 테고, 먼 타국에 가서까지 그녀를 걱정하며 신경 쓸 것이다. 예전에도 그런 경우가 두어 번 있었고 경험으로 이미 알고 있는 부분인데 굳이 괜한 소리를 해서 걱정을 끼치고 싶지 않았다.

"걱정 마, 아니니까."

도영은 마지막으로 태서를 안심시키며 상체에 걸치고 있는 담요를 더욱 단단히 여미었다. 보일러를 틀어놔서 집 안에는 훈훈한 공기가 돌고 있는데 몸에서는 여전히 오한이 느껴졌다. 약을 먹고 한숨 잤는데도 가시지 않는 걸 보면 아무래도 감기 몸살이 제대로 오려는 모양이었다.

[그럼 다행이고. 아프지 마. 특히 내가 달려갈 수 없는 거리에 있을 땐 더더욱.]

"알았어.

그의 염려에 잔잔한 미소를 짓던 도영이 몇 초간 뜸을 들이다 넌지시 물었다.

"별일은, 없는 거지?"

[응. 나한테 별일이 있을 게 뭐 있어.]

그는 평소와 다름없는 대답을 들려줬다. 정말 없는 걸까, 있는데 숨기는 걸까. 아직도…… 그녀에게는 말하고 싶지 않은 걸까?

[그런데 너 요즘 그 질문 부쩍 자주 하는 거 알아? 왜, 나한테 무슨 일이 생길 것 같은 예감이 들어?]

태서의 목소리에 웃음기가 서려 있었다. 그녀는 마치 그가 앞에 있는 것마냥 고개를 저었다.

"아니. 오늘도 별일 없이 잘 보냈나, 확인하는 거지. 없으면 됐고."

지난 일요일, 소속사 사무실로 가기 위해 그녀의 집을 나섰던 그는 그날 일에 대해서는 지금껏 함구하고 있었다. 물론 그녀에게는 대표와 영화 문제로 상의할 게 있다고 말하긴 했지만, 단순히 그 이유가 아니라는 걸 어림짐작으로 느끼고 있었던 그녀는 한 번씩 지금처럼 지나가는 말로 묻곤 했다. 물을 때마다 혹시 오늘은 말해주지 않을까, 하는 마음으로 말이다. 그리고 오늘도 혹시나는 역시나가 되어 돌아왔다.

[무슨 일 생기면 바로 너한테 보고할게.]

맨날 말로만. 정작 그녀가 함께 나누고 싶어하는 건 죄다 감추고 숨기면서. 이런 상황이 계속 되풀이된다면 우리가 모든 걸 같이하기로 한 약속은 의미가 없어지잖아.

"……그래."

도영은 입안이 씁쓸해졌다. 몸 상태가 좋지 않아서 그런가. 그녀를 배려하는 그의 마음이 오늘따라 유독 더 서운하기도 하고 그런 그가 밉기도 했다.

"그만 끊어야겠다, 태서야."

괜히 기운도 빠지고 목에 신호가 오는 것이 또 기침이 나올 것 같았다.

[그래, 이따가 또 연락할게.]

"응."

콜록콜록. 전화를 끊자마자 기다렸다는 듯 기침이 쏟아졌다. 도영은 다시 전기포트에 물을 끓였다. 그렇게 뜨거운 물로 목 안을 축이며 숨을 돌리고 있는데, 갑자기 초인종 벨 소리가 울려댔다.

누구지? 올 사람이 없는데…… 아!

그러다 문득 도훈을 보내겠다던 세연의 말이 떠올랐다. 그럴 필요 없다고 했는데 기어이 도훈을 보냈나 보다.

아무튼, 우리 새언니는 못 말린다니까.

거실로 나가 월패드로 방문자를 확인한 도영의 눈이 조금 커졌다. 예상대로 방문자는 도훈이 맞았지만 도훈은 혼자가 아니었다. 세연도 같이 왔다.

"오빠, 왔어?"

서둘러 현관문을 열어주자, 안으로 들어오는 도훈의 얼굴은 벌써부터 걱정이 한가득이었다.

"몸은 좀 어때?"

"괜찮아, 단순 감기야."

"단순 감기긴. 집 안이 이렇게 후덥지근한데 담요를 뒤집어쓰고 있으면서."

나무라듯 말한 도훈이 커다란 손으로 그녀의 이마를 짚어왔다.

"새언니가 약 챙겨줬다며? 먹은 거 맞아? 지금도 열이 있는데."

"먹고 한숨 푹 자고 방금 전에 일어났어. 그런데 새언니는 어떻게 오빠랑 같이 오신 거예요?"

"아아. 아가씨 간 다음에 손님 몇 팀 받고 나니까 재료가 다 떨어졌더라고. 마침 오빠 퇴근 시간하고 맞물려서 아가씨한테 가면서 나부터 태워서 가라 했지."

어쩐지. 안 그래도 아직 8시도 채 안 된 시간이라 세연이 도훈을 따라온 게 의아했었는데 그래서였구나.

"근데 약 먹고 잤는데도 몸이 그대로야?"

"이따 자기 전에 한 번 더 먹고 자면 나아지겠죠."

"아니야. 요즘 감기도 무척 독하다고 하고, 아가씨 감기도 가볍게 보고 넘기면 안 될 것 같아. 자기야, 아가씨 우리 집으로 데리고 가자."

"그래. 새언니 말 듣고 옷가지 몇 개만 챙겨."

도훈까지 세연의 말을 거들고 나서자 도영은 난감해졌다.

"오빠까지 왜 그래. 나 그냥 집에 있고 싶어. 콜록콜록."

도영이 눈가를 미세하게 찌푸렸다. 하필 이런 순간에 기침이 나오다니. 그녀가 기침까지 하자 도훈의 표정이 더욱 확고해졌다.

"오빠가 챙길까?"

"나한테 감기라도 옮으면 어쩌려고 그래, 다들? 윤서는 어떻고."

도영은 도훈과 세연보다는 어린 조카 윤서가 염려되었다. 그녀가 집으로 가면 100% 윤서는 안기려고 들 테고 한 공간에서 지내다 보면 감기를 옮길 수 있는 가능성이 높았다. 다른 곳이 아프다고 하면 두말없이 시키는 대로 하겠는데, 전염성이 높은 감기라서 선뜻 따라나서지 않는 것이다.

"윤서는 알아서 조심시킬 테니까 걱정하지 말고. 우리 말대로 해, 아가씨. 밤사이 열이라도 더 오르면 어쩌려고 그래? 정성껏 간호해 줄 남자친구도 없으면서."

흘리듯 내뱉은 세연의 말에 도영의 눈동자가 부풀어 올랐다. 왜 말이 뜬금없이 그쪽으로 튀는 거지……?

"표정이 왜 그래? 대답도 없고. 설마, 아가씨. 간호해 줄 남자친구가 있는 거야?"

그녀의 침묵과 약간 놀란 얼굴에 세연이 의심을 품었는지 눈을 끔뻑거렸다.

"쯧쯧. 넌 아픈 애한테 농담이 나와?"

도훈이 혀를 차며 세연에게 핀잔을 주었다. 그러자 세연이 도훈을 흘겨보며 억울하다는 듯 말했다.

"나 농담하는 거 아니야."

그녀가 보기에도 세연은 정말 진심으로 묻는 것 같아 보였다.

"난 그냥 아무 의미 없이, 간호해 줄 남자친구도 없으니까 우리 집으로 가자는 거였는데. 내 말에 놀라고 대답도 안 하잖아, 아가씨가. 수상하게."

"수상하긴 뭐가 수상해. 네가 쓸데없는 소리를 하니까 애가 대답을 안 하는 거지."

"그게 왜 쓸데없는 소리야? 당연히 남자친구가 있을 나인데. 아니지, 이미 지난 나이지."

굳이 나이까지 들먹인 세연의 시선이 다시 그녀에게 옮겨졌다.

"아가씨. 우리 몰래 만나고 있고, 주말 내내 간호해 줄 남자친구 있으면 솔직히 얘기해. 그럼 우리끼리 조용히 돌아갈게. 진심이야."

"나한테, 그런 남자친구가 어디 있어요."

지금 따끔거리는 건 목일까, 가슴일까. 결론은 둘 다였다. 목구멍도 따끔거리고 두 사람 앞에서 거짓말을 하자니 가슴도 따끔거렸다.

아니지. 완전 거짓말은 아니지 않나? 남자친구는 있지만, 주말 내내 간호해 줄 남자친구는 없으니까.

생각이 거기에까지 미치자 이상하게 서러워졌다. 몸이 아프긴 많이 아픈가 보다.

결국 도영은 간단한 짐을 싸서 도훈과 세연을 따라나섰다.

7

세연의 말이 맞았다. 이번 그녀의 감기는 가볍게 무시하고 넘어갈 게 못 됐다. 다행히 밤사이에 열은 내렸지만 기침은 한층 심해지면서 목도 부었고 코감기까지 와서 아주 죽을 맛이었다. 눈물, 콧물, 재채기에 머리도 아프고 온몸은 두들겨 맞은 것처럼 쑤시고 욱신거렸다. 증세가 어제보다 심해진 탓에 도영은 오늘 아침 도훈에게 이끌려 병원으로 가서 주사를 맞고 약까지 새로 처방받아 왔다.

매장에 출근도 못했다. 민트 테이블을 시작한 이후 결근은 오늘이 처음이었다. 세연 혼자서 어떻게 하나 걱정했는데, 다행스럽게도 수인이 와주기로 했다며 세연은 그녀에게 아무런 신경도 쓰지 말고 이 기회에 푹 쉬라고 당부를 했다.

"콜록콜록."

도영이 마른침을 삼키며 인상을 찡그렸다. 어제는 기침을 하면 목만 아팠는데 지금은 가슴도 답답하고 통증이 느껴졌다.

"자, 약 먹어."

세연이 쑤어준 잣죽 몇 숟가락을 겨우 삼키고 나자 도훈이 물과 병원에서 처방받아 온 약을 동시에 내밀었다. 잣죽에 약까지 먹는 모습을 옆에서 지켜보고 있던 도훈이 그녀를 침대에 눕히고 이불을 덮어주었다.

"준희가 이쪽으로 오고 있다더라."

"준희가?"

힘겹게 내는 목소리가 잔뜩 쉬어 있었다.

"네가 전화를 안 받으니까, 새언니한테 해봤나 봐. 같이 있는 줄 알고. 네 새언니한테 너 아파서 여기 있다는 소리 듣고 오는 중이래."

"그래?"

도영은 휴대폰을 확인했다. 도훈의 말대로 준희에게 걸려온 부재중 통화가 2건이 있었다.

"알았어."

"준희 오는 동안 쉬고 있어. 오면 들여보낼게."

"응. 오빠 이제 나 신경 쓰지 말고 윤서랑 놀아줘. 내 방 들어오려고 하면 못 들어가게 꼭 막고."

"알았으니까, 그만 말해. 목 아프겠다."

다정하게 그녀의 머리를 쓸어준 도훈이 방에서 나갔다. 그로부터 30분 후, 준희가 도착했다.

"오빠, 안녕하셨어요?"

"어서 와. 오랜만이네, 준희. 연애하고 있다면서?"

"히히, 네. 와아, 윤서야! 우리 윤서 못 본 사이 정말 많이 컸네? 잘 지냈어? 준희 고모 기억나?"

"네 기억나요, 준희 고모. 근데 준희 고모. 우리 고모가 지금 아야 해요. 윤서가 가서 호 해주고 싶은데, 고모가 윤서는 들어오지도 못하게 해요. 엄마랑 아빠만 들어갈 수 있어요."

"아유, 그랬어요? 그건 도영이 고모가 윤서를 너무 사랑해서 그러시는 거야. 우리 윤서도 고모처럼 아야 할까 봐."

"그런 거예요?"

"그럼. 그러니까 윤서야……."

거실에서 도란도란 인사를 나누는 소리가 방으로 새어 들어왔다. 시무룩하지만 귀여운 윤서의 목소리에 도영의 입꼬리가 부드럽게 휘어졌다. 저 딴에는 고모가 걱정되어서 간호를 해주고 싶은데 그녀가 방 출입을 금지시켜서 섭섭했던 모양이다. 그런 윤서를 잘 타이르고 달래준 준희가 이내 그녀의 방문을 노크하고 들어왔다.

"왔어?"

침대로 다가오는 준희를 보며 도영이 몸을 일으켰다.

"목소리 봐라. 완전 허스키하네. 병원까지 다녀왔다면서?"

"주사 맞고 약 먹었더니 좀 괜찮아. 뭐 하러 왔어, 번거롭게."

"안 바쁘면 너한테 점심이나 얻어먹으러 갈까 하고 전화했는데 안 받더라. 그래서 세연 언니한테 전화해 보니까 가게도 못 나올 정도로 감기에 걸려서 여기 누워 있다잖아. 어찌나 놀랐는지. 웬만큼 아프지 않으면 드러누울 애가 아니잖아, 너. 얘기 듣자마자 준비하고 바로 달려왔지."

"주말인데 인호랑 데이트 안 해?"

준희가 그녀의 침대에 탁 걸터앉으며 딱히 대수로울 것 없다는 듯 어깨 한쪽을 가볍게 올렸다 내렸다.

"지금 데이트가 중요해? 내 소중한 친구가 앓고 있는데. 그리고 주말마다 하는 데이트. 토요일 하루 안 하면 좀 어때."

"그 말, 되게 부럽게 들린다."

오늘은 왠지, 다른 연인들의 일상적이고 평범한 데이트가 부럽게 느껴졌다.

"부러울 것도 많다. 네 옆엔 오르지 너밖에 몰라주고 너 하나만 위해주는 그런 사람이 있잖아."

"그렇긴 하지."

인정을 하면서도 도영의 표정에는 씁쓸한 미소가 옅게 번졌다. 열도 떨어졌는데 어째서 마음은 아직도 시릴까.

"태서는 너 아픈 거 알아?"

"아니."

"말 안 했어?"

"응."

"말 안 해도 통화했으면 목소리 듣고 대번에 눈치챘을 텐데. 코도 맹맹하고 목도 쉬었는데 모르디?"

그래서 오늘 오전 태서가 뉴욕으로 출국하기 전에도 바쁘다는 핑계로 메시지만 주고받았다.

조심히 잘 다녀오라는 인사와 주말에는 내내 오빠네 집에 있을 예정이라 통화는 어려울 것 같다는 말도 전했다. 태서는 툴툴거렸지만 목소리를 들으면 그녀의 상태를 단박에 알아차릴 텐데, 도영은 떠나는 그의 발걸음을 무겁게 하고 싶지 않았다.

"문자만 주고받고 있어. 주말에도 오빠네 집에 있을 거라서 통화는 힘들 거라고 했고."

준희가 의미를 알 수 없는 표정으로 빤히 쳐다보자, 도영은 고개를 갸웃거렸다.

"왜 그렇게 봐?"

"너 아프다는 거 태서한테 일부러 말 안 하고 있는 거야?"

"응."

"어째서?"

"태서 오늘 뉴욕으로 출국했거든. 화보 촬영하러."

"그런데?"

준희의 말은 마치 그녀가 아픈 거와 태서가 뉴욕으로 촬영을 하러 간 게 무슨 상관이 있느냐는 투였다.

"촬영하러 뉴욕까지 가는 애를 괜히 걱정시킬 필요는 없잖아. 알아도 못 오는데."

그러자 준희가 답답하다는 듯 한숨을 후욱 내쉬었다.

"못 오면, 걱정도 해선 안 되는 거야?"

"응?"

"아니 그렇잖아. 평소에는 서로 좋아 죽을 정도로 애틋하면서, 왜 정작 서로의 위로가 가장 필요한 순간에는 둘 다 한 발씩 뒤로 빼는 건데? 사랑하는 사람이 아프면 아무리 뉴욕이더라도 걱정은 당연히 해야 하는 거 아니야?"

준희의 말이 길게 이어질수록 도영의 얼굴에 머물러 있던 옅은 미소가 점차 자취를 감추었다.

"걱정도 다 사랑이거늘. 난 있잖냐. 아프면 바로 인호한테 연락해서 알려. 비록 오지는 못하는 상황이라도 통화는 할 수 있으니까. 일하다가도 중간중간 내 걱정에 전화해서 몸은 어때? 괜찮아졌어? 빨리 나아야 될 텐데 아파서 어쩌냐, 옆에 있어주지도 못하고. 내가 대신 아파줄 수 있으면 좋으련만. 날 걱정하고 안쓰러워하는 인호 목소리를 들으면 저절로 기운이 나더라. 솔직히 실제로는 인호가 날 대신해서 아파줄 수는 없지. 그런데 말로만이라도 차라리 너 대신 내가 아팠으면 좋겠다, 라는 그 말은 굉장히 위로가 돼. 힘이 된다고. 왜냐면 그건 내가 인호한테 아직도 이만큼이나 사랑을 받고 있다는 증거거든. 다는 아니겠지만, 아마 열에 여덟 커플은 나랑 인호 같을걸?"

도영은 묵직한 돌덩이가 내려앉은 것마냥 가슴이 갑갑해졌다. 우리는 평범하게 즐기지 못하는 데이트만큼이나, 연애하는 방식까지 평범하지 않았던 것인가.

"태서 돌아오려면 적어도 일주일은 걸릴 텐데. 너 그때까지 태서하고 문자로만 연락 주고받을 거야? 그럼 태서가 더 이상하게 생각하지 않을까? 그리고 너 아픈 거 태서가 며칠 늦게 안다고 태서의 걱정이 덜할 것 같아? 장담컨대, 전혀 아닐 거다. 오히려 미안해하고 마음 아파할 거야. 가만히 보면 너희는 배려가 넘쳐도 너무 넘치는 커플이야. 태서도, 너도."

태서도 너도. 너도…… 너도…….

자신을 지칭하는 '너도' 라는 소리가 귓가에서 반복적으로 맴돌았다.

결론은 나도 태서와 같았다는 건가.

도영의 입가에 조소가 어렸다. 그가 감추고 거짓말하는 것에 대해 속상하고 서운해하고 있었으면서, 반대로 그의 입장에 서서 돌아보면 그녀도 그와 다를 바가 없었다. 앞으로 모든 일을 함께 나누는 거에 약속을 하자고 한 쪽은 그녀였는데, 그녀부터가 그 약속을 제대로 지키지 않고 있었으니까.

"태서는, 아직도 너한테 그 얘기 안 했어? 낳아준 생모 일."

"응."

"걔도 어지간하다."

도영의 대답에 준희가 끌끌거리며 머리를 살래살래 흔들었다.

도영은 인호에게서 또 무슨 말을 들은 건 없는지 물을까 하다가 관두었다. 만약에 있었다면 준희는 묻지 않아도 얘기를 해줬을 것이다. 그리고 그녀는 준희가 아니라 당사자인 태서에게 직접 듣기를 원하고 있었다.

"너희도 참, 힘들고 피곤하게 연애한다."

"네가 보기에…… 우리가 그래?"

"그냥, 내 눈에 그래 보인다고. 한결같은 니들 사랑이 부러운 적도 있었는데 지금은 아니야. 내 성격에는 그런 사랑 답답하고 버거울 거 같아. 난 원래가 뭐든 속에 담아두질 못하는 성격이잖아. 다 끄집어내 보아야지 직성이 풀리고."

준희의 성격은 누구보다 그녀가 잘 알고 있었다. 매사에 당당하고 솔직하고 자신감 넘치는, 그런 준희의 성격을 한때는 많이 부러워도 했었다.

"도영아."

도영은 차분하게 제 이름을 불러오는 준희를 바라보았다.

"사랑하는 사람을 배려하는 마음. 물론 좋아, 좋지. 그런데 지나친 배려는 오히려 독이 될 수도 있다? 너네 그렇게 참고 서로 배려만 하다간, 속 다 곪을지도 몰라. 그러니까 이제부터라도 아프면 아프다, 속상하면 속상하다, 화나면 화난다. 이런 감정들도 좀 표현하면서 지내."

염려 섞인 준희의 충고가 뼛속 깊이 스며들자 목 안이 까끌까끌해지면서 가슴이 싸하게 아려왔다.

어쩌면 우리는…… 우리도 모르는 사이, 이미 곪아가고 있는 것은 아닐까?

스르르 감긴 도영의 눈꺼풀이 가늘게 떨렸다.

도훈과 세연의 극진한 간호 덕분에 지독하게 걸렸던 감기는 좋아진 상태였다. 아직 완쾌가 되지는 않았지만 드러누워 있을 정도는 아닐 만큼 많이 나아졌다.

그러나 세연이 감기가 말끔하게 떨어지기 전까지는 일에서 손을 떼라며 매장 출입을 금지시킨 탓에 벌써 3일째 출근을 안 하고 있었다. 그녀가 완쾌할 동안에는 예약 주문은 받지 않기로 했고, 그동안은 세연 혼자서 매장 손님만 받기로 했다.

지난 금요일부터 오늘까지 벌써 4박 5일째, 도영은 도훈의 집에서 머물고 있었다. 아침 6시면 일어나던 습관이 몸에 배서인지 늦잠을 자고 싶어도 절로 눈이 떠졌다. 들어가서 더 자라는 말을 못 들은 척하고 세연에 이어 도훈이 출근하는 것까지 배웅한 그녀는 윤서를 깨우러 방으로 들어갔다.

"우리 공주님, 일어나셔야 할 시간이에요."

도영이 작은 엉덩이를 톡톡 두드리자, 윤서가 고사리 같은 손으로 눈을 비비며 몸을 꿈틀거렸다.

"윤서, 더 자고 싶은데."

"안 돼, 어린이집에 가야지."

도영은 일어나기가 싫은지 침대에 누워 몸을 배배 꼬는 윤서를 일으켜 세우고 번쩍 안아 올렸다. 그녀의 목과 허리에 짧은 팔과 다리를 두르고 착 달라붙어 안긴 윤서의 등을 토닥토닥해 주며 욕실로 데리고 가 씻긴 다음 아침을 먹였다.

"고모, 오늘도 우리 집에서 자고 갈 거야?"

"고모가 오늘도 여기서 잤으면 좋겠어?"

"웅!"

윤서가 눈동자를 반짝거리며 고개를 세차게 끄덕였다.

"어쩌지? 고모 오늘은 집에 가야 하는데."

어제까지는 도훈 내외의 만류로 이곳에 머물고 있었는데, 오늘은 그만 그녀의 집으로 돌아갈 예정이었다. 며칠이나 집을 비운 것도 그렇고, 오직 그녀만의 공간인 제집이 그립기도 했다.

"왜? 고모 아직 목 아야 하잖아."

윤서가 입술을 삐죽 내밀며 여전히 조금은 탁한 목소리를 내는 목을 가리켰다.

"아니야, 윤서야. 이제 고모 안 아파."

시계를 보니 어린이집 차량이 도착할 시간이었다. 윤서의 머리를 사랑스럽다는 듯 쓰다듬어 준 도영은 한 손에 쏙 감겨들어 오는 자그마한 손을 잡고 집을 나섰다.

"그럼 이따가 집에 오면 고모 없는 거야?"

"오늘은 없고, 몇 밤만 자고 또 올게. 우리 윤서 보러."

"정말이지?"

"그럼."

"자, 약속."

도영이 빙긋 웃으며 윤서와 새끼손가락을 걸고 약속했다.

"약속했으니까, 고모한테 뽀뽀하고 차에 타."

그녀가 고개를 비스듬히 기울이고 볼을 내밀자, 쪽! 하고 앙증맞은 입술로 그녀의 볼에 입을 맞춘 윤서가 씩씩하게 손을 흔들며 어린이집 차량에 올랐다. 윤서를 태운 어린이집 차량이 보이지 않을 때까지 지켜보다가 집으로 들어온 도영은 바로 청소를 시작했다. 먼저 청소기로 집 안 곳곳을 싹 한 번 밀고, 아침에 쌓인 설거지까지 끝낸 후 그제야 제집으로 돌아갈 준비를 하기 위해 욕실로 향하는데 휴대폰 벨이 울려댔다. 발신자는 준희였다.

"응, 준희야."

[도영아! 너 기사 봤어?]

전화를 받자마자 다급하고 격양된 준희의 음성이 귓속으로 날카롭게 파고들었다.

"무슨, 기사?"

도영의 심장박동이 조금씩 불안정해졌다. 기사라면 태서와 관련된 일이 분명하다.

[못 본 거야? 야, 어떡해! 지금 인터넷이 난리야, 태서가…….]

도영은 더 듣지 않고 전화를 끊었다. 준희에게 끊는다는 말을 전할 마음의 여유도 없었다. 곧장 휴대폰으로 인터넷 창을 띄운 그녀의 손이 부르르 떨리고 있었다. 준희의 말대로 인터넷 포털 사이트는 태서의 기사로 초토화 상태 직전이었다.

그녀는 가장 클릭수가 높은 기사의 제목을 손가락으로 터치했다.

—톱스타 배우 윤태서의 생모 이OO 씨, 단독 인터뷰. 부모가 내민 도움의 손길을 차갑게 외면해 버린 무정한 아들!

그리고 기사의 내용을 읽어 내릴수록 빛을 잃어가던 도영의 표정 위로 어두운 음영이 드리워졌다.

휴대폰을 귀에 대고 있는 태서의 표정이 심각하게 굳어 있었다. 계속 신호음만 울릴 뿐, 그녀의 목소리를 들을 수는 없었다.

하아.

길게 한숨을 내쉰 태서의 미간에 깊은 골이 패었다. 오늘로 벌써 4일째, 도영의 목소리를 듣지 못했다. 틈틈이 주고받던 톡 메시지도 어제 그 기사가 터진 직후부터 단절된 상태였다.

내 목소리도 듣기 싫을 만큼, 화가 난 거냐.

하지만 단순히 그의 기사 문제로 화가 나서 전화를 안 받는다고 보기에는 뭔가 꺼림칙했다. 기사는 어제 터졌고, 그녀의 음성을 듣지 못한 건 그전부터였으니 말이다.

주말을 오빠의 집에서 보낼 거라며 통화가 어려울 거라는 말도 당시엔 의심 없이 받아들였다. 그런데 주말이 지나고 돌아온 월요일인 그제도 그녀와는 통화를 할 수가 없었다. 이런저런 핑계를 대며 그와는 통화를 하지 않으려고 하자, 그녀가 일부러 그를 피하고 있는 것 같다는 느낌마저 들었다. 이런 상황이다 보니 조바심은 점점 부피를 키워갔고, 문득 뉴욕으로 오기 전날 휴대폰 너머로 들려온 그녀의 탁한 음성과 기침 소리가 뇌리에 확 날아와 박혔다.

설마, 아픈 거냐.

그러고 보면 오빠네 집에 있으니 통화가 힘들 거라는 것 자체가 수상쩍었다. 그가 알기로는 그 집에도 그녀의 방이 따로 있었다. 오빠 내외와 밤을 지새우는 것도 아닐 테고, 조카를 데리고 잔다고 하더라도 단 몇 분도 통화할 시간을 내지 못한다는 게 이해가 되지 않았다. 왜냐, 그동안에는 이런 경우가 한 번도 없었기 때문이다.

그렇다면 그녀가 이러는 이유는.

"난 너랑 좋은 일들만이 아닌 아프고 힘든 일들도 같이 나눴으면 좋겠어. 네 속은 힘든데 내게 좋은 것만 주려고 그 마음을 혼자서 속으로 삭이지는 말아줘. 네가 나에게 기대지 않으면 나도 네게 기대지 못해."

몸이 아픈데도 불구하고 그가 그녀에게 기대지 않아서 그녀 또한 그에게 기대지 않으려고 하는 마음과.

"그럼 우리는 늘 서로를 위해서 겉으로는 행복한 척을 하게 될 텐데, 그건 진정한 행복이 아니잖아. 또 그렇게 지내다 보면 분명 언젠가는 서로에게 지치게 되는 날이 올 거야. 난 그렇게 되고 싶진 않아. 너와 사랑도 나누고 어려움도 함께 헤쳐가면서 한 발 한 발 나아가고 싶어."

단 하루도 채 지나지 않아서 새끼손가락까지 걸고 한 약속을 그가 어겼다는 사실에 단단히 화가 난 마음이 동시에 일어났기 때문일 확률이 높았다.

하아, 답답하다.

얼굴도 보지 못하는데 목소리까지 듣지 못하고 있으니 숨이 턱턱 막혀왔다. 오늘 일정을 모두 마치고 호텔로 들어가는 길, 태서는 달리고 있는 차의 창문을 내렸다. 쏴아아, 시원하게 들어오는 바람을 맞으며 시트에 머리를 기대고 두 눈을 감았다.

"창문은 왜?"

"너무 답답해서."

"답답하긴 왜 답답해? 난 아주 속이 다 후련하고만."

조수석에 앉은 현수가 기분이 개운하다는 듯 휘파람까지 불었다.

"왜, 그래도 낳아준 생모라서 마음이 안 좋아? 심란해?"

"그럴 리가."

그 사람에 대해서는 작은 모래알만큼도 동정심이 없었다. 이은실은 그가 아니라 그 누구에게든 일말의 동정도 받을 가치가 없는 사람이었다. 이제는 그런 여자가 그를 낳은 생모라는 사실마저 수치스럽고 부끄러웠다.

"그럼?"

"도영이 때문에."

현재 그의 가슴을 꽉 조이고 있는 사람은 제가 부린 얕은 꾀에 스스로 걸려 넘어가 나자빠진 은실이 아니었다. 유일하게 그의 마음을 쥐락펴락할 수 있는 여자, 민도영이었다.

"도영이가 아무래도 나한테 화가 되게 많이 났나 봐."

동시에 아프기도 하거나.

"도영 씨, 아직도 통화가 안 돼? 어제도 일 터지자마자 전화했는데 안 받았다며?"

"응."

"그러게, 인마. 진즉에 말하지 그랬어. 도영 씨 입장에서는 화나고 서운할 만하지. 네 문제를 누구보다 먼저 알아야 할 사람이 기사로 알게 된 건데."

말, 하려고 했다. 한데 입이 떨어지지 않았다. 그녀와 보내는 즐거운 분위기를 그 사람 때문에 망치기 싫었고, 그렇게 차일피일 미루다가 결국 이렇게 된 거다.

빌어먹을.

어제 일을 떠올리자 절로 욕설이 터져 나왔다. 느낌이 싸하기는 했지만 그래도 설마 그렇게까지 할까 싶었다. 하지만 만난 이후로 잠잠했던 은실은 마지막으로 그의 뒤통수를 세게 후려쳤다.

논란의 발단은 은실의 딸 지원에게서 비롯되었다. 지원은 본인의 SNS를 통해 자신이 톱스타 윤태서의 이부동생이라고 밝히며 장문의 글과 인터넷에 떠돌아다니는 그의 사진 한 장을 첨부해서 올렸다. 그 글을 요약하자면 이러했다.

—이부 오빠의 존재를 알게 된 건 얼마 되지 않았고, 일주일 전 엄마와 함께 가서 오빠를 만났다. 오빠와의 첫 만남. 가슴이 마구 설레었다. 톱스타 윤태서가 내 오빠라니, 눈으로 보고도 믿기지가 않았다.

그러나 한가득 끌어안고 만났던 내 부푼 기대는 오빠를 만난 지 3분도 채 지나지 않아서 와르르 무너졌다. 떨리는 마음으로 수줍게 인사를 건네는 내 인사를 차갑게 무시하는 것은 물론, 엄마를 매섭게 노려보면서 누가 동생이냐며 따지고 들었다.

나를 동생으로 인정하지 않는 건 괜찮았다. 가슴이 아팠지만 참을 수 있었다. 하지만 엄마에게까지 독설을 퍼붓는 건 도저히 참을 수가 없었다.

사실, 이 말을 하기는 조심스럽지만 우리 집 집안 사정이 생활이 어려울 정도로 기울어졌다. 지금 살고 있는 집에서도 곧 쫓겨날 위기에 처해 있었고, 엄마는 몇 날 며칠을 고민하고 망설이다가 그래도 아들이니까, 어렵게 결심을 한 끝에 오빠를 찾아갔다.

오빠는 엄마의 간곡한 부탁을 매몰차게 외면했다. 엄마에게 자격을 운운하며 한껏 쏘아붙이더니 집에서 쫓겨나든 말든 자신과는 상관없는 일이라며 엄마의 도움을 냉정하게 뿌리쳤다.

왈칵 눈물이 쏟아졌다. 방송에서 보아오던 이미지와는 너무 다른 오빠가 무서웠다. 내가 이 글을 올리는 건 오빠가 우리를 도와주지 않아서가 아니다. 단지, 알려주고 싶어서다. 엄마가 있었기에 오빠가 현재 그 자리에 있을 수 있는 거라고, 세상…… 그렇게 살지 말라고 똑똑히 말해주고 싶었다. 또 하나, 낳아준 엄마조차도 외면하는 아들인 본인은 과연, 많은 사람들에게 사랑받을 자격이 있다고 생각하는지 진심으로 묻고 싶다.

이 글은 올라온 지 30분도 채 지나지 않아 일파만파로 퍼져 나갔다. 그리고 미리 준비를 해놓고 있었던 듯, 가십을 전문으로 하는 한 연예매체와 이루어진 은실의 인터뷰까지 기사화되어 올라오기 시작하면서 논란의 불씨는 점점 확대되었다.

—다 내 죄죠. 내가 품고 키워주지 못했으니까 나에 대한 원망이 클 거예요…… 처음 연예인이 되고 찾아왔을 때도 날 많이 원망하더라고요. 그립고 보고 싶어서 날 찾은 게 아니라 어렸을 때부터 품고 있는 원망을 쏟아내고 싶어서였나 봐요. 난 날 향한 그 아이의 원망이 가슴 아프고 미안해서 이제부터라도 그동안 못해준 엄마 노릇을 해줘야겠구나, 생각하고 있었는데 그 아이가 그날 이후부터는 아예 연락을 끊어버리더라고요. 이번에 그 애를 찾아간 이유는…… 나도 염치없는 건 알지만 생활이 너

무 힘들어서…… 오죽했으면 그 애를 찾아갔겠어요. 겨우 사정사정해서 만났는데…… 이 모든 건 내 죄예요. 그 아이의 비뚤어진 성정, 내가 이해 못하면 누가 하겠어요.

사진에 모자이크 처리는 되어 있었지만 은실이 눈물을 훔치고 있다는 것은 누가 봐도 자명했다. 지원이 거짓으로 꾸며낸 SNS 글, 은실의 가식적인 눈물. 두 모녀가 합심해서 그를 파렴치한 패륜아로 몰고 간 덕분에 태서는 연예계 데뷔 후 처음으로 대중들의 지탄을 받게 되었다.

기사마다 수백 개, 수천 개가 넘는 댓글에는 차마 입에도 담지 못할 욕들이 그를 향해 날아왔고, 중간중간 욕은 그의 입장까지 듣고 해도 늦지 않다는, 옹호의 댓글도 드물게 보였다.

하지만 소속사의 발 빠른 대응으로 내놓은 공식 입장에 그를 향해 강하게 들끓고 있던 지탄의 소리는 단 2시간 만에 사그라졌다.

—안녕하세요, 환엔터테인먼트입니다.

금일 오전, 당사 소속 배우 윤태서와 관련해 불거진 논란은 전혀 사실이 아님을 알려 드립니다. 개인사인 만큼 이 일이 드러나기를 누구보다 원하지 않았던 당사자는 현재 큰 상처를 받았고, 이 상황을 매우 안타까워하고 있습니다. 당사자의 생모인…….

이어진 공식 입장에서는 그동안 은실과 그의 사이에서 있었던 일들과 이환이 미리 대비를 해놓은 녹취 파일 일부분을 문서로 공개했고, 앞으로 또다시 악의적인 거짓으로 당사 배우의 명예를 실추시킨다면 녹취록 공개는 물론 법적 대응까지 하겠다는 강경한 입장을 표명했다.

공식 입장이 나간 후, 분위기는 180도로 바뀌었다. 그에게 무자비하게 쏟아지던 비난의 화살은 고스란히 은실에게로 옮겨갔고, 은실에게로 향해 있던 동정론은 그에게로 넘어왔다. 그는 인간적이고 반듯한 본래의 이미지를 회복했고 오히려 전보다 그에게 보내는 응원의 목소리가 더 늘어났다. 은실은…… 본인이 짜낸 허술한 계략으로 제 발등을 찍고 깊은 구덩이에 빠졌으니, 그 속에서 빠져나오는 건 본인이 알아서 해야 할 것이다.

언론을 이용하면 그가 그 돈을 선뜻 내어줄 거라 생각했던 걸까.

어쨌든 이환의 철저한 대비 덕분에 상황은 빠르게 정리되었다. 녹취록이 없었더라도 대응은 했겠지만, 이쪽의 입장을 확실하게 증명해 보일 자료가 없었다면 수일이 걸릴지 수달이 걸릴지 모를 이 논란은 한동안 이어졌을 것이다. 그는 진심으로 바랐다. 은실과의 연결 고리는 이것으로 끊어지기를.

아무리 은실이 패역무도한 사람이라고 해도, 저를 낳은 여자와 법정까지 가는 건 결코 원하지 않았다.

호텔에 도착한 태서는 냉수부터 꺼내 마셨다. 차가운 냉수로 갈증을 해소하고 숨을 크게 한번 몰아쉬면서 시간을 확인했다. 현재 이곳 시각이 오후 7시. 그렇다면 도영은 매장에 출근해서 오픈 준비를 하고 있을 것이다.

휴대폰을 꺼낸 그는 다시 한 번 그녀에게 전화를 걸었다. 이번에는 받을 때까지 해보겠다는 마음으로.

도영아, 제발 전화 좀 받아라. 받아서 내 숨통 좀 트이게 해줘.

그때였다. 그의 간절한 기도가 하늘에 닿은 듯, 세 번의 시도 끝에 드디어 도영이 전화를 받았다.

[여보세요.]

그리고 그녀의 단조로운 한마디의 음성에 그는 그제야 꽉 막혀 있었던 숨통이 한순간에 뚫리는 느낌이었다.

보글보글, 끓고 있는 콩나물김칫국 냄새가 코를 자극했다. 어제 점심까지만 해도 코가 막혀서 음식을 먹어도 맛을 느끼지 못하고 냄새도 못 맡았는데 막힌 코가 뚫리니 속이 다 시원한 게 정말 살 것 같았다.

도영은 국을 끓이고 있는 가스레인지의 불을 끄고 계란을 꺼냈다. 그리고 뚝배기에 계란을 풀어 계란찜을 준비하고 있는데 전화가 왔다. 그녀의 시선이 식탁 위에서 울리고 있는 휴대폰의 액정을 힐끗 쳐다보며 발신자를 확인했다.

태서였다.

"하아."

그녀는 작게 숨만 몰아쉴 뿐, 전화를 받지 않았다. 속을 태우고 있을 거라는 것을 알고 있음에도 전화는 물론 어제부터는 톡 메시지에 답장도 안 보냈다. 그녀의 마음은 조금도 헤아려 주지 않는 그의 마음을 그녀도 헤아려 주고 싶지 않았다.

몇 번이나 별일 없느냐고 물었었다. 하지만 그는 아무 일도 없다며 되레 자신에게 무슨 일이 있을 것 같은 예감이 드느냐는 농담을 던졌다.

어제 하루 종일 인터넷을 도배했던 그의 기사들. 그 기사들을 읽고 확인하는데, 뭐라 말로는 형용할 수 없는 감정들이 울컥 치밀어 올랐다. 그가 너무 가엽고 안쓰러워서 가슴은 찢어지듯 아픈데, 또 한편으로는 화도 나고 속상했다. 그가 생모에 관한 이야기를 숨기고 있다는 건 알고 있었지만, 막상 그 사실을 기사로 접하고 나니 허탈감이 몰려왔다.

나는 그에게 뭘까. 난 왜, 사랑하는 내 남자의 일을 기사로 알아야 하는 걸까. 이 남자는 어째서 나한테 털어놓지 않고 기대려 하지 않았을까. 나는 이 남자가 심적으로 고통스러운 순간에도 해줄 수 있는 게, 아무것도 없구나.

마음이 텅 빈 것처럼 공허하고 쓸쓸했다.

그래서 도영은 기사가 터지자마자 걸려온 태서의 전화를 외면했다. 가장 힘들고 괴로워할 사람이 그라는 걸 모르지 않았지만, 그 순간에는 위로도…… 해주고 싶은 마음이 안 들었다. 그는 그녀의 위로를 받고 싶어서 전화한 게 아닐 테니까. 그는 오히려 기사를 보고 놀랐을 그녀를 안심시켜 주기 위해 전화를 한 걸 거다.

하아.

그녀의 메마른 입술 사이로 탄식과도 같은 한숨이 흘러나왔다. 생각에 더 깊게 빠지면 감정이 다시 복받쳐 오를 것 같아 차분하게 숨을 고르며 감정을 가라앉히는데 다시 휴대폰이 울렸다. 전화를 받지 않자, 받을 때까지 하려는 심산인지 휴대폰이 곧바로 또 울음을 터트린다.

도영은 천천히 식탁 앞으로 걸어갔다. 휴대폰을 물끄러미 내려다보았다.

받아야 할까, 받지 말아야 할까.

어제오늘 그에게 전화가 걸려올 때마다 머릿속으로 파고드는 갈등. 받으면 그녀의 설움이 폭발할 것 같고, 안 받으면 그의 속은 점점 새카맣게 타들어갈 테지.

방금 전까지는 그녀가 설움을 터트리기보다 그의 속이 타들어가는 쪽을 선택했던 도영은 휴대폰을 손에 들었다. 문득, 설움은 스스로 감정만 가다듬으면 참을 수 있지만, 그의 속을 태우고 있는 불씨는 그녀가 꺼주지 않으면 불길로 번지겠지? 라는 생각이 든 것이다. 그래서 지금은 그 불씨가 불길로 번져 그의 속을 완전히 태워 버리기 전에 그만 꺼주려고 전화를 받았다.

"여보세요."

[하아…….]

전화를 받자, 제일 먼저 들려온 건 태서가 커다란 한숨을 내쉬는 소리였다.

[이제 살 것 같다.]

태서의 말을 듣는 순간 도영은 목이 메어왔다. 내내 시달리던 무거운 압박감에서 벗어난 듯한 음성이 심장을 아프게 후벼 팠다.

[보고 싶은데, 목소리도 안 들려주고 미치는 줄 알았어.]

"어디, 호텔이야?"

태서가 있는 그곳은 지금 저녁 시간이었다. 멈추지 않고 반복해서 통화를 시도한 거 보면 오늘 스케줄은 끝난 듯했다.

[응, 호텔이야.]

"밥은, 먹었어?"

마음은 차분하게 가라앉혔지만, 감기가 남아 있는 목소리는 깨끗하지 못했다.

[아직, 조금 있다가 먹으면 돼. 근데, 너 목소리가 왜 그래? 감기 걸렸어?]

탁하게 갈라진 목소리에 그의 말투가 걱정으로 확 바뀌었다.

"응. 감기야."

[나 여기 오기 전날 통화했을 때부터 감기 기운이 있었던 거지? 아니라고 잡아떼더니.]

"그날은 심하지 않았었거든."

[그럼, 그다음부터는 심했었단 소리야? 많이 아팠던 거야?]

"아니, 조금."

사실은 그보다 더 많이…… 아프고 앓았어, 태서야. 몸도, 마음도.

[그래서 오빠네 가 있고, 전화도 어렵다고 한 거야? 안 그래도 그날 기침 소리가 마음에 계속 걸렸었는데. 너, 일부러 나한테 말 안 한 거구나.]

“응.”

[왜?]

“너 일하는데 지금처럼 그러고 걱정할까 봐.”

도영은 방금 자신이 뱉은 이 말에 입안이 씁쓸해졌다. 그나 그녀나 둘 다 똑같다는 준희의 말이 떠올라서였다.

[하아. 그래도 아프면 나한테 얘기를 했어야지.]

낮게 흘리는 그의 숨결이 휴대폰 너머로 넘어와 귀를 간지럽혔다.

[다음부턴 그러지 마. 아프면 아프다고 말해. 널 사랑하는 것도, 널 걱정하는 것도 전부 다 내 몫이니까.]

그가 걱정을 가득 실은 음성으로 속삭이자, 순간 도영은 간신히 붙들고 있던 가느다란 끈 하나가 뚝 끊어져 나가는 느낌이었다.

“내가 왜?”

그에게 묻는 그녀의 음성은 건조했다.

“너는 안 그러는데, 나는 왜 그래야 하는 거냐고.”

이어 따지듯 묻는 도영의 눈빛이 심연으로 깊이 가라앉았다. 잠시 숨을 고르는 듯한 그가 나직이 말문을 열었다.

[화, 많이 났나 보네. 어제, 놀랐지?]

"응. 놀랐어. 화도 났어. 그런데 아프고 속상하기도 해."

[미안해.]

태서가 진심 어린 어조로 사과했다.

"너한테 내가 듣고 싶은 건 미안하다는 소리가 아니란 거 알잖아. 너야말로 왜, 아무 말도 안 한 거야?"

[…….]

그의 무거운 침묵이 그녀의 가슴을 답답하게 내리눌렀다.

"네 일을 기사로 보고 알게 된 내 심정이 어땠을 것 같아? 그동안 내 남자를 힘들게 하고 있었던 일을 전혀 모르고 있다가 기사로 확인했을 때의 내 심정, 어땠을 것 같냐고."

참고 억누르자 했던 감정이 기어이 북받쳐 오르자 도영의 음성이 가늘게 떨렸다.

"네 입으로 직접 말해줄 순 없었어?"

[말, 하려고 했어. 정말이야.]

"거짓말."

도영은 믿지 않았다. 그녀는 충분히 말할 기회를 그에게 만들어줬었다. 그럼에도 말하지 않은 건 그다.

"솔직히 너. 이 문제가 이런 식으로 드러나지 않았으면, 나한테 끝까지 숨겼을 거잖아. 안 그래?"

[도영아.]

"솔직히 대답해. 나한텐 끝내 말 안 할 생각이었지?"

[……그래.]

태서가 무거운 한숨을 흘리며 그녀의 말을 인정했다.

"내가 너 걱정하고 안쓰러워하면서 가슴 아파할까 봐?"

[네 마음까지 아프게 하고 싶지 않았어.]

도영의 눈동자 안에는 마치 그가 눈앞에 있는 듯 원망과 미움이 담겨져 있었다.

그동안 얼마나 기다렸는데. 그를 힘겹게 누르고 있는 짐을 그녀에게 조금만이라도 덜어주기를 얼마나 바라고 있었는데. 끝까지 그녀에게 짐을 덜어줄 생각이 없었다는 그의 마음을 확인하자 기운이 쭈욱 빠져 버렸다.

"날 사랑하고 날 걱정하는 게 네 몫이면, 내 몫은 뭐야?"

[…….]

"그저 아무것도 하지 않고 네가 주는 사랑만 받는 거, 그게 내 몫인 거야?"

도영의 눈가에 미세한 경련이 일었다. 한 번 터져 버린 설움은 쉬이 가라앉지 않았고, 도리어 거센 파도가 되어 밀려들었다.

[그거 아니잖아 도영아. 네가 왜 사랑만 받아. 너도 나한테 주고 있잖아, 그 사랑.]

"너에 비하면 내 사랑은 턱없이 부족하지."

마음에서 불기 시작한 차가운 바람이 입술 사이로 새어 나왔다.

"하나만 물을게. 앞으로 만약에 같은 일이 일어난다면 넌 또, 최대한 숨길 수 있을 때까지 숨길 거야. 날 위해준다는 마음으로 거짓말까지 하면서, 그치?"

[…….]

침묵이 흘렀다. 이 순간에도 그는 대답을 고민하고 있었다. 그녀가 무슨 대답을 듣기를 원하는지 빤히 알면서.

"대답 못하는 거 보니까, 이번과 다르지 않겠네. 그때도."

[도영아.]

고민을 마친 건지 그가 고저 없는 음성으로 그녀의 이름을 불렀다.

[만약 네가 나로 인해 가슴 아파야 할 일이 생긴다면. 난 네가…… 하루라도 덜 아팠으면 좋겠어.]

그는 끝내 그녀가 원하는 대답을 들려주지 않았다. 그와 그녀가 한 약속은 결국 지켜지지 않을 약속이었던 거다.

지그시 감긴 도영의 눈시울이 붉어졌다.

왜 우리의 사랑에는 아무런 문제가 없다고 생각했을까. 우리에게는 다른 이들보다 더 커다란 문제가 자리 잡고 있었는데. 우리는 서로를 배려하는 법만 알았지, 서로에게 받는 법은 모르고 있었다.

서로를 향한 지나친 배려가 오히려 서로에게 독이 될 수 있다는 말. 맞는 것 같다.

왜냐하면…… 그가 주는 넘치는 배려에 점점 지쳐 가기 시작했으니까.

❖

시간이 약이라고 했던가.

일이 일단락된 후에도 이따금씩 화두로 오르내리던 태서와 그의 생모에 관한 일은 4개월이 지난 지금은 사람들의 기억 속에서 완전히 잊혀졌다. 그의 생모도 그 이후 자취를 싹 감췄고, 더는 태서의 앞에 나타나서 상처를 주지 않았다.

그러나 시간의 약은 아무에게나 듣는 건 아닌 듯했다. 그녀의 가슴에 한 번 깊이 파인 골은 시간이 지나도 채워지지가 않았다. 속이 텅 빈 것처럼 허전하고 모든 것이 무의미했다.

그들의 사랑은 확실히 다른 연인들이 하는 사랑과는 달랐다. 다른 연인들까지 볼 것도 없었다. 그들과 가까운 곳에 있는 준희와 인호가 하는 연애만 봐도 알 수 있었다. 각자에게 닥친 상황이나 서로의 감정을 감추지 않고 전부 표현하면서 티격태격, 알콩달콩 연애를 하고 있는 준희와 인호는 다툼과 화해가 자연스러웠다. 아무 일도 없었다는 듯 행복해한다.

그런데 그들은 자연스럽지 않았다. 아무 일도 없었다는 듯 행복해할 수가 없었다. 처음 겪는 일이다 보니 어긋난 감정을 자연스럽게 풀 수 있는 방법을 몰랐던 거다. 구멍난 가슴을 어떻게 메꿔야 하는지 그 방법을 모르는 거다. 여전히 그에게 전과 다름없는 사랑을 받고 있지만 이제는 그 사랑이 전과는 다르게 버거웠고, 힘들고 지쳤다. 혼자가 아닌데도 혼자인 듯 외롭고 쓸쓸했다. 사랑하는 그를 위해선 그녀가 해줄 수 있는 게 아무것도 없다는 사실을 깨닫고 상실감을 느껴 버린 후부터다.

설움을 토해내던 그날 이후, 도영은 그에게 진심으로 웃어주지를 못했다. 웃다가도 금세 그 웃음의 빛이 사라지고, 다정하게 대화를 나누다가도 어느새 그녀는 저도 모르게 공허한 표정을 짓고 있었다. 함께 있는 자리에서는 내색을 하지 않았지만, 그도 그녀의 이런 감정이 힘에 부친 듯 보였다. 소파에 혼자 앉아 있거나 베란다에 나가 담배를 태울 때 몇 번 보았던 그의 얼굴에는 수심이 가득했으니까.

어쩌면 그도, 서서히 지쳐 가고 있는지도 모른다. 그녀의 마음에.

그래서 도영은 오랜 고민 끝에 마음을 정리했다. 우리의 사랑이 빛을 잃고 퇴색되어 버리기 전에 그의 손을 놓기로. 그와 그녀 사이에 사랑이 존재하고 각자의 행복을 빌어줄 수 있을 때, 서로에게 지쳐 사랑보다 미움이 커지기 전에 헤어지기로 결심을 했다.

바로…… 오늘.

태서는 얼마 전, 새 영화 촬영에 들어갔다. 촬영은 주로 지방에서 이루어졌다. 그리고 두 시간 전 그는 보름 만에야 서울로 올라왔고, 오늘 오전부터 진행되는 지면광고 촬영 스케줄을 소화한 후 다시 영화 촬영 장소인 지방으로 내려간다고 했다. 그 틈을 이용해 그녀를 만나려고 지금 이쪽으로 오고 있었다.

오늘 그녀가 이별을 준비해 놓고 맞이할 거라는 건 짐작도 하지 못한 채.

커피를 한 잔 내려서 방으로 들어온 도영은 서랍에서 일기장을 꺼냈다. 김이 모락모락 올라오는 커피를 한 모금 마시고 화장대에 내려놓은 그녀는 일기장을 펼치고 손에 쥔 펜으로 오랜만에 일기를 끄적이기 시작했다.

—나에겐 오래된 연인이 있다.

나는 여전히 그를 사랑하고, 그도 나를 사랑한다.

하지만 나는…… 외롭다.

사랑을 하고, 사랑을 받고 있음에도 불구하고 참 쓸쓸하고 공허하다.

함께하는 시간의 의미를 조금씩 잃어가는 이 관계가 나를 지치게 하고 버겁게 짓누른다.

시간이 지날수록 내 이런 감정은 점점 더 커져만 갈 것이고, 그런 나로 인해 그 역시 점점 더 지쳐만 갈 것이다.

그래서 나는 오늘…… 이별을 하려고 한다. 우리가 더 지쳐 가기 전에 그의 손을 놓으려고 한다.

그를 위해서.

나를 위해서.

우리…… 서로를 위해서.

마지막 문장에 마침표를 찍은 도영의 손끝이 살짝 떨렸다. 방금 쓴 일기를 다시 한 번 읽어 내린 눈동자도 뿌옇게 흐려졌다.

괜찮아. 괜찮을 거야.

마음속으로 읊조리는 말과는 달리 지그시 감은 두 눈에 물기가 서렸다. 도영은 눈가에 맺힌 물기를 손등으로 닦아내고 천천히 휴대폰을 집어 들었다. 그리고 30분 전, 그가 보낸 메시지를 또다시 확인했다.

「1시 30분쯤 도착. 조금만 기다려.」

어둠으로 뒤덮인 새벽, 그는 대부분의 사람들이 잠들었을 시간에 그녀를 만나러 온다. 그 사람들의 시선을 피해서.

늦은 시간까지 그를 기다리는 일도 오늘이 마지막일 테지.

도영의 시선이 휴대폰에서 벽에 걸린 시계로 옮겨졌다. 현재 시각 1시 25분. 이별의 순간까지 남은 시간이 5분 전으로 다가왔다.

도영은 따뜻한 온기가 남은 커피 잔을 들고 일어나 창가로 걸어갔다. 창밖에는 후두후두, 비가 내리고 있었다. 10월의 가을비치고는 빗방울이 제법 굵었다. 세차게 쏟아지는 빗줄기가 가슴 위를 내리치는 기분이다.

난, 아프지 않아.

저릿해져 오는 감정을 부정하며 커피를 한 모금 들이켰다. 오늘따라 커피의 맛은 왜 이리도 쓴지. 마치 이별을 앞둔 그녀의 마음과도 같다.

그때였다.

띠리릭. 침실 너머로 현관문이 열리고 닫히는 소리가 희미하게 들렸다. 벌써 5분이 지난 모양이다. 잠시 후, 이 침실의 문이 열리면 이별을 맞는다는 사실에 콕콕 쑤셔대던 심장의 통증이 더욱 심해졌다.

아프다. 아프지 않다는 말은 거짓말이다. 사랑하는 사람을 떠나보내야 할 시간이 코앞으로 다가왔는데 아프지 않을 리가…… 없다.

“하아.”

도영은 조용히 한숨을 내쉬며 마음을 차분하게 진정시켰다. 물끄러미 창밖을 내다보자 강한 빗줄기가 연신 창문을 두들기고 있었다.

시작과 끝을 비와 함께하는구나.

“도영아.”

태서가 방문을 열고 들어왔다. 커피 잔을 내려놓은 그녀는 창을 등지고 그에게 돌아섰다. 차에서 내려 우산도 없이 곧장 빌라 건물 안으로 뛰어들어 왔는지 외투와 머리카락이 빗물에 젖어 있었다.

“……왔어?”

어색하나마 미소를 지어 보이려고 했는데, 태서를 보는 순간 도영은 숨이 턱하니 막혀왔다. 액션 영화라 과격한 씬이 많은지 10일 전에 봤을 때보다 까칠해진 얼굴에 가슴 한구석이 아릿하게 저리다.

"우산을 쓰지, 옷 젖었잖아. 기다려 봐."

가을 날씨에 젖은 옷을 그대로 걸치고 있다간 감기에 걸리기 십상이었다. 도영은 서둘러 욕실에서 수건을 가지고 다시 방으로 들어왔다.

"외투 벗어서 잠시라도 말려."

"응."

도영이 시키는 대로 태서가 외투를 벗었다. 그녀는 빗물에 젖은 그의 얼굴과 머리카락을 수건으로 꼼꼼하게 닦아주었다. 그런 그녀를 태서가 물끄러미 바라보다가 입을 열었다.

"나 없는 동안, 잘 지냈어?"

태서의 손이 다가와 그녀의 한쪽 볼을 감쌌다. 엄지손가락으로 볼을 살살 어루만지는 그의 눈에 애정이 듬뿍 담겨 있었다.

"너 없어도 나…… 잘 지내."

도영은 그의 애정 어린 시선을 슬쩍 피하며 마음에도 없는 소리를 내뱉었다. 어렵게 내린 결심이 흔들리고 무너질까 봐.

"와, 서운하네. 10일 만에 보는 남자친구한테."

"서운하게 했다면, 미안. 그런데 태서야 나……."

도영의 아랫입술이 파르르 떨렸다. 이별의 말을 전할 준비를 하는데 가슴이 뻐근하게 조여들었다.

"너한테 더 미안한 말을 해야 할 것 같아."

"……하지 마."

그녀가 전하고자 하는 말을 직감이라도 한 것일까. 태서가 작게 고개를 저으며 그녀를 끌어당겨 안았다.

"미안한 소리라면 안 듣고 싶어."

그에게서 새어 나오는 낮은 숨결이 정수리를 아프게 간지럽혔다.

"태서야, 나……."

"하지 말라니까?"

그녀의 입을 막는 그의 음성에서 희미한 떨림이 느껴졌다. 그는 그녀를 안고 있는 팔에 더욱 힘을 주며 재차 강조했다.

"네 말, 안 듣고 싶다."

"내가, 무슨 소리를 할 줄 알고."

"네 눈빛이, 네 입술이, 네 표정이 모두 말해주고 있는데 어떻게 몰라."

도영은 그의 품에 안긴 채 두 눈을 감았다. 그러자 눈을 감은 눈꺼풀이 촉촉하게 젖었다. 나는 표정으로 이미 이별을 알리고 있었구나.

"태서야."

"하지 말라고 했어, 분명히."

화가 난 듯, 태서가 목소리를 낮게 깔았다. 폭주를 시작한 그의 심장 소리가 고스란히 얼굴로 느껴졌다. 도영은 침착하게 숨을 고르며 떨리는 마음을 가까스로 가다듬고 그의 품에서 빠져나왔다. 뿌옇게 흐려진 눈동자가 그의 얼굴에 닿았고, 힘겹게 입술을 움직였다.

"그만하자, 우리."

"말도 안 되는 소리 하지 마."

태서에게서 흘러나오는 단호한 울림에 그녀는 참고 참았던 눈물을 왈칵 쏟아냈다.

"더 이상 행복하지 않아. 네 옆에 있는 게."

"내가, 내가 다시 행복하게 해줄게."

태서가 그녀의 두 볼을 부여잡고 절실하게 매달렸다. 눈가에 물기를 매달은 그녀가 아프게 고개를 저었다.

"서로가 가장 필요한 순간에 옆에 있어주지 못하는 사랑…… 이게, 너와 내가 하는 사랑이야. 난, 우리의 사랑에 지쳤어, 태서야. 그러니까……."

촉촉하게 젖은 도영의 음성이 가늘게 떨리고 있었다. 태서의 표정이 고통스럽게 일그러지는 것을 보며 도영은 마지막으로 확고하게 자신의 결심을 내비쳤다.

"헤어지자, 우리."

8

사랑이 끝나고 혼자가 되었다. 힘들고 괴로워도 시간은 흘러갔고, 가을이었던 계절은 어느새 겨울의 문턱으로 들어섰다.

태서와 이별한 지 오늘로 56일째. 도영은 그가 없는 시간을 아직도 버티고 견뎌내며 하루하루를 보내고 있었다. 지금도 그는 틈만 나면 머리로, 마음으로 비집고 들어와 1시간, 2시간, 어쩔 땐 그녀가 잠들어 있는 순간까지도 나가지 않고 머무른다. 하지만 그녀는 자신에게 파고드는 그를 막지 않았고 애써 내보내려 하지 않았다.

그저 시간에 맡기는 중이었다. 그녀에게만 야박한 시간의 약이 더디게 올지라도 그때까지는 그를 마음에서 억지로 내보내고 싶지는 않았다. 잊고 싶다고 아무리 발버둥을 쳐도 잊혀질 수 있는 사람이 아니니까.

윤태서는 그녀에게.

그러나 이건 모두 마음 안에서만 국한되어 있는 것일 뿐. 이별 후에도 어김없이 찾아오고 있는 그를 외면했다. 여전히 그녀와의 이별을 받아들이지 못하는 그를, 그 마음과는 달리 냉정하게 밀어내고 있었다.

잔잔한 팝송이 흐르는 아담한 카페 안. 따뜻한 아메리카노를 마시며 눈발이 날리기 시작한 어두워진 밤거리를 창밖으로 내다보는데, 준희가 도착했다.

"으, 춥다."

바깥의 찬 기운을 몰고 들어온 온 준희가 그녀의 맞은편에 앉았다. 어깨를 부르르 떨며 코를 훌쩍이는 준희의 코끝이 빨갰다.

"많이 기다렸지? 잠깐 눈 좀 붙인다는 게 그만."

약속 시간에서 30분을 늦은 준희가 눈가에 미안함을 매달았다. 월차를 내고 집에서 쉬고 있다가 잠이 들었는데 눈을 떠보니까 약속 시간이 지났다면서 놀래서 전화가 왔었다.

"분명 알람을 맞춰놨는데, 왜 안 울렸는지 몰라."

"알람이 안 울린 게 아니라, 네가 못 들은 건 아니고?"

도영이 장난스럽게 말을 받아쳤다.

"아니거든요? 너, 나 잠귀 밝은 거 몰라?"

준희가 확 잡아떼며 주문을 받으러 온 직원에게 카페모카를 시켰다.

“글쎄. 누가 업어가도 모를 정도로 잠귀가 어두운 건 알아도, 잠귀가 밝았다는 건 금시초문인데?”

“뭐어?”

저를 향해 눈을 흘기는 준희를 보며 도영이 피식 웃음을 터트리는데, 준희가 주문한 카페모카가 나왔다.

“근데 넌, 얼굴이 그게 뭐냐?”

카페모카를 마시면서 그녀의 낯빛을 살펴보던 준희가 이내 한숨을 푹 내쉬었다.

“내 얼굴이 왜?”

도영이 손바닥을 제 볼에 가져다대며 묻자, 핀잔 섞인 소리가 날아왔다.

“몰라서 물어? 피죽도 못 얻어먹은 얼굴이잖아. 너, 요즘도 제대로 안 챙겨먹지?”

“아니야. 나 하루 세끼 꼬박 다 챙겨먹어.”

“퍽이나. 하루 세끼 다 먹는 얼굴이 왜, 저번에 봤을 때보다 더 해쓱해졌는데?”

“모르지 난. 먹어도 먹어도 살이 빠지는 체질로 바뀌었나?”

“이 상황에 농담이 나오냐?”

준희가 속상하다는 듯 인상을 찌푸리며 툭 말을 던졌다. 도영은 입가에 잔잔한 미소를 띠고 준희를 바라봤다.

“그런 표정하지 마. 나 괜찮아.”

"겉으로만 괜찮으면 뭘 해. 네 속이 어떨지 내가 모를 것 같아?"

"김준희 너무하네. 보름 만에 만나서 야단만 치는 거야?"

도영이 짐짓 서운하단 투로 눈매를 가늘게 접었다. 저를 걱정하는 준희의 마음을 모르지 않지만, 모처럼 만나는 자리인데 즐겁게 보내고 싶었다. 하지만 한번 꺼낸 말은 끝까지 하고 넘어가야 하는 성미를 가진 준희는 이제부터 시작인 듯 보였다.

"너 볼 때마다 속상해서 그래, 속상해서."

준희가 주먹 쥔 손으로 제 가슴을 탁탁 두드렸다.

"그렇게 힘들면 다시 만나. 태서가 싫어서 헤어진 것도 아닌데 왜 미련하게 참고 버티는 거야?"

도영은 올라오는 쓴웃음을 커피와 함께 삼켰다. 다시 시작할 생각이 있었다면 그의 가슴에 상처를 내면서까지 헤어지자고 하는 일은 없었을 거다.

"후우. 네가 이런데 태서 꼴은 오죽하겠냐. 인호가 그러는데 죽지 못해 살고 있는 것 같다더라. 당연히 그러겠지. 걔한텐 네가 전부나 마찬가진데."

준희의 답답한 한숨 소리가 그녀의 폐부를 푹 찔렀다. 그가 죽지 못해 살고 있는 것 같다는 말에 울컥하는 감정이 목까지 차올랐다.

"너는 태서와 헤어졌겠지만, 태서는 아직 너랑 헤어진 게 아니니까. 너보다 몇 배는 더 괴로울 수도 있어."

사랑은 두 사람이 했는데, 이별은 한 사람만 했다. 과연, 두 사람은 이별을 한 것이 맞는 걸까?

이별을 하고 일주일이 지났을 무렵 그가 그녀를 찾아왔다. 헤어진 후 현관 비밀번호까지 변경한 그녀의 집을 그는 더 이상 자유롭게 들어올 수가 없었다. 그녀가 문도 열어주지 않고, 전화도 받지 않자 이런 메시지를 보내왔다.

「똑똑히 알아둬, 민도영. 너 혼자 일방적으로 해버린 이별은 이별이 아니야. 사랑도 두 사람의 마음이 맞아야 이루어지듯, 이별도 두 사람의 뜻이 맞아야 성립되는 거라고. 그런데 난, 너랑 죽어도 못 헤어져. 결론은! 내가 이 이별을 받아들이지 않는 이상, 우린 헤어진 게 아니야.」

그러니까 그녀는 그와 헤어졌지만 그에게는 그녀가 아직 연인인 셈이었다. 그녀보다 그가 괴로운 심정일 거라는 준희 말은, 어쩌면 맞을 수도 있다. 그와 이별을 한 입장인 그녀는 혼자가 된 걸 받아들였지만, 그녀와 이별을 한 게 아닌 그의 입장에서는 혼자가 아닌데도 혼자가 된 거나 마찬가지였으니까.

「난, 너와 절대 헤어질 수 없어. 하지만 네 마음이 정 그렇다면, 차라리 시간을 가져 보자. 잠시 떨어져 지내면서 다시 한 번 우리 관계를 돌이켜 보자고.」

그녀의 이별 결심이 확고하자, 그는 일단 한발 뒤로 물러났다.

시간을 주겠다면서도 이별은 결코 받아들일 수 없다는 말을 다시 강조했다.

"태서, 지금도 찾아오지?"

"……응."

준희의 물음에 도영은 작게 고개를 끄덕였다. 태서의 모습은 마치 7년 전 그때를 연상시켰다. 그녀가 그의 사랑을 외면하고 애를 태우던 그 시절로 돌아간 것 같았다. 그는 시간을 갖자고 한 이후에도 그녀의 앞에만 나서지 않았을 뿐 찾아오는 건 멈추지 않았고, 멀리서나마 그녀의 모습을 보고 돌아가곤 했다.

바보같이 미련하게. 그녀가 대체 뭐라고 그렇게 놓지 못하고 괴로워하는 걸까.

도영은 진심으로 바랐다. 그녀에게는 더디게 오고 있는 시간의 약이 그에게는 빨리 가기를. 하루하루 흘러가는 시간이 태서의 마음을 괴롭히는 고통도 함께 짊어지고 가주기를, 바라고 또 바랐다.

"야야. 어제 야심한 스타들의 토크 봤어?"

준희와 잠시 대화를 멈춘 가운데, 막 뒤 테이블에 와서 자리를 잡은 여자 두 명의 목소리가 그 틈을 비집고 넘어왔다. 그들은 어제 방송된 한 TV 예능 프로를 화두에 올리며 대화를 시작했다.

"아니, 못 봤어. 근데 어제 대박이었다며? 기사 보니까 채민아가 완전 공개적으로 고백했던데, 윤태서한테."

한 여자가 태서의 이름을 언급하자, 도영의 눈매가 흠칫 굳었다.

"응! MC가 현재 만나는 남자가 있냐고 물으니까. 만나는 남자는 없고, 만나고 싶은 남자는 있다면서 거침없이 윤태서 이름을 말하더라고. 원래 윤태서가 이상형이긴 했는데, 남자로 좋아지기 시작한 건 「우리의 연애」 그 드라마 찍으면서라더라. 채민아가 조연이긴 했지만 둘이 붙는 씬이 꽤 있었으니까."

"둘이 소속사도 같지 않아?"

"그럴걸?"

"그럼 친할 수도 있겠네. 뭐, 가능성이 아예 없지는 않겠는데? 지금 영화도 같이 찍고 있지 않나? 윤태서 지금까지 스캔들 한 번도 없었지?"

"응, 전혀 없었지. 근데 그 외모에 설마 연애를 한 번도 안 했겠어? 뒤에서 했겠지."

"그거야 그렇겠지. 어쨌든 윤태서 반응이 궁금하다. 채민아 고백에……."

태서를 향한 채민아의 고백이 화제가 되고 있나 보다. 채민아가 출연해서 공개적으로 고백했다던 예능 프로도, 인터넷 기사도 보지 못한 그녀는 처음 듣는 이야기였다. 그런데 준희는 알고 있었는지 표정을 찌푸리더니 최대한 목소리를 낮춰 말했다.

"거봐. 내가 괜히 얄밉다고 한 게 아니라니까."

도영은 몇 달 전 채민아 얘기를 하며 열을 올리던 준희를 떠올리며 피식거렸다.

"지가 아무리 고백을 해봐. 태서가 손가락이나 하나 꿈쩍하나.

너도 쓸데없이 그런 이슈에 신경 쓰지 마. 태서는 일편단심 너밖에 모르니까."

"잊었어? 나 헤어졌잖아."

그러니 태서가 이제 그녀가 아닌 다른 여자를 만나더라도 전혀 이상할 게 없다. 이상할 건 없지만…… 왜 가슴 한구석이 싸해지는 걸까.

그 느낌에 도영은 스스로를 비웃듯 씁쓸하게 웃었다.

"넌 헤어졌지만, 태서는 아니잖아."

어째서 또 준희의 말은 위안이 되는 걸까. 그의 손을 놓아버린 건 자신이면서. 아직 그가 다른 여자를 만나는 건 싫다는 건가.

민도영 참…… 못났다.

현수는 하루하루가 살얼음판을 걷는 기분이었다. 아무 문제 없이 영화 촬영에 몰두는 하고 있지만 요즘 심기가 매우 불안정한 태서가 언제 어디서 폭발을 일으킬지 몰라 걱정이 태산이었다.

태서의 매니저 생활 8년 만에 태서의 그런 모습은 처음이었다. 평소와 다름없다가도 딱딱해지고 조금씩 웃는구나 싶으면 확 굳어지고. 생모가 문제를 일으켰을 때도 별문제 없이 감정 컨트롤을 잘하던 녀석이 사랑 앞에서는 무너지고 있었다.

하긴, 도영 씨가 이 녀석한테 보통 사랑은 아니지.

도영은 태서에게 심장이었고, 삶의 이유였다. 한순간에 그 심장이 떨어져 나가려고 발버둥치고 있었고, 삶의 이유를 잃어버리게 하려고 있으니 그 속은 오죽할까. 그가 생각하는 것 이상으로 참담할지도 모른다.

그래, 사고 안 치고 이렇게라도 버텨주고 있는 게 어디야.

이환은 그저 가만히 내버려 두고 지켜보라고 했다. 공과 사 구분 못하고 사고를 칠 정도로 무책임한 녀석도 아니고, 도영을 봐서라도 큰 문제를 일으킬 일은 없으니 염려 말고 촬영에만 집중할 수 있도록 케어해 주라고 하면서 말이다. 도영으로 인해 아슬아슬한 길을 걷고 있는 녀석인데 도영을 생각해서 그 이상은 이탈하지 않을 거라는 이환의 말을 현수는 바로 이해했다.

태서는 도영이 저 때문에 아파하고 걱정하는 걸 원할 녀석이 아니니까.

딩동, 딩동.

그때, 초인종 벨이 울렸다. 월패드로 확인한 방문자는 인호였다. 앞으로 2일간 영화 촬영 스케줄이 없어서 서울로 올라왔다는 소식에 인호가 태서와 술이나 한잔해야겠다며 찾아온 것이다.

"왔냐?"

현수가 문을 열자 인호가 안으로 들어왔다. 인호의 양손에는 비닐봉투가 들려 있었는데 추측하건대, 모조리 술일 거다.

"이 자식은?"

"씻는다."

"여전해?"

"말해 뭐 하냐? 그래도 오늘은 컨디션이 요 근래 들어 그나마 괜찮아 보이더라. 이럴 때, 네가 그 녀석 마음 좀 잘 다독여 줘. 난 오늘은 이만 퇴장할라니까."

"왜? 같이 안 마시고? 술 형 것까지 사왔는데."

"그래는 보인다만, 오늘은 둘이 마셔. 너도 왔고, 나도 모처럼 내 집에서 푹 쉬고 싶다. 태서 녀석, 술 적당히 마시게 해. 저번처럼 잔뜩 마시게 보고만 있지 말고."

"왜, 내가 술 마시고 사고라도 칠까 봐 걱정돼?"

그 순간, 방에 딸린 욕실에서 씻고 거실로 나온 태서는 그를 인호에게 부탁하고 그만 자리를 뜨려는 듯한 현수의 모습에 입술을 삐뚜름하게 휘었다.

"그래, 걱정된다. 그러니까 적당히 마셔, 둘 다. 그럼, 이만 난 간다."

손을 흔들어 보인 현수가 코트와 제 짐을 챙겨 들고 태서의 집을 나섰다. 태서는 수건으로 젖은 머리칼을 털면서 인호에게 툭 시선을 던졌다.

"왜 왔냐, 또?"

"내가 온 게 상당히 못마땅한 얼굴이다?"

인호가 건들거리는 자세로 삐딱한 표정을 지었다.

"왜, 내가 안 왔으면 도영이한테 갈라고 했냐?"

"너 왔다고 내가 못 갈 것 같냐?"

태서는 정곡을 찌르는 인호에게 머리를 닦은 수건을 휙 던지며 주방으로 들어갔다. 냉장고에서 냉수를 한 병 꺼내가지고 나오자 인호가 거실 한쪽에 있는 미니 홈바에 제가 사들고 온 술들을 세팅하고 있었다.

"아유, 미련한 자식. 어차피 오늘은 멀리서도 못 보니까, 헛걸음하지 말고 술이나 마셔."

"왜? 무슨 일 있어?"

인호가 말을 끝내기 무섭게 태서의 표정이 심각하게 굳어졌다. 그 표정에 인호가 쯧쯧, 혀를 내둘렀다.

"내가 언제 무슨 일이 있다고 했어?"

"그럼?"

"준희가 찜질방 데리고 갔어. 그러니까 도영이 걱정하지 말고 네 걱정이나 해. 얼굴 꼴이 그게 뭐냐? 까칠해서는."

도영에게 아무 일 없다는 사실에 안도를 한 태서는 인호의 타박은 듣는 둥 마는 둥 소주병을 땄다. 잔에 소주를 따르고 곧장 입에 털어 넣었다.

"야 인마, 속 버려. 저녁도 안 먹고 빈속일 텐데. 이걸로 요기부터 하고 마시자고."

인호가 저녁 겸 술안주로 사온 분식을 그의 앞으로 밀어주었다. 하지만 요즘 입맛을 영 느끼지 못하는 그는 떡볶이, 순대, 튀김을 힐끗 보기만 할 뿐 젓가락은 들지 않았다.

"그렇게 놓기가 힘드냐?"

그가 분식은 입에도 대지 않자, 인호가 딱하다는 눈으로 그를 바라보았다. 태서는 대답 대신 소주 한 잔을 더 들이켰다. 알싸한

알코올이 빈속을 뜨겁게 훑고 내려갔다.

“그럼 너넨 어떻게 되는 거냐. 한쪽은 헤어졌고, 한쪽은 그대로고. 헤어졌다고 봐야 하는 거냐, 안 헤어졌다고 봐야 하는 거냐.”

“사랑은 둘이 했는데, 이별을 혼자 할 수는 없지.”

그러니까 그와 도영의 사랑은 아직까지 현재진행형이다. 태서는 세 번째 소주잔을 비우며 깊은 숨을 내쉬었다.

“더 이상 행복하지 않아. 네 옆에 있는 게.”

눈물을 흘리며 이젠 그의 옆에서 행복하지 않다는 도영의 말이 지금도 지독하게 심장을 쥐어짜고 있었다.

“서로가 가장 필요한 순간에 옆에 있어주지 못하는 사랑…… 이게, 너와 내가 하는 사랑이야. 난, 우리의 사랑에 지쳤어.”

우리의 사랑에 지쳤다는 도영의 음성이 가슴을 고통스럽게 조여왔다. 그럼에도 태서는 그녀를 놓을 수 없었다. 그녀에게 첫눈에 반한 그 순간부터 지금까지 11년이다. 아니, 이 달이 지나고 나면 햇수로 무려 12년째다. 그 긴 시간을 그의 심장에서 머물렀고 지금도 앞으로도 그럴 것이다. 그런데 제 심장이나 다름없는 그녀를 어떻게 놓아주겠는가. 그녀를 잃으면 심장을 잃는 거나 마찬가지였다, 그에게는.

대체, 어디서부터 잘못된 것일까. 아무 문제 없이 사랑하고 행복하던 우리에게 어째서 시련이 닥친 것일까. 그녀가 우리의 사랑에 점점 지쳐 가는 동안 난 뭘 하고 있었던 것일까. 왜 그녀의 마음 하나조차 헤아려 주지 못했을까.

[만약 네가 나로 인해 가슴 아파야 할 일이 생긴다면. 난 네가…… 하루라도 덜 아팠으면 좋겠어.]

이날, 그의 대답이 달랐다면 지금 우리의 관계는 달라졌을까?

하루에도 수십 번 수백 번 후회하고 또 후회한다. 도영이 무슨 대답을 바라고 물었는지 빤히 알고 있었으면서도 왜 그랬을까, 하고 말이다.

그녀도 이별에 확고하듯 이별할 수 없는 그의 마음도 확고했다. 시간을 갖자고 한 건 그 이유에서였다. 헤어질 수는 없기에 잠시 떨어져 지내는 동안 그를 다시 한 번 돌아봐 주길 기다리고 있었다. 하지만 그는 여전히 그를 보지 않으려 한다. 저를 지켜보고 있다는 걸 알면서도 모른 척했다. 그럴수록 초조함과 불안감은 점점 커져 갔다. 시간이 흘러도 달라지지 않았다면, 또 달라지지 않을 거라면 그도 그녀에게 시간을 준 의미가 없어진다. 그래서 그는 이제 그만 그녀에게 준 시간을 멈추려고 한다. 힘들고 아픈 건 어떻게든 견디겠는데, 그녀를 보고 싶은 건 더는 참을 수 없었다.

어떻게 해야 도영이가 다시 나 때문에 웃고, 나로 인해 행복해할 수 있을까?

"그나저나 다른 여자한테 공개적으로 고백받은 소감은 어때?"

"뭐?"

인호가 뜬금없이 던진 질문에 태서의 미간이 구겨졌다.

"채민아가 너 남자로 만나보고 싶다고 한 고백 말이야. 그것 때문에 너 오늘 하루 종일 인터넷 실시간에서 내려오질 않고 있어."

"아."

"아아? 그게 끝이야?"

태서가 무심한 반응을 보이자 인호가 눈썹을 휘었다. 그의 대답이 싱거워서 실망했다는 듯. 그러나 채민아의 고백 따위는 전혀 그의 관심사가 아니었다. 그는 지금 그런 소소한 일까지 신경을 쓸 여유가 없었다.

"쓸데없는 얘기는 그만하고, 인호야."

"왜?"

"도영이 마음을 어떡해야 다시 돌릴 수 있을까?"

"뭘 그렇게 어려워 해? 그냥 너답게 해, 너답게."

"나답게?"

단 1초의 고민도 없이 건너온 말이 태서의 미간에 주름을 잡았다.

"그래, 너답게. 거침없는 네 성격답게 나가란 말이야. 넌 가만히 보면 다른 때는 안 그러는데 꼭 도영이 문제로 난관에 부딪히면 맥을 못 추리더라. 도영이가 처음 네 고백을 안 받아줬을 때도 그렇고 지금도 그렇고. 너, 도영이한테 고백하기 전을 생각해 봐. 너 그때 도영이한테 무척 적극적이었잖아.”

그랬다. 비 오는 날 우연히 마주친 그녀에게 우산을 씌워주고 차로 집까지 바래다줬었다. 그녀가 불편해한다는 걸 알면서도 원래 친했던 사이였던 것처럼 친근하고 적극적으로 다가갔다. 그 결과는 나쁘지 않았었다.

“그리고 거기에 하나 더 있어.”

“그게 뭔데?”

태서는 어느새 진지한 자세로 인호에게 귀를 기울이고 있었다.

“도영이가 왜 너한테 지쳐서 헤어지자고까지 했는지, 그 이유와 문제점을 풀어줘야지. 너, 그 이유 잘 알고 있잖아.”

알고 있다.

“그러니까 내 말은. 정말 도영이를 놓고 싶지 않으면 뒤로 물러나 있지 말란 말이야. 몰래 지켜만 보지 말고, 당당하게 그 앞에 나서서 풀어나갈 생각을 하라고.”

인호의 조언에 태서는 그동안 뿌연 안개가 낀 것처럼 답답하고 어지럽기만 머릿속이 맑게 개는 듯한 기분이 들었다.

“넌 인마. 나에 대해서 그렇게 잘 알면, 이런 조언은 진작 해줬어야지.”

“헐. 네가 언제 묻기나 했냐? 말도 못 붙이게 하고, 다 죽어가는 얼굴로 술만 처마시던 녀석한테 무슨 소리를 들을 줄 알고 조언 같은 걸 해?”

인호가 기가 막힌다는 투로 그를 쏘아보며 말했다.

"암튼, 고맙다."

인호의 어깨를 정답게 톡톡 두드린 태서는 56일 만에 처음으로 산뜻한 미소를 지어 보였다.

소속사 대표 사무실에 앉아 태블릿 PC로 인터넷 기사를 확인한 태서의 눈매가 날카로웠다. 채민아가 방송에서 그를 향해 공개적으로 고백을 했든 말든 관심조차 없었다. 채민아는 그의 안중에도 없는 인물이니까 시끄러워도 하루쯤이겠거니 생각했고, 사실 또 제 이름이 언급되었다고나 하나 직접 나설 문제도 아니었다.

하지만 그 이슈가 스캔들로까지 이어진다면 상황은 달라진다. 태서는 지금 터무니없이 휘말린 채민아와의 스캔들에 불쾌감이 머리끝까지 치솟은 상태였다.

"곧 반박 기사 내보낼 거야. 곧 가라앉을 거니까 너무 신경 쓰지 마라."

이환도 갑작스럽게 불거진 태서와 채민아의 스캔들에 무척 황당해했다. 골치도 아팠을 것이다. 문제를 일으킨 채민아도 가만히 있다가 피해를 당한 태서도 그의 소속 배우였으니까.

"그러게 사진은 왜 올려가지고."

현수가 태서의 눈치를 보며 훅 끼어들었다. 태서는 인터넷에 떠도는 사진 한 장을 살벌하게 노려보다가 신경질적으로 태블릿 PC를 내려놓았다. 스캔들의 발단은 채민아의 고백이 아니었다. 하루 이틀이면 저절로 수그러질 이슈를 채민아가 본인의 SNS에 그와 찍은 사진을 올리면서 일을 키워 버린 게 화근이었다. 사진은 올여름 소속사 배우들과 회식 자리에서 찍은 사진이었다. 그 사진을 몇 개월이나 흘려보내고 이러한 시점에 올렸다는 것부터가 의도성이 다분해 보였다.

하, 어이없군.

상반기에 드라마도 함께 촬영했고, 소속사 후배 배우니까 친분이 아예 없었다고는 못한다. 그날 회식 자리에서도 선배의 입장에서 조언 몇 마디 해주었고, 같이 사진 찍어달라는 제안에 흔쾌히 응했었다.

사진 찍는 거야 어려운 일이 아니니까. 그런데 그 사진을 이런 식으로 이용할 줄 누가 알았겠는가.

사진 속의 그는 예의상 미소를 짓고 있었고, 채민아도 활짝 웃고 있었다. 그의 어깨에 살포시 기대어 손가락 하트까지 만들어 보인 포즈를 취하고. 그리고 그 사진 아래 내용에는 '우리 멋진 태서 오라버니와♥' 를 적어두었다. 얼핏 다정해 보이는 사진 속 두 사람의 모습과 그를 향한 채민아의 친근한 호칭 뒤에 따라붙은 하트 이모티콘에 누리꾼들은 다양한 추측을 내놓기 시작했다. 공개적으로 고백을 한 건 쇼이며 둘은 이미 사귀고 있는 것 같다는 것을 비롯해 직접적으로 공개하지 못하는 연애에 서운했던 채민아가 그렇게 간접적으로나마 드러내고 싶었던 건 아닐까 하는 내용이었다. 그게 아니면 왜 하필 방송에서 고백하자마자 화제가 되고 있는 와중에 그런 사진을 올려서 대중의 이목을 더 이끌어냈느냐는 것이다. 이에 또 다른 누리꾼은 아직 배우로서의 입지가 부족한 채민아가 톱스타 윤태서의 명성을 등에 업고 자기 자신의 이름을 널리 알리고픈 욕심에서 벌인 일은 아닐까 하는 의견을 제시했다.

이러한 추측으로 1시간 전부터 기사가 쏟아져 나왔고, 소속사 또한 토요일인데도 불구하고 비상이 걸렸다. 사실 여부를 묻는 전화가 쇄도하고 있었다.

똑똑.

대표 사무실에 무겁게 내려앉은 정적이 노크 소리로 깨졌다. 사무실 문을 열고 빠끔히 얼굴을 들이미는 이는 다름 아닌 이 사건의 문제를 일으킨 채민아다. 이환의 부름을 받고 사무실로 온 것이다.

"저, 대표님."

"들어와."

채민아를 불러들인 이환의 음성에 화가 실려 있었다. 쭈뼛쭈뼛, 안으로 들어오던 채민아가 소파에 앉아 있는 그를 발견하고는 겸연쩍게 웃었다.

"태서 오빠도 계셨네요."

훗, 비웃음을 흘린 태서의 한쪽 입술 끝이 비뚜름하게 위로 솟았다. 저 사진을 찍을 때만 해도 선배였던 호칭이 언제부터 오빠로 바뀐 걸까.

"오빠라는 호칭, 듣기 거북한데."

얼음이 뚝뚝 떨어지는 말투에 채민아의 어깨가 긴장한 듯 움찔거렸다.

"저, 저 때문에 곤란하게 해드려서 죄송해요. 저도 일이 이렇게까지 될 줄……."

"알았겠지. 알면, 죄송한 짓은 하지 말았어야 하고."

"그게, 무슨……."

전혀 이해하지 못하겠다는 얼굴이다. 태서는 그런 채민아를 무정하게 주시하다 소파에서 일어났다. 설마 모른다고 해도 채민아를 이해시켜 줄 너그러움은 그에게 없었고 더는 같은 공간에 있고 싶지도 않았다. 후배라고 생각했던 마음마저 싹둑 잘라져 나갔으니까.

"저 오빠, 아니, 선배."

태서가 짙은 눈썹을 꿈틀거리자, 채민아가 황급히 호칭을 정정했다.

"고백은 진심이에요. 진심으로 좋아한다고요. 선배가 선을 긋고 곁을 안 주려고 하니까……."

당돌한 건지, 아둔한 건지 이 상황에 고백을 해온다. 현수가 채민아에게 눈짓으로 그만하라고 눈치를 주는데도 아랑곳하지 않고.

"난 아무 여자한테나 곁을 내어주지 않아. 특히 너한테 내어줄 곁은 더더욱 없어."

그가 냉담하게 뱉어내는 말에 채민아가 상처 입은 눈빛으로 울상을 했다.

"그리고 네 진심 따위 관심도 없으니까 앞으로, 그 입에서 내 이름 함부로 안 나오는 게 좋을 거야."

태서는 마지막으로 채민아에게 경고를 날리고 이환을 쳐다봤다.

"나, 연애 공개합니다."

이건 상의가 아닌 통보였다. 더 이상은 도영의 존재를 부정하기 싫었다. 도영이 원한 일이었고, 그 또한 그녀가 피해를 입을까 봐 염려되어 지금껏 비밀 연애를 유지해 왔는데 이젠 연애 사실을 당당하게 밝히고 싶었다. 대신, 최대한 그녀에게 피해가 가는 것을 줄이려면 지금보다는 더 신중해야 할 것이다.

"반박 기사 대신 내보내 줘요."

"여, 연애라니……."

"알았다."

놀란 기색이 역력한 채민아의 말을 끊고, 이환이 묵묵히 그의 뜻을 받아주었다. 요즘에는 예전에 비해 스타들의 공개 연애가 보편화되어 가고 있었고, 지금은 소속사에서도 특별히 연애를 제재하지는 않았다.

공개적으로 고백했다가 공개적으로 차인 꼴이 되어버린 채민아는 다소 부끄럽고 수치스럽긴 하겠지만 본인이 저지른 일에 따른 결과이니 그걸 감당하는 것도 본인의 몫이다.

"있는 사실 그대로 밝혀줘요."

태서는 이환에게 잘 부탁한다는 말을 전하고 저를 보고 있는 채민아에게는 눈길 한 번 주지 않은 채 대표 사무실을 나섰다

"야, 너 공개해도 괜찮겠어? 지금 도영 씨랑 너……."

현수가 차마 뒷말은 내뱉지 못하겠는지 얼버무렸다. 하지만 그는 듣지 않아도 그 뒤에 무슨 말이 어이지려고 했는지 잘 알고 있었다.

"형, 난 여전히 도영이랑 연애 중이야."

그의 일방적인 공개 연애가 도영의 입장에서는 달갑지 않을 거다. 현재 그와의 사이에 단단한 벽을 세우고 있는 그녀의 마음을 더 힘들게 할 수도 있었다. 막 화를 낼지도 모르고 더 멀리 달아나려고 할 수도 있다.

하지만 화를 내면 화내는 소리를 들을 것이고 더 멀어지려고 하면 그만큼 더 다가갈 것이다. 그도 아무런 각오 없이 연애를 공개하려는 게 아니다. 이제는 숨어서 지켜보고 있지만도 않을 것이고, 당당하게 그녀의 앞에 나타날 거다.

"형."

소속사를 빠져나와 차에 오른 태서가 운전대를 잡은 현수를 나지막이 불렀다.

"왜?"

"도영이도 기사 봤겠지?"

"보지 않았을까?"

태서가 이를 사리물자 날렵한 턱 선이 팽팽하게 조여들었다. 현수가 한숨 쉬며 말을 덧붙였다.

"참, 아휴. 우리나라에서 내로라하는 여배우들하고 그렇게 드라마 영화를 찍었어도 여태까지 스캔들 한 번 안 터지고 깨끗했는데 엉뚱한 곳에서 터져 버렸네."

그게 이번 스캔들에 크게 분노하는 이유다. 그가 드라마나 영화 속에서 사랑을 나눈 여배우들하고 스캔들 한 번 나지 않고 깨끗할 수 있었던 건 그 뒤에 숨은 노력이 있었기 때문이다.

사실 그에게 호감을 갖고 다가오는 여배우들이 몇몇 있었다. 그러나 이미 선을 만들어놓은 그는 그 선을 불필요하게 넘어오려는 것을 차단했고, 촬영이 끝나고 윤태서로 돌아오는 순간부터 조금의 여지도 주지 않았다.

왜냐, 그에게 처음으로 열애설에 대한 기사가 뿌려진다면 '설' 아니라 '열애' 였어야 했으니까. 그 상대는 당연히 도영이었다. 그런데 갑자기 채민아가 툭 튀어나와 망쳐 버린 것이다.

빌어먹을.

두 번 다시는 도영이 아닌 다른 여자들과 연인으로 묶여 오해받고 나란히 이름을 올리기 싫었다. 그와 연인이라는 수식어로 묶일 수 있는 여자는 오직 민도영뿐이었다.

"형, 부산 내려가기 전에 잠깐 여유 있나?"

태서가 시간을 확인하며 현수에게 물었다.

"1시간 30분 정도."

"그럼, 민트 테이블로 가줘."

"에? 이 시간에?"

현수의 눈의 휘둥그레졌다. 현재 시각은 오후 2시였고, 게다가 도영의 집이 아닌 매장으로 가자고 하니 놀랄 만도 했다. 매장은 위치만 알지 한 번도 발걸음을 한 적이 없었으니까.

"지금은 거길 가야 볼 수 있으니까."

영화 마지막 촬영을 위해 다시 부산으로 내려가야 하는데 그전에 도영을 보고 가고 싶었다. 기사를 보고 놀라기 전에 미리 알려야 하기도 했고, 또 그녀에게 준 시간을 멈추기로 한 이상 망설이지 않을 것이다.

세연은 쩍 벌어진 입을 다물지 못했다. 꿈이야 생시야 하며 손등으로 두 눈을 마구 비벼봤지만 그 자리에 그대로 서 있었다.

톱스타 윤태서가! 꿈이 아니었다.

"안녕하세요, 처음 뵙겠습니다."

"네, 안녕하세요."

태서가 정중하게 인사를 건네자 세연이 그에게서 시선을 떼지 못한 채 고개만 조금 내렸다.

"윤태서라고 합니다."

"알죠, 당연히. 그런데 유명하신 분이, 여긴 어떻게……."

이 나이에 주책맞게 연예인을 봤다고 가슴이 뛴다. 그러나 윤태서를 보고 가슴이 요동하지 않는 여자는 결코 없을 것이다. 지금 매장 안에 앉아 있는 세 명의 여자 손님들도 갑작스런 윤태서의 등장에 놀란 눈동자를 반짝 빛내며 식사까지 중단한 채 이쪽을 보고 있었다.

화면보다 실물이 몇 배는 멋있고 잘생겼네. 와, 저 키 큰 것 좀 봐.

도훈도 키가 작은 편은 아니었는데, 그보다 더 장신이었다.

"혹시 식사하러 오셨어요?"

그렇게 물은 세연은 이내 고개를 갸웃거렸다. 우연찮게 이 길을 지나는 길에 도시락을 먹으러 들어왔을 수도 있다. 연예인도 밥은 먹고 사니까. 그런데 뭔가 이상하다. 정중한 인사와 동시에 굳이 제 이름을 밝힌 것도 이상했고, 매장 안으로 들어오면 보통 테이블 자리에 가서 앉아 메뉴를 고르고 주문을 하는데, 태서는 앉지도 않고 메뉴를 고르지도 않고 계속 주방 쪽을 힐끗거리며 서 있었다. 꼭 누구를 찾는 사람처럼.

우리 매장에서 찾을 사람이 있을 리가 없는데. 나하고 우리 아가씨뿐이라.

"저, 윤태서 씨……."

"아, 네. 죄송합니다."

도영의 모습을 매장 안을 훑어보던 태서는 문득 들려오는 목소리에 정신을 바로잡았다. 도영과 연애를 시작한 지 5년 만에야 드디어 그녀의 가족을 만났다. 그 가족의 일원인 세연이 그를 의아하게 쳐다보고 있자, 일단 도시락을 주문했다. 잠시 외출을 한 건지 그녀는 보이지 않았다.

"한정식 도시락 두 개 주세요."

"포장이죠?"

그가 혼자 있으니 당연히 포장일 거라 생각했나 보다.

"아뇨, 먹고 갈 겁니다. 일행 밖에 있어요."

"아. 그럼 잠시만 기다려 주세요. 특별한 손님이니까 더욱 맛있게 해드릴게요."

태서는 현수에게 매장으로 들어오라고 전화를 하고 빈 테이블에 가서 앉았다. 바로 근처에 차를 주차하고 있던 현수가 3분도 지나지 않아서 매장으로 왔다.

"나는 왜 들어오래?"

"도시락 주문했거든. 온 김에 밥 먹고 가자."

"도영 씨는, 봤어?"

상체를 그의 쪽으로 숙인 현수가 목소리를 작게 낮추며 그녀의 이름을 언급했다.

"잠깐 나갔나 봐. 없어."

"어디 갔는데?"

"글쎄, 안 물어봤어, 다른 손님이 있어서. 조금 기다려 보지 뭐."

아무도 없으면 모를까, 이곳에서 그가 직접 그녀의 이름을 입에 올려서 좋을 건 없다. 연애를 공개하는 만큼 그녀의 개인정보 보호에 관해 더 주의를 기울여야 했다.

"어딜 간 걸까."

태서는 손가락 끝으로 테이블을 두드리며 시계를 보았다. 10분이 지나도 그녀는 아직 오지 않고 있었다. 그로부터 10분이 더 흘렀고, 그사이 식사를 마친 여자 손님들이 나가고 그가 주문한 도시락이 나왔다. 도영은 아직도 돌아오지 않았다. 앞으로 시간이 얼마 안 남았는데. 이러다 못 보고 가는 건 아닐까 걱정되었다. 손님들이 빠져나간 매장 안에는 그와 현수 그리고 세연만 남아 있었다. 그는 그제야 테이블을 정리하고 있는 세연에게 도영의 소재를 물었다.

"저 혹시."

"네, 뭐 필요한 거 있어요?"

세연이 그를 돌아보며 방긋 웃었다.

"도영이, 어디 갔습니까?"

그러나 그가 친숙하게 도영의 이름을 말하는 순간 눈동자가 화등잔만 하게 커졌다.

"우리 아가씨를…… 알아요?"

"네."

"우리 아가씨를 안다고요? 윤태서 씨가 어떻게 우리 아가씨를……."

세연은 도무지 믿어지지 않는다는 표정으로 같은 말을 여러 번 반복하고 있었다. 도영도 없는 자리에서 저를 애인이라고 소개한다면 나중에 그녀가 난처해질 수 있다는 생각에 그는 우선 적당한 선에서 관계를 밝혔다.

"친구예요. 고등학교 동창이요."

"어머! 정말이요?"

세연이 박수를 치듯 손을 모으고 반색했다.

"그런데 우리 아가씨는 대단한 연예인 친구가 있다는 걸 어쩜 한마디도 안 했대. 너무하네."

태서는 입술을 부드럽게 휘었다. 도영이 가족들에게 그의 존재를 아예 밝히지 않았다는 건 알기에 서운하거나 하진 않았다.

"지나가는 길에 볼까 하고 왔는데, 안 보이네요."

"아아 어쩐지, 누군갈 자꾸 찾는 눈치더라니. 우리 아가씨를 찾았던 거구나."

"어디 멀리 갔습니까?"

"아뇨, 멀리 간 건 아니고. 오늘 우리 아가씨 선보러 나갔는데."

일순, 태서의 표정이 뻣뻣하게 굳었다. 선이라니, 말도 안 된다. 민도영이…… 선을? 그는 제가 잘못 들은 건 아닐까, 다시 물어보았다.

"선, 이요?"

"네."

잘못 들은 게 아니었다. 태서는 피가 차갑게 식어버리는 느낌이었다.

"저녁까지 먹으면 매장에는 오늘은 안 올 텐데, 이걸 어쩌나. 친구 만난다고 처음으로 왔는데. 연락해 보고 오시지."

세연은 그의 헛걸음을 매우 안타까워했다. 그는 절로 힘이 가해진 주먹을 허벅지로 내렸다. 손등에 불거진 퍼런 힘줄이 화를 내비쳤다.

"아, 그렇구나. 다음에 다시 와야겠네. 태서야, 우리도 일어나자. 시간 다 됐어."

그녀가 선을 보러 갔다는 사실에 당혹스러운 건 현수도 마찬가지일 터. 밥을 먹다 말고 벌떡 일어난 현수가 그를 재촉했다. 태서는 점점 차오르고 있는 화를 가까스로 눌러 삼키며 자리에서 일어났다.

"스케줄이 있어서, 그만 일어나 보겠습니다. 도영이한테는…… 다녀갔다고 전해주세요."

"그냥 가려고요? 도시락은 건들지도 않았네."

반을 비운 현수와는 달리 젓가락질조차 하지 않은 태서의 도시락은 깔끔했다. 이에 세연이 아깝다는 듯 그들이 앉아 있던 테이블로 걸어갔다.

"그럼 조금만 기다리고 있어요. 내가 다시 포장해 줄 테니까."

"괜찮습……."

태서가 괜찮다고 세연을 만류하려던 그때였다. 매장의 유리문 너머로 도영의 모습의 시야에 잡혔다.

"어, 아가씨네? 아휴, 저녁도 안 먹고 헤어지는구나."

세연도 도연을 봤는지 실망한 기색으로 중얼거렸다.

"그래도 여기까지 데려다준 거 보면 분위기는 나쁘지 않은 것 같은데."

세연의 중얼거림은 그의 가슴에 불을 지폈다. 태서는 싸늘한 눈빛으로 유리문 너머에 있는 도영을 노려보았다. 그녀는 혼자가 아니었다. 저를 바래다준 선본 남자와 인사를 나누고 있었다. 입가에 미소까지 띠고 다른 남자와 마주 서서 웃고 있었다.

날카로운 날이 심장을 후벼 파는 기분이다. 그의 주먹에 좀 전과는 비교도 할 수 없는 힘이 실렸다. 단단히 맞물린 턱에서 경련이 일었다.

남자와 인사를 끝낸 도영이 이쪽으로 찬찬히 걸어온다.

한 걸음, 두 걸음…… 일곱 걸음. 이내 매장 앞에 도착한 그녀가 문을 열고 들어왔다.

"너……."

매장 안에서 그와 마주한 도영이 어깨를 흠칫거렸다. 다른 남자에게는 잘도 보이던 미소도 그를 보자마자 싹 지워 버렸다.

"네가 왜 여기……."

놀란 듯, 크게 키운 검은 눈동자가 흔들리고 있었다. 태서는 굳게 다물고 있던 입술을 열었다.

"내가."

이어 감정을 억누르는 듯한 음성이 음산하게 울려 퍼졌다.

"다른 남자나 만나고 다니라고 시간을 준 건 아닐 텐데."

❖

도영은 오늘 도훈과 세연이 만든 합작품에 꼼짝없이 걸려들었다. 도훈을 만나러 나간 자리에는 도훈이 아닌 다른 남자가 앉아 있었고, 그게 선 자리라는 것은 세연의 전화를 받고서야 알게 되었다.

"아가씨, 놀랐지? 자초지종은 나중에 설명할게. 기왕 나갔으니까 잘 만나고 와. 사람 참, 괜찮아. 매장은 신경 쓰지 말고 알았지?"

자초지종을 들을 것도 없었다. 토요일 주말에 도훈이 밖에서 만나자고 전화한 것부터 의심을 했어야 했다.

"우리 꼬맹이, 오랜만에 오빠랑 데이트 한번 할까?"

그러면서 하는 말이 요즘 그녀의 기분이 울적해 보인다는 이야기를 세연에게 전해 들었단다. 도훈이 기분 전환을 시켜줄 테니 나오라고 하자, 그녀는 거절했다. 토요일이 도훈에게는 휴일이지만 '민트 테이블' 은 아니었다. 모든 일을 세연에게 맡기고 혼자 기분 전환을 하기 위해 나갈 수는 없고 차라리 일요일인 내일 만나자고 했지만, 내일은 다른 일이 있어서 시간을 낼 수 없다며 무조

건 오늘 나와야 한다는 거다.

이에 세연도 팔을 걷어붙이고 나섰다. 어차피 윤서도 어제 강원도에서 올라오신 외할머니 외할아버지를 따라 잔칫집에 가고 없어 도훈 혼자 집에 있으니 이 기회에 도훈에게 맛있는 것도 사달라고 하고 바람도 좀 쐬라며 그녀의 등을 떠밀었다. 매장은 걱정하지 말라고 하면서 말이다. 그렇게 떠밀리듯이 나왔건만.

이건 너무하잖아.

필시 세연의 주도하에 만들어진 계획일 거다. 그녀 나이도 곧 서른이라며, 아까운 시간 흘려보낸 후에 후회하지 말고 가장 예쁘고 젊을 때 남자도 만나고 연애도 좀 하라는 잔소리를 틈만 나면 늘어놓았으니까 안 봐도 뻔하다. 하지만 도훈까지 합세해 그녀의 뒤에서 치밀하게 움직이고 있을 줄은 추호도 몰랐다.

도영도 도훈과 세연의 마음을 아예 이해 못하는 건 아니다. 두 사람에게는 그녀가 답답하기도 했을 거다. 한창 청춘을 누리고 즐겨야 할 나이에 집하고 매장만 왔다 갔다며 그녀 홀로 무료한 나날을 보내는 것처럼 보였을 테니까. 그녀의 옆에 태서가 있는 줄은 꿈에도 모르고.

또다. 이렇게 모든 생각의 끝은 언제나 태서와 연결이 된다.

이러니 잊을 수가 없지.

도영의 눈가에 아련한 미소가 맺혔다. 문득 오늘 불거진 태서의 열애설이 뇌리를 스쳤다. 그를 향한 채민아의 공개적인 고백은 단 2일 만에 스캔들로 이어졌다.

—톱스타 윤태서의 그녀, 과연 채민아일까?

팩트가 아닌 추측으로 무수히 쏟아지는 가운데 태서와 채민아의 사진이 그녀의 눈길을 사로잡았다.

친하긴 했었나 보네.

지금껏 단 한 번도 없었던 열애설이 그들이 헤어지고 나서야 처음으로 일어났다. 태서의 그녀로 채민아를 지칭하는 기사 제목과 다정하게 찍은 사진 속 두 사람의 모습에 가슴 끝이 서걱거렸다.

그의 손을 놓은 건 자신이었으면서, 아직 그의 옆에 다른 여자가 있는 건 싫은가 보다.

그래, 아직은…… 싫을 수밖에. 절대 사랑이 식어서 헤어진 건 아니니까. 비록 헤어졌어도 아직 마음에서까지 그를 내보낸 건 아니니까.

태서의 열애설. 사실이 아니라는 건 누구보다 그녀가 제일 잘 알고 있다. 그런데도 오늘 터진 그의 열애설은 그녀의 마음에 씁쓸함을 안겨주었다.

또 한 번 느끼는 거지만 민도영은 참 못났고 또, 모순덩어리다.

"도영 씨, 오늘 만나서 반가웠어요."

차가운 바람에 남자의 목소리가 실려왔다. 혼자만의 생각에 잠겨 있던 도영은 그제야 오늘 만난 남자가 제 옆에서 같이 걷고 있다는 걸 깨달았고, 어느덧 매장 근처에 다다랐다는 것도 알았다.

걸음을 멈춘 그녀가 남자 쪽으로 고개를 돌렸다.

"좋은 인연이 되었으면 좋겠다, 바랐는데. 아쉽네요."

남자의 목소리에는 정말 아쉬움이 묻어 있었다.

"죄송해요."

도영이 표정에 미안한 빛을 띠자, 남자가 선한 눈매로 고개를 저었다.

"아니에요. 무슨 자리였는지 모르고 나오실 거라는 말을 듣고 조금은 예상은 하고 있었어요."

남자는 세연이 평소 알고 지내는 지인의 동생으로 나이는 그녀보다 4살이 많았고, 직업은 변호사였다. 도영은 제가 호감을 보이는 남자에게 오늘 만남이 맞선 자리라는 사실을 전혀 모르고 나왔다고 털어놓으며 정중하게 사과했다.

그런데 놀랍게도 남자는 이미 알고 있었다. 맞선 자리라고 하면 그녀가 절대로 나가지 않을 거란 걸 예상한 세연이 상대 쪽에다 미리 언질을 해놓은 거였다.

"더 좋은 분 만나시길 바랄게요."

도영은 진심을 담아 전했다.

"네, 도영 씨도요. 그리고 혹시라도 제 도움이 필요할 일이 생기시면 아까 드린 명함으로 연락 주세요. 도영 씨는 제가 특별히 무료 상담 해드릴 테니까."

"그럴게요."

남자가 털털하게 웃으며 말하자 도영도 은은한 미소를 보였다.

"그만 가보세요. 괜히 저 때문에 번거로운 발걸음 하셨는데."

남자를 만난 카페와 매장은 걸어서 15분 거리였다. 어찌 됐든 세연이 만든 자리였다. 세연의 체면을 생각해 간단히 차 한 잔만 마시고 나온 도영은 매장까지 차로 데려다주겠다는 남자의 호의를 조금 걷고 싶다는 핑계로 거절했다. 하지만 맞선 결과를 떠나 그건 매너가 아니라며 나란히 걷기 시작하는 남자를 막을 수는 없었다.

"번거롭긴요. 절대 아닙니다. 들어가세요."

"조심히 가세요."

그렇게 남자와 마지막 인사를 나눈 도영은 매장 쪽으로 몸을 돌렸다. 그리고 오늘 일은 절대 그냥 넘어가지 않고 세연에게 불평을 해야겠다는 결의를 다지고 매장 문을 연 순간, 그녀의 표정이 딱딱하게 경직되었다.

"네가 왜 여기……."

철렁, 내려앉은 심장이 폭주를 일으켰다. 눈으로 보고 있으면서도 믿어지지가 않는다.

태서가 대체, 왜 이곳에 있는 걸까?

게다가 그에게서 뿜어져 나오는 기운은 무시무시하기까지 했다. 도영은 지금 눈앞의 태서가 낯설었다. 지금껏 결코 본 적 없는 그의 모습이.

"내가."

콱 다문 그의 잇새로 흘러나온 음성이 음울하게 깔렸다. 저도 모르게 긴장한 그녀가 마른침을 삼켰다.

"다른 남자나 만나고 다니라고 시간을 준 건 아닐 텐데."

아…… 이제야 알겠다. 그녀가 다른 남자와 있는 걸 본 것이다. 저 자리에 서서. 그러나 단순히 다른 남자와 있다는 모습을 봤다고 해서 저런 기운을 드러내는 건 정도가 너무 과한 거 아닌가?

도영은 일렁거리는 마음을 애써 추스르며 그를 응시했다.

"나가서 얘기해."

그녀의 건조한 말투에 태서가 짙은 눈썹을 일그러트렸다. 도영은 그런 그를 일별하고 안절부절못하며 서 있는 현수를 쳐다봤다.

"현수 씨, 차 어디에 있어요?"

그가 왜 여기에 있든 일단 데리고 나가야 했다. 세연이 경악스러운 눈으로 그와 그녀를 주시하고 있었고, 언제 어느 때 손님이 찾아올지 모르기 때문에 대화를 하더라도 자리는 서둘러 옮기는 편이 나았다.

"건물 바로 옆 주차장이요. 태서야, 자."

현수가 얼른 스마트 키를 태서의 손에 쥐어주었다. 태서는 화를 누르며 그녀에게 꽂혀 있던 시선을 떼고 세연 쪽으로 몸을 틀었다.

"오늘은 이만 돌아가고, 조만간 다시 정식으로 인사드리러 오겠습니다."

"네? 아, 네. 그래요."

태서가 의미심장한 말로 인사를 건네자, 세연이 얼떨떨한 표정으로 고개를 끄덕끄덕거렸다. 이내 그의 눈길이 다시 도영에게 향했다.

"나와."

그녀의 어깨에 살짝 스쳐 간 태서가 먼저 밖으로 나갔다. 현수가 한숨을 푹 뱉으며 도영에게 다가갔다.

"오늘 선봤다면서요? 저 녀석 그거 알고 저러는 거예요. 그러니까 도영 씨가 이해하고 봐줘요."

그 이야기를 들었구나. 그래서 더 분노하고 있는 거구나, 지금 태서는.

도영은 고요하게 한숨을 쉬며 눈을 지그시 감았다가 떴다.

"아니, 난 친구라고 하니까. 어디 멀리 갔냐고 해서 사실대로 선보러 갔다고 한 건데. 내가 실수한 거야, 아가씨? 이게 대체 어떻게 된 일이야."

"아니에요, 새언니. 설명은 다녀와서 할게요."

그녀는 태서와 저의 관계가 심상치 않다는 걸 느끼고 어찌할 바를 몰라 하는 세연을 뒤로하고 매장을 나섰다.

Part 4. 그래도 사랑

9

건물 옆 주차장으로 들어서자 주차장 맨 끝 쪽으로 낯익은 검은색 고급 세단이 보였다. 천천히 세단 앞으로 걸어간 도영은 작게 심호흡을 한 다음 뒷좌석의 문을 열었다. 차에 올라타자마자 그만의 은은한 체취가 코끝을 스쳤다.

좁은 공간의 차 안, 바로 옆에서 느껴지는 그의 존재에 심장이 울렁거렸다.

"태서야."

도영은 나지막이 그의 이름을 불렀다. 그녀에게 곁눈조차 주지 않는 그의 표정은 여전히 잔뜩 굳어 있었다.

도영은 제 부름에도 아무런 반응도 보이지 않는 그를 가만히 들여다보았다. 이별을 고한 이후 이렇게 가까이에서 대면하는 건 처음이다. 전보다 부쩍 야위고 수척해진 모습과 죽지 못해 살고 있다는 준희의 말이 오버랩되어 가슴을 아프게 짓눌러 왔다.

"윤태서."

"선을, 봤다고."

마침내 태서가 반응을 보였다. 음의 높낮이가 없는 그의 목소리는 겨울 날씨만큼이나 싸늘했다. 그가 뿜어내는 한기에 도영이 미세하게 어깨를 움찔거렸지만 표정은 담담했다.

"응."

그녀의 담백한 대답에 태서가 그녀 쪽으로 고개를 돌렸다. 냉기를 품고 그녀를 쏘아보며 입술을 움직였다.

"오늘로 끝이야."

끝. 일순 도영의 가슴이 철렁 내려앉았다.

"뭐?"

"내가, 너한테 준 시간."

무슨 의미일까. 설마…… 이제는 그녀의 손을 놓겠다는 뜻일까?

그녀의 눈동자가 알 수 없는 감정으로 일렁거리는데, 태서가 차갑게 말을 이었다.

"오로지 나만, 나를 향한 네 마음을 다시 되돌려 보라고 준 시간이지, 선이나 보고 다니라고 준 시간 아니야. 그런데 넌 내가 준 그 시간에 선을 보고 다른 남자를 보면서 웃고 있었어."

비난하는 기색이 역력한 말투. 도영은 자신이 마치 다른 남자와 바람을 피우고 있는 현장을 그에게 딱 걸린 기분이 들었다. 그녀가 선을 보고 싶어서 본 것도 아니고, 그런 자리라는 것을 알고 나간 것도 아니다. 그런데 꼭 죄를 짓고 비난을 받고 있는 것 같아 왠지 억울했다.

그의 심정을 이해 못하는 건 아니다. 그녀의 이별 통보를 받아들이지 못한 그의 입장에서는 다른 남자와 선을 보고 온 그녀에게 배신감이 느껴졌을 수도 있다. 하지만 그녀는 그에게 무조건적인 비난받을 행동은 하지 않았다.

그의 야윈 모습에 애달파했던 마음도 잠시, 그녀는 자초지종은 따져 묻지도 않고 무작정 화를 분출하는 그를 못마땅하게 쳐다봤다.

자기는 다른 여자와 다정하게 사진을 찍은 것도 모자라 열애설까지 났으면서!

"그러는 넌?"

도영의 음성은 차분하면서도 냉랭했다.

"내가 뭐?"

태서가 눈가를 찌푸렸다. 본인은 아무 잘못을 한 게 없어 떳떳하다는 듯.

"요즘 네 이름, 채민아랑 계속 같이 오르내리더라. 고백에, 사진에, 열애설에."

태서의 비난에 심사가 꼬인 걸까. 그녀는 그와 헤어졌다는 사실도 망각한 채 흡사 질투를 하듯 말을 내뱉었다. 요 며칠 그녀의 신경을 야금야금 갉아먹고 있었던 그에 관한 일들에 대해서.

"그건 내가 의도한 게 아니지."

도영은 기가 막혔다.

"그럼 난, 내가 의도한 거고?"

"넌 네 발로 스스로 걸어나가 다른 남자를 만났지만 난!"

말끝에 힘을 주어 억양을 올린 태서의 이글거리는 눈빛이 그녀에게 꽂혔다.

"누구 때문에 정신 줄 놓고 있다가, 말려든 거지. 나도 모르게."

그러니 본인은 당당하고, 아무것도 거리낄 게 없다는 뜻이다. 또 하나, 누구 때문에 무방비 상태에 있다가 당했으니 오히려 피해자가 됐다는 투다. 그 누구는 바로 그녀일 테고. 그 말에 그녀는 더는 그의 열애설에 대해 반박할 말이 떠오르지 않았다.

"그래도 신경 쓰여서. 나 윤태서가, 민도영이 아닌 다른 여자와 묶여서 과연 그 여자의 남자일까, 아닐까. 아무리 루머라도 그 루머를 듣게 한 것조차 미안해서 달려왔어. 네가 날 반기지 않을 거라는 걸 알면서도 왔다고. 그런데 내가 과연 미안하고 신경 쓰이기만 해서 왔을까?"

미안함과 원망이 뒤섞인 그의 음성이 착잡하다는 듯 차 안을 울리자 도영은 하마터면 고개를 저을 뻔했다. 그리고…….

"보고 싶으니까. 네가 날 외면하더라도, 그런 너라도 보고 싶었으니까. 그래서 왔는데 넌 선을 보러 갔대. 그 소리만 듣고도 울화가 치밀었는데, 네가 선본 남자를 보면서 웃고 있었어. 그때, 내 심정이 어땠을 것 같아?"

고통이 담긴 그의 눈동자에 심장이 찌르르했다.

"나는 네가 언제쯤이면 나를 돌아봐 줄까, 어떻게 하면 네 마음을 내게 돌릴 수 있을까. 하루하루를 가슴이 새카맣게 타들어가는 심정으로 버티고 있는데, 넌…… 어쩌면 그래? 이제 나는 정말 너한테 아무것도 아닌 거야?"

"그렇지 않아."

그가 쏟아내는 말을 묵묵히 듣고만 있던 도영이 말문을 열었다. 더 이상 오늘 일에 관한 오해로 아파하는 걸 보고만 있을 수가 없어서였다.

"그러니까 오해는 그만해. 난 오늘 선을 보러 나간 게 아니라 우리 오빠를 만나려고 나간 거였어."

"뭐?"

그녀를 응시하는 그의 눈매가 가늘어졌다.

"아니다. 선을 본 건 맞아. 인정할게. 그렇지만 나도, 전혀 모르고 있었어. 오랜만에 오빠가 데이트를 하자고 해서 나간 건데, 낯선 남자가 앉아 있더라. 그때 알았어. 그 자리가 맞선 자리라는 건. 나도 오빠하고 새언니한테 감쪽같이 속았다고. 새언니 지인의 동생이었고, 내가 그냥 나와 버리면 새언니 입장이 난처해질까 봐 차만 한잔 마셨을 뿐이야."

"그래서?"

"뭐가 그래서야?"

"차 한잔 마시면서 대화 나누다 보니까 그 남자가 마음에 들었어?"

"윤태서."

도영이 낮게 깔은 목소리로 그의 이름을 뇌까렸다. 솔직하게 털어놓으면 오해를 접고 화가 난 마음을 풀 거라 생각했는데 아니었나 보다. 비꼬는 듯한 그의 물음에 그녀도 화가 꾸물꾸물 올라왔다.

"아니면 왜, 굳이 여기까지 같이 온 건데. 널 데려다준 거잖아, 그 남자가."

"네 마음대로 생각해."

"민도영."

태서가 그녀의 이름을 불렀다. 도영은 입술을 악물고 그를 째려보았다.

"네 마음대로 생각하라고. 나 이런 식으로 추궁받을 만큼 잘못한 거 없어. 또 내가 왜 너한테 변명을 해야 해? 우린 헤어졌는데."

"이별은 혼자 하는 게 아니라고 말했을 텐데."

"넌 아니라고 부정해도, 난 이미 너와 헤어졌어. 그건 앞으로 내가 선을 보든 소개팅을 하든, 다른 남자를 만나도 너랑은 상관없다는 말이야."

"하……."

그녀의 말이 끝나자마자 그에게서 고뇌하는 듯한 한숨이 터져 나왔다.

"참…… 못됐다, 민도영."

태서가 상처를 받을 거란 걸 빤히 알면서도 쏘아붙였다. 그가 미워서.

선을 본 과정에 대한 오해는 차치하더라도 그녀의 마음을 의심하는 건 참을 수가 없었다. 이별을 통보한 지 60일도 채 지나지 않아서 다른 남자를 마음에 들일 만큼 저를 사랑했던 마음이 결코 작지 않음을 그는 분명 알고 있다. 그녀가 아무리 헤어졌다고 했다 한들, 지금도 저를 사랑하고 있다는 사실은 모르지 않을 거다.

그런데 뭐, 그 남자가 마음에 들었냐고?

아랫입술을 잘근 깨물며 속으로 분을 삭이고 있던 도영은 문득 그와 그녀가 지금 싸우고 있다는 것을 깨달았다. 연애를 하면서도 단 한 번의 다툼도 없었던 그들이 처음으로 목소리를 높여 서로를 원망하면서 싸우고 있었다. 처음인 건 그뿐만이 아니었다. 그녀가 이별을 고하는 순간에도, 그 이후 매정하게 외면을 당하는 동안에도 화 한번 내지 않고 지켜보면서 아픔을 견디기만 했던 그가 지금 처음으로 그녀에게 분노를 표출하고 있었다.

"너도, 화를 낼 줄 아는구나."

"뭐?"

그녀의 뜬금없는 소리에 그의 이마가 찌푸려졌다.

"너, 나한테 처음으로 화내고 있다는 거 알고는 있어?"

"지금 그게 중요해?"

"그러게. 지금 중요한 건 그게 아닌데, 기분이 이상해."

그녀에게만큼은 한결같이 부드럽고 다정하기만 했던 그의 또 다른 내면의 모습과 아낌없는 사랑을 주고 행복만을 나눴던 그들이 다투고 있는 모습이 낯설고 새로워서일까. 왠지 모르게 기분이 묘했다.

설마 지금, 태서가 나한테 화를 낸 것도 처음이고, 태서와 다투는 것도 처음이라서 반가운 건가? 훗. 누가 들으면 변태라고 오해하겠네.

그럴 상황이 아닌데, 저도 모르게 어이없는 웃음이 툭 튀어나왔다. 변태라는 오해만 받는 게 아니라 오늘따라 수시로 오르내리는 감정 기복에 조울증이란 오해도 받겠다.

"웃어?"

태서는 참으로 어처구니가 없었다. 생뚱맞은 소리와 질문을 연거푸 하더니 갑자기 웃음을 터트린다. 그런데 희한하게도 그녀의 엉뚱한 웃음에 화로 가득 차 있던 마음이 사르르 녹는 기분이었다. 마지막으로 본 게 언제인지 정확히 기억나지 않는 그녀의 웃음소리와 미소에 말이다.

"이상하게 웃음이 나오네. 우리, 싸우는 것도 처음이야."

"어째 즐거워 보인다?"

"즐겁다기보다, 모르겠어. 그냥 이상해."

"네가 방금 말한 싸움. 우리 아직 안 끝난 걸로 아는데."

"알아. 내가 웃었다고 해서 화가 풀린 건 아니야."

목소리는 새침했지만, 웃음기는 엷게 남아 있었다. 태서는 새삼 도영에게 감탄하는 중이었다. 머리끝까지 치솟은 그의 분노를 웃음소리 한 번으로 와르르 무너지게 만들어 버리다니 대단하다. 역시 그의 모든 감정을 좌지우지할 수 있는 건 오로지 민도영뿐이다.

"화를 풀어야 할 사람은 나 아닌가? 잔인하게 말을 쏟아낸 사람이 누군데."

이미 화가 풀린 태서가 짐짓 그렇게 말했다.

"네가 내 마음을 의심하지 않았다면 나도 그런 말은 하지 않았을 거야."

"내가 네 마음을 의심해?"

"그 남자가 내 마음에 들었냐고 물었잖아. 아니면 왜 그 남자가 여기까지 데려다줬냐고. 너, 그거 의심한 거잖아."

이에 그녀의 표정에 엷게나마 남았던 미소마저 자취를 감추었다. 태서는 이제야 자신의 실수를 깨달았다. 그녀가 처음 오해를 풀어주었을 때, 그는 멈췄어야 했다. 하지만 다른 남자를 보며 띠고 있던 그녀의 미소가 자꾸만 눈앞에 아른거려 감정 조절이 되지 않았다. 지난 몇 개월 동안 그는 그 미소가 미치도록 그리워도 보지 못했으니까.

"미안해. 내가 실수했어. 인정해."

진심이었다. 그의 그 한마디 물음이 그녀의 마음에 생채기를 낸 것 같아 미안해졌다. 제가 듣고 본 것만으로 그동안의 감정까지 북받쳐 올라 앞뒤 사정 따져 보지도 않고 무작정 그녀를 비난하듯 몰아붙였으니, 오늘 그는 정말로 치졸했다.

"나도 굳이 하지 않아도 될 말로 너 아프게 해서 미안해. 그렇지만 지금도 네가 의심하고 있던 부분에 대해서는 변명하고 싶지 않아."

"하지 마. 안 해도 돼. 네 마음 충분히 알았으니까."

태서는 손을 뻗어 그녀의 머리카락을 다정하게 쓰다듬으며 고개를 위아래로 가볍게 움직였다.

"무슨 마음?"

"날 여전히 사랑하고 있는 네 마음."

도영이 그를 사랑하지 않아서 이별을 고한 게 아니라는 걸 알고 있다. 그녀가 우리의 사랑에 왜 지쳤는지도 알고 또 그 이유가 바로 자신이라는 것도 잘 안다. 아무것도 못하게 차단해 버린 그의 사랑에 지친 것이다. 걱정도, 위로도, 아픔을 함께 나누는 것도 그를 위해선 아무것도 할 게 없다는 현실에 무기력해진 것이다.

"도영아."

"……응."

"그만하자, 우리."

"……뭘?"

"너도 힘들잖아. 나, 모질게 외면하고 있는 거 괴롭잖아."

분노를 걷어내고 나서야 제대로 눈에 보인다. 해쓱하게 여윈 그녀의 모습이. 그녀도 힘들었으리라. 그를 밀어내는 만큼 고통스러웠으리라.

"그리고 나, 이제 더는 시간 더 못 줘. 네가 아무리 밀어내도 나 안 떨어질 거야. 너 없는 지난 58일 동안 난, 빛 한 점 들어오지 않는 깜깜한 방에 갇혀 있는 기분이었어. 나, 더는 그 깜깜한 방에 갇혀 있기 싫어."

머리를 쓰다듬던 손이 천천히 내려와 보드라운 볼을 어루만지자 도영의 눈빛이 흔들렸다.

"그 방에서 날 꺼내줄 수 있는 사람, 너뿐이야."

도영을 애달픈 시선으로 바라보며 태서가 상체를 찬찬히 앞으로 기울였다. 보드라운 볼의 살결을 느끼고, 파르르 떨리는 입술 사이로 새어 나오는 그녀의 숨결을 마시며 얼굴의 거리를 좁혀갔다.

"나는, 네가 필요해."

태서의 입술이 분홍빛 입술을 포근하게 머금었다. 그러자 스르르 눈을 감은 도영의 눈가로 이슬이 맺히기 시작했다.

태서를 태우고 출발한 차의 뒷모습을 바라보던 도영이 손가락으로 아랫입술을 슬며시 더듬었다. 그와의 짧은 입맞춤. 채 가시지 않은 떨림의 여운에 가슴이 먹먹해졌다.

"나는, 네가 필요해."

귓속으로 스며들었던 태서의 애처로운 음성과.

"한순간도 네가 필요하지 않은 적이 없어."

그녀에게 보내는 간절한 눈빛이 마음을 촉촉하게 적셨다. 그녀가 필요하다는 단 한 마디에, 흔들리지 않도록 단단하게 세우고 있던 마음의 벽이 속절없이 무너지려 하고 있었다.

이제 나는 어떻게 해야 하는 걸까. 이토록 허무하게 허물어질 거라면 나는 무엇을 위해서 그에게 고통을 안겨주고, 내 스스로 깊은 못에 빠져 허우적거렸던 걸까.

"하아."

마음의 갈피를 잡지 못한 도영의 잇새로 짙은 한숨이 흘러나왔다. 그녀는 일단 생각을 접고 매장으로 돌아왔다. 태서를 만나고 온 사이 몰려온 손님들이 4개의 테이블을 차지하고 있었다. 문득 태서가 있었을 때 손님들이 몰려들었으면 얼마나 소란스러웠을까를 떠올리자 생각만으로도 아찔했다. 아무튼 걱정할 만한 일은 생기지 않아 다행이었다.

그러고 보니 그러네. 태서는 무슨 생각으로 이곳에 온 것일까. 제가 나타나면 그녀가 곤란스러운 상황에 빠질 수 있다는 것을 염려해 그동안에는 한 번도 발걸음 한 적 없으면서 말이다. 그의 의

중을 모르겠다.

오픈형 주방 너머로 혼자서 분주하게 움직이는 세연이 보였다. 도영은 서둘러 캐비닛에 가방과 벗은 코트를 넣어두고 주방으로 들어갔다. 손을 씻고 앞치마를 두르는 그녀를 세연이 음흉하다는 듯 쳐다보았다.

"난 우리 아가씨한테 앙큼한 구석이 있는 줄은 진짜 몰랐어."

세연의 말에 도영이 얼굴을 붉혔다.

"그렇게 엄청난 남자하고 연애하고 있었으면서, 감쪽같이 속이고 말이야. 나 완전 서운해, 지금."

세연이 목소리가 밖으로 새어나가지 않도록 조용히 소곤거렸다.

"죄송해요, 진작 말씀드리지 못해서."

도훈과 세연에게는 도저히 입이 떨어지지 못했다. 그녀에게 오래된 연인이 있다는 사실을 알리면 두 사람은 당연히 어떤 남자인지 궁금해했을 테고 만나보고도 싶었을 것이다. 하지만 도영은 태서를 도훈에게 소개시키는 일이 쉽지 않았다. 평범한 일반인이 아닌 유명 톱스타인 그를 도훈이 내켜 하지 않아 할 거 같아서였다. 태서의 배우라는 직업 특성상 도훈의 눈에는 그녀의 연애가 자유롭지도 평범하지도 못할 거라는 게 훤히 보일 테니까.

"맞아. 아가씨 미안해해야 해. 나 정말 식겁했거든. 그런 데다가 아무것도 모르고 있다가 오늘 윤태서 씨한테 실언했잖아. 윤태서 씨, 화 많이 났지?"

도영은 희미한 웃음으로 대답을 대신했다.

"하긴. 화가 왜 안 나겠어. 아까 둘이 나가고 매니저라는 사람한테 대충 얘기 들었는데, 아가씨가 헤어지자고 해서 요즘 무지 힘들어하고 있다며? 그 와중에 아가씨가 다른 남자를 소개받는 자리에 나간 걸 알았으니, 그 마음이 오죽했겠어. 오해는 잘 풀어줬어? 아가씨도 우리한테 속아서 나간 자리라고 말했지?"

"네."

"그래, 잘했어. 헤어지든 아니든 그런 오해는 사지 말아야지. 아가씨 연애에 대해선 이따가 자세히 다시 듣기로 하고. 윤태서 씨랑 통화하면 내가 미안했다고 전해줘."

세연은 정말 미안해하고 있었다. 그 모습에 도영은 차마 불평을 할 수가 없었다. 그녀를 속이고 도훈과 세연이 합심해서 꾸민 일은 절대로 그냥 넘어가지 않으리라 다짐했는데, 그 다짐은 끝내 수포로 돌아갔다.

"야, 완전 대박. 지금 윤태서 열애 기사 올라왔는데, 진지하게 교제 중인 일반인 연인이 있고 만난 지도 벌써 5년이 넘었대."

그때였다. 홀에서 울려 퍼지는 흥분 섞인 목소리에 도영의 표정이 바싹 얼어붙었다.

"오늘 채민아하고 스캔들 터지지 않았어?"

"채민아는 그저 루머라는 거지. 글쎄 연애를 밝히는 이유가, 사랑하는 여자친구가 있는데 이번처럼 근거 없는 스캔들에 휘말리고 싶지 않아서래. 그동안 열애설 한 번 안 난 이유가 다 있었어.

얼마나 조심했겠어. 솔직히 오늘 채민아랑 난 열애설도 윤태서는 가만히 있는데 채민아 혼자 나대다가 터진 거잖아."

"한마디로 불쾌했다는 거겠지. 채민아가 고백으로 끝낸 게 아니라 의심 살 만한 사진도 올리고 난리를 쳤잖아. 쯧쯧."

"제대로 망신당한 거지 뭐. 채민아 얼마나 쪽팔릴까. 왠지 설치는 것 같아 보이긴 하더라니. 그런데 윤태서 정말 대단한 거 같아. 지금 여자친구가 첫사랑이래. 고등학생 때 첫눈에 반한……."

귀에서 윙윙거리던 손님들의 대화 소리가 점점 멀어져 갔다. 세연이 넋을 놓고 있는 도영의 어깨를 흔들었다.

"아가씨. 지금 저 손님들이 말하고 있는 윤태서 씨 일반인 여자 친구. 아가씨지?"

아마도, 아니, 100% 맞다. 얼굴에서 핏기가 사라진 도영의 심장이 세차게 두근거렸다.

윤태서. 너 무슨 일을 벌인 거야?

—[단독] 톱스타 윤태서 5년째 연애 중!

톱스타 배우 윤태서 '열애' 깜짝 발표. 상대는 일반인.

5년째 연애 중인 배우 윤태서의 그녀, 첫눈에 반한 첫사랑!

톱스타 윤태서가 5년째 연애 중임을 밝혔다. 상대는 평범한 일반인 여성이며, 고등학생 때 첫눈에 반한 첫사랑이라고 전해 더 큰 화제를 모으고 있다. 적극적인 구애 끝에 여자친구의 마음을 얻었고 5년 전부터 연애를 시작…….

마우스 커서를 움직이는 도영의 손가락 끝이 살짝 떨렸다. 인터넷은 지금 태서의 열애 기사로 도배가 되어 있었다. 그로 인해 채민아와의 스캔들은 완벽하게 묻혀 버렸다.

태서가 배우로 활동한 지도 어언 11년. 그 긴 세월 동안 전무하던 열애설이 하루 만에 두 번이나 불거졌다. 첫 번째는 의도치 않게, 두 번째는 첫 번째를 잠재우고 앞으로 또다시 휘말릴지 모를 열애설을 차단하기 위해 진짜 '열애'를 공개하는 것이었다.

"후우."

도영은 깊은 한숨을 몰아쉬었다. 우선 진정을 하고 이성을 차렸다.

적어도 미리 말은 해줬어야 할 거 아냐.

오늘 매장으로 그녀를 찾아왔을 때 말할 시간은 충분히 있었다. 이런 기사가 나가면 그녀가 놀랄 거라는 걸 빤히 알면서 한마디 말도 없었다. 그동안 넘치게 보여주던 배려는 다 어디 갔는지 모르겠다.

전화라도 받든가.

태서에게 연락을 취해보았지만 연결이 되지 않았다. 제멋대로 일만 저질러 놓고 전화도 안 받는다. 현재 두 사람의 관계가 연애를 공개할 만한 처지가 아니건만, 도대체 그는 무슨 생각으로 이런 걸까.

Rrrrrr, Rrrrrr.

휴대폰 벨이 울렸다. 혹시 태서인가 하고 얼른 발신자를 확인했지만 아니었다. 준희였다. 틀림없이 기사를 보고 허겁지겁 전화를 건 걸 거다.

"응, 준희야."

[너 지금 어디야? 기사 확인했어?]

"집이야. 기사도 봤고."

[야. 나 완전 깜짝 놀랐어.]

그런 나는 오죽하겠니.

준희의 고조된 목소리에 도영은 헛웃음을 지었다.

[와아. 윤태서 다시 봤다, 나. 그 행동력, 추진력. 완전 멋있더라. 인터넷 댓글도 장난 아니야. 다들 태서 멋있다고 난리야.]

"다 그렇지만은 않아."

[엥? 설마 욕하는 사람이 있어? 난 못 봤는데.]

아무래도 준희는 태서에게 이로운 댓글 위주로 본 듯하다. 도영은 댓글이 가장 많이 달린 기사를 하나 클릭해서 들어갔다.

"태서가 오늘 한 일, 매너가 부족했다는 지적도 꽤 있어."

[정말?]

"응."

그건 그녀 또한 걱정하고 있던 부분이기도 했다. 채민아에게 다른 의도가 있었든 없었든 태서에게는 동료이자 같은 소속사 후배였다. 스캔들이 터진 순간 불쾌했을 그의 입장을 이해는 하나, 그저 루머일 뿐이라고 일축했으면 그만이었다. 굳이 같은 날 연애 사실을 공개해 채민아의 체면을 깎아내릴 필요까지 있었나 싶었다. 그리고 그녀의 우려는 괜한 것이 아니었다. 댓글의 80%가 준희의 생각과 비슷한 내용이라면 나머지 20%는 그녀가 걱정하던 내용이었다.

비록 채민아가 철없는 행동으로 실수를 했다지만 선배로서 너그럽게 이해하고 넘어갈 수는 없었는지, 자칫 곤란한 상황에 처할 수 있는 채민아의 입장은 전혀 고려하지 않았다며 태서에게 실망했다는 글이 드문드문 올라와 있었다. 이러한 내용을 준희에게 말해주자 곧장 콧방귀가 날아왔다.

[야, 그거 분명 채민아 팬들이 단 댓글일걸? 아님, 측근이거나.]

"설마."

그럼 채민아 팬도 아니고, 측근도 아닌데 그런 생각이 든 나는 뭐지?

[암튼 채민아가 망신을 당했든 말든 신경 쓰지 마. 그러게 누가 지 혼자 날뛰래? 지가 생각 없이 저지른 일인데 뒷감당도 알아서 해야지. 내가 전에 개 별로 느낌 안 좋다고 했지? 거봐, 내 촉은 정확하다니까. 뭐? 우리 멋진 태서 오라버니와? 으, 오글거린다, 야.]

왠지 준희가 진저리 치듯 몸을 떠는 게 보이는 듯해 피식 웃음을 터트리는데, 통화 중 대기 신호음이 들려왔다.

뚜뚜, 뚜뚜.

발신자는 태서였다. 도영의 눈빛이 깊게 가라앉았다.

"준희야, 전화 들어온다. 다음에 통화하자."

[응, 전화해. 아직 할 말 많단 말이야.]

준희에게 알았다고 전한 도영은 입매를 굳히고 태서에게 걸려 온 전화를 받았다.

"너, 왜 전화를 안 받아?"

[내가 전화 안 받아서 애가 좀 탔나 보네? 그간 내 가슴이 얼마나 시커멓게 타들어갔을지, 알겠어?]

태서의 유들유들한 말투에 도영은 기가 막힌 얼굴을 했다.

"그래서 일부러 안 받았어? 나도 속 좀 타보라고?"

[그럴 리가. 누구 전화인데 일부러 안 받았겠어.]

하! 말은 참 잘한다.

[무음으로 돌려놔서 몰랐어. 여기저기서 전화가 많이 와가지고. 기사 봤지?]

"봤지! 너, 미쳤어?"

마치 일상적인 대화를 주고받듯 대수로운 일이 아니라는 뉘앙스로 흘리는 태서의 물음에 도영은 버럭 화를 냈다.

[아니. 지극히 제정신인데.]

"제정신인데 이런 일을 벌였단 말이야?"

[제정신으로 돌아왔으니까. 계속 정신 줄 놓고 있다가는 정말

널 잃을 것 같아서 차린 건데, 정신.]

귓속으로 스며드는 쓸쓸한 목소리가 도영의 마음을 약하게 만들었다.

"그럼 아까 왔을 때 미리 말해줬어야지."

[말하려고 했어. 확 눈이 돌아서 잊어버린 거지.]

도영은 입술을 꾹 다물었다. 선본 남자와 같이 있는 그녀를 보고 눈이 돌았다는 소리에 할 말이 없었다.

[그런데 지금 보니 말 안 하길 잘했네. 네가 직접 나한테 전화도 걸어주고. 얼마 만인지 알기나 해? 아니, 우리가 얼마 만에 통화하는 건 줄은 알아?]

정확히 58일 만일 거다. 하지만…….

"지금 그게 중요해?"

[난 무엇보다 중요해. 네 얼굴도 보지 못하고, 네 목소리도 듣지 못했던 그 시간은 내게 지옥이나 마찬가지였으니까. 하아. 오늘은 조금 살 것 같아. 네 얼굴도 보고, 목소리도 듣고. 얼마나 그리웠는지 몰라.]

가슴을 답답하게 짓누르고 있던 돌덩이를 걷어낸 것처럼 태서에게서 시원한 숨소리가 터져 나왔다.

[너는, 나 그립지 않았어? 내 얼굴, 내 목소리 안 보고 안 듣고 싶었냐고.]

그녀라고 왜 안 그리웠겠는가. 보고 싶어도 목소리를 듣고 싶어도, 참고 견디는 것이다. 그러나 아무런 마음의 결정도 내리지 못한 이 시점에서 그녀의 솔직한 속내를 그에게 드러내는 건 무의미했다.

"어쨌든 오늘 네 행동은 너무 무모했어."

[후후. 말을 확 돌려 버리네.]

그녀가 대답을 회피하자, 그의 씁쓸한 웃음소리가 휴대폰을 타고 넘어왔다.

[여하튼 들어나 보자. 내 행동 어디가 무모했다는 거지?]

"몰라서 묻는 거야?"

[응. 모르겠어.]

"열애설이 루머였으면……."

[루머였으면이 아니라 루머야. 너야말로 몰라서 그래?]

그녀의 말을 가로챈 그가 단호한 투로 정정했다.

"그래, 그 루머. 아니라고 부정하는 기사만 내보냈어도 돼."

[어째서?]

"너, 너한테 실망했다는 기사 댓글 못 봤어? 하필이면 굳이 왜 같은 날 연애를 공개한 건데? 채민아의 입장은 전혀 헤아려 주지 않았잖아. 채민아가 무슨 의도를 가지고 있었던 넌 선배야. 선배면 선배답게 철없는 후배의 행동에 조금이라도 너그럽게 배려를 보여줬어야지."

[내가 왜?]

"뭐?"

[가만히 두면 잠잠해질 일을 채민아가 지 스스로 나서서 더 키

운 거야. 내가 그런 채민아의 마음까지 헤아리면서 배려를 했어야 하는 거냐고. 무모한 걸로 따지면 나보다는 채민아가 더 무모한 거 아닌가?]

그는 채민아에게 일말의 동정도 느껴지지 않는 듯했다. 그녀에게는 늘 배려가 넘치면서. 가끔씩 다른 사람들을 대할 때 보면 참으로 냉정한 구석이 있다.

[난 아직도 화가 나. 네가 아닌 다른 여자와 헛소문에 말려들고 싶지 않아서 조심하고 또 조심했던 내 긴 노력이 채민아의 그 철모르는 행동으로 한순간에 물거품이 되어버렸어.]

노기가 서린 그의 음성에 도영은 나직한 한숨을 내쉬었다.

[채민아가 받은 상처? 나에겐 안중에도 없는 일이야. 난, 네가 받았을 상처만 눈에 보여.]

"무슨, 소리야?"

[내 스캔들에 너, 아무렇지 않은 거 아니잖아. 좋지 않았잖아. 신경 쓰였잖아. 기를 쓰고 나를 밀어내고는 있지만, 날 사랑하는 마음은 변하지 않았으니까.]

태서가 한 치의 어긋남도 없이 속마음을 깊숙이 찌르고 들어오자 그녀는 뜨끔했다. 그의 말대로 사랑이 변한 건 아니니까. 때문에 루머라는 것을 알면서도 그와 나란히 붙은 채민아의 이름에 가슴 끝이 아렸었고, 씁쓰름하기도 했었다.

[난 앞으로는 절대 그런 스캔들에 내 이름이 오르내리는 걸 원치 않아. 널 위해서가 아니라 날 위해서야. 그냥 루머일지라도 난

싫어. 민도영이 아닌 다른 여자와는.]

“네 마음은 충분히 이해하는데. 네가 그 심정으로 연애를 공개한 상대가 나라는 걸, 사람들은 몰라.”

[내가 알잖아. 네가 알고.]

“맞아. 네가 알고 내가 알아. 그런데 태서야, 내가 하고 싶은 말은 지금 우리 관계가 연애를 공개…….”

[우리 관계는 달라진 게 없다고 누누이 말했을 텐데.]

그 뒷말은 듣고 싶지 않다는 듯 그녀의 말을 자른 태서가 으르렁거리듯 말했다.

[이미 말했듯이, 너에게 준 시간은 오늘로 끝났어. 난 이제 널 눈앞에 두고 머뭇거리지 않을 거야. 그러니까 너도 그만 마음을 돌려. 난 죽어도 널 놓아줄 생각이 없으니까.]

도영은 알고 있었다. 태서가 놓아주지 않겠다고 작정한 이상, 자신은 아무리 발버둥을 쳐도 벗어나지 못할 거라는 것을.

[내 아픔을 함께 나누고 싶다고 했지? 너도 알다시피 나, 너무 아파. 이 아픔을 낫게 해줄 수 있는 사람은, 너뿐이야.]

하아. 바보 같은 윤태서. 그는 지금 아픔을 안겨준 당사자인 그녀에게 그 아픔을 같이 나누고 치유해 달라고 하고 있다.

마음이 산란해진 그녀는 가만히 두 눈을 감았다.

아직도 그를 사랑한다. 하지만 사랑은, 사랑 하나만 가지고 안 된다는 걸 깨달아 버렸다. 맹목적인 사랑과 배려는 결국 독으로 번졌고, 그들은 깊은 못에 빠졌다. 한 번 빠지니까 도저히 빠져나올 방법이 없었다. 가까스로 빠져나온다고 해도, 지난 5년 동안 그들이 나눠온 사랑이 조금도 달라지지 않는다면 언젠가는 또 빠지게 될 텐데.

과연 우리의 사랑은 달라질 수 있을까.

저녁부터 간간이 흩날리던 눈발이 차츰 굵어지면서 함박눈으로 변해 펑펑 쏟아지고 있었다. 그야말로 눈 폭탄이었다.

"와, 눈 내리는 것 좀 봐. 엄청난데? 우리 집에 어떻게 가냐."

"그러게 나중에 보자니까. 말 안 듣고 기어이 오더니. 후회되지?"

"아니, 후회는 안 하는데?"

준희가 장난스러운 표정으로 어깨를 가볍게 흔들자, 도영은 픽 웃었다. 준희에게 만나자는 연락을 받은 건 눈발이 점차 굵어지기 시작했을 때였다. 그녀의 만류에도 불구하고 준희는 필히 삼겹살을 먹고 싶다며 퇴근하자마자 매장으로 달려왔다. 이곳으로 오는 사이 눈발은 더 강해졌고 시야가 뿌옇게 흐려 앞이 잘 안 보일 정도였다. 그렇다고 오직 삼겹살을 먹겠다는 의지 하나로 여기까지 달려온 준희를 모른 척할 수 없었던 그녀는 매장 문을 닫고 근처 삼겹살 전문 식당으로 데리고 왔다.

"그래도 눈이 이렇게까지 올 줄을 몰랐어."

몇 초 전까지도 후회 안 한다고 딱 잡아떼더니만, 집에 갈 생각을 하니 눈앞이 깜깜하긴 한 모양이다. 그토록 원하던 삼겹살이 불판 위에서 지글지글, 먹음직스럽게 구워지고 있는데도 표정이 썩 밝지만은 않았다.

"그나저나 김인호 오늘 야근한다고 했는데. 퇴근할 때 차 두고 움직이겠지?"

고기를 굽던 준희가 유리창을 통해 눈으로 새하얗게 덮인 거리를 내다보며 걱정스레 중얼거렸다.

"혹시 모르니까 전화해 둬. 길 엄청 미끄러우니까 회사에 차 놔두고 퇴근하라고."

"그럴까?"

도영의 말에 준희가 휴대폰을 손에 들었다. 준희가 인호에게 전화를 거는 사이 도영도 휴대폰을 만지작거렸다.

어디쯤 왔으려나.

액정 화면에 메시지를 띄운 도영의 낯에도 걱정이 서려 있었다.

「오늘부로 촬영 끝. 곧 서울로 출발한다.」

태서에게 메시지가 온 건 5시간 전이다. 지금 시간이면 거의 도착할 때가 됐는데 아직 아무런 연락이 없었다. 기습적인 폭설로 인해 교통이 극심한 혼잡을 보이고 있다는 뉴스를 봤는데 그도 그 안에 갇혀 있는 건 아닌지 염려스러웠다.

「어디야? 서울 도착했어?」

도영은 잠깐 망설이다가 그에게 메시지를 보냈다. 며칠 전 열애 공개가 있었던 그날 이후 더 이상 그의 연락을 피하진 않았지만 그녀가 먼저 연락을 해보는 건 처음이었다.

답장은 바로 오지 않았다. 3분이 지났는데 휴대폰은 고요하다.

마음이 왜 이러지?

고작 3분이 흘렀을 뿐인데 그에게 답장이 오지 않자 그녀는 괜스레 초조하고 불안해졌다. 직접 운전을 하는 건 아니니 잠이 들었을 수도 있고, 현수와 대화를 나누느라 미처 메시지 확인을 못한 걸 수도 있다. 그런데도 이상하게 가슴이 조마조마했다.

"인호, 조금 전에 회사에서 나왔다네."

인호와 통화를 끝낸 준희가 그녀를 쳐다봤다.

"그래?"

"응. 원래 10시까지 야근이랬는데 길이 더 나빠지기 전에 들어가라고 했나 봐."

"차는?"

"회사에 두고 지하철. 사람 어마어마하대."

"그렇겠지."

내리는 눈에 얼어붙은 빙판길은 위험이 따를 수 있어 많은 사람들이 대중교통으로 몰려들었을 것이다.

"아 참, 인호 이쪽으로 온다기에, 그러라고 했어. 완전 배고프다고 해서. 지하철로 오는 거라 15분이면 도착할 텐데. 괜찮지?"

"그럼, 괜찮지."

어차피 그녀와 준희도 삼겹살 전문 식당에 들어온 지 불과 25분 남짓밖에 되지 않았고, 눈발이 어느 정도 잦아들어야 움직일 수 있었다. 인호가 늦게 오더라도 식사는 여유롭게 할 수 있었다.

"눈이 와서 그런가. 식당에 손님이 별로 없네."

준희가 노릇노릇 잘 구워진 삼겹살과 마늘, 청양고추를 올린 상추쌈을 입에 넣고 맛있게 우물거리며 식당 내부를 쓰윽 둘러보았다.

"눈이 저렇게 내리는데 다들 집으로 가셨겠죠."

넓은 식당 안에 자리한 손님은 그들을 포함해서 세 개의 테이블뿐이었다. 폭설로 인해 올 때마다 시끄러웠던 식당은 비교적 조용했고 사장님도 한가로이 TV를 틀어놓고 뉴스를 시청하고 계셨다.

도영은 삼겹살은 먹는 둥 마는 둥 하며 다시 휴대폰을 확인했다. 아직도 태서에게서는 답장이 오지 않았다.

"왜? 연락 올 데 있어?"

답답한 마음에 도영이 한숨을 짓자, 준희가 고개를 갸웃하며 물었다.

"통 먹지도 않고, 아까보다 표정도 안 좋고. 무슨 걱정거리라도 생겼어?"

"태서 말이야. 영화 촬영 다 끝내고 오후에 출발한다고 연락이 왔었거든. 도착할 시간이 됐는데도 여태 연락이 없네. 좀 전에 문자도 보냈는데 답장이 없어."

"눈 때문에 그러는구나?"

"응."

"문자 소리를 못 들은 거 아닐까? 정 신경 쓰이면 전화 한번 해 봐. 그러고만 있지 말고."

"그래 볼까?"

도영은 준희의 말대로 태서에게 전화를 걸어보았다. 그러나 신호음만 길게 울릴 뿐 그의 목소리는 들을 수가 없었다.

"안 받아?"

"응."

태서가 전화까지 받지 않자 도영의 낯빛이 더욱 어두워졌다. 그런 그녀를 준희가 달래는 어조로 말했다.

"못 받을 상황인가 보네. 설마, 무슨 일이야 있겠어? 걱정하지 마. 무소식이 희소식이라는 말도 있잖아."

"그렇겠지?"

"그럼!"

준희의 긍정적인 외침에 도영은 자꾸만 머릿속을 파고드는 불길한 예감을 떨쳐 버렸다.

그래, 아무 일도 없을 거야. 없어야 되고말고.

그때였다. 뉴스 속보를 알리는 아나운서의 음성이 들려온 것은.

―뉴스 속보입니다. 오늘 오후 8시 20분쯤 경부고속도로 상행선 양재IC 부근에서 승합차 포함 차량 6대가 연쇄 추돌하는 사고가 발생했습니다. 앞서 달리던 승합차가 빙판길에 미끄러지면서 뒤차들이 잇따라 충돌한 것으로 보이는데요. 이 사고로 1명이 사망했고, 12명이 중경상을 입어 서울 인근 병원으로 이송되었다고 합니다. 특히 이번 추돌사고에는 톱스타 윤태서 씨가 탑승하고 있던 차량도…….

아나운서의 입에서 윤태서의 이름이 나오는 순간, 도영의 얼굴빛이 사색이 되어버렸다. 마찬가지로 태서의 사고 소식에 놀란 준희가 몸을 부들부들 떠는 그녀의 옆으로 자리를 옮겼다.

"도영아."

"준, 희야. 태서가, 태서가……."

끝까지 말을 잇지 못한 도영의 음성이 바르르 떨렸다. 눈에 고인 눈물이 시야를 가리고. 심장은 걷잡을 수 없을 정도로 불안정하게 요동을 치고 있었다.

뒤늦게 도착해 소식을 접한 인호는 준희에게 일단 도영을 데리고 집에 가 있으라는 말을 남기고 그 길로 뛰쳐나갔다. 하지만 도영이 집으로 가는 걸 원치 않았고, 하는 수 없이 식당하고 가까이에 있는 '민트 테이블' 로 자리를 옮겼다.

"이거 마시고 진정 좀 해."

준희는 따뜻한 물이 담긴 잔을 가져와 도영의 손에 쥐여주었다. 그리고 가늘게 떨리는 그녀의 어깨를 감싸 안으며 다독거렸다.

"걱정하지 마. 크게 다치지는 않았을 거야."

도영이 불안한 얼굴로 느릿하게 고개를 끄덕였다.

"인호가 갔으니까 조금 더 기다려 보자."

현수와 가까스로 연락이 닿은 인호는 태서와 현수가 치료받고 있다는 병원에 지금쯤 도달했을 것이다. 태서의 걱정으로 새파랗게 질린 도영을 안쓰러운 시선으로 보고 있던 준희는 대체 이게 뭔 일인가 싶었다. 생모 등장에, 도영에게서 받은 이별 통보에, 스캔들에, 그것도 모자라 교통사고까지. 아무래도 올해는 태서에게 그다지 좋은 해가 아닌 듯했다. 올해의 마지막 달 12월에도 불운이 닥치는 걸 보니 말이다.

준희는 가느다란 숨을 내쉬며 창밖을 내다보았다. 밤새도록 퍼부을 것 같았던 눈발은 한 시간 사이 거짓말처럼 멎어 있었다.

"눈도 그쳤는데 집으로 가서 기다리는 게 좋지 않을까?"

"병원이 어디라는데?"

도영은 준희의 물음을 뒤로하고 되물었다. 불안으로 휩싸인 가슴과는 반대로 목소리는 다소 차분해졌다.

"가보게?"

"응."

조바심이 나서 더는 이대로 앉아 있을 수만은 없었다. 사망자가 발생했을 정도면 결코 작은 사고는 아니다. 태서가 어떻게 얼마나 다친 건지 제 두 눈으로 직접 확인을 해야지만 안심을 할 수 있을 것 같았다.

"어디 병원인 거까지는 잘 모르겠는데, 연락을 해보…… 어? 인호다. 여보세요."

때마침 휴대폰 벨이 울렸고 말을 중단한 준희가 황급히 전화부터 받았다. 발신자가 인호라는 소리에 도영은 준희에게 자신이 통화를 할 수 있도록 전화를 바꿔달라고 했다

"인호야, 잠깐만. 도영이 바꿔줄게."

도영은 준희가 건넨 휴대폰을 곧장 귀로 가져다 댔다.

"태서 만났어?"

[태서는 CT 촬영 중이라 못 봤고, 현수 형하고 강 대표님만 만나서 얘기 중이야.]

"얼마나 다쳤다는데? 현수 씨는 어때?"

인호에게 묻는 도영의 음성에 조급증이 실려 있었다.

[걱정할 정도로 다친 거 아니라니까 안심하고 있어. 현수 형도 괜찮아. 목만 약간 삐끗한 정도야.]

인호가 침착한 말투로 안심을 시켜주었지만 그녀의 가슴으로 느껴지는 불안감은 좀처럼 가시질 않았다.

"병원이 어디야?"

[왜, 오려고? 아서라. 병원 앞에 기자들 쫙 깔렸어. 태서가 연애한다고 공개한 지 며칠 안 지났기 때문에 지금 병원으로 오면 너,

100% 기자들한테 노출돼.]

"그래도……."

인호가 상관없다고 하려는 그녀의 말을 칼같이 잘랐다.

[내 말 야속하게 들리겠지만, 지금 너, 병원으로 와도 태서한테 도움 안 돼. 너뿐만이 아니라 태서까지 피곤해져. 치료는 편하게 받게 해주자. 도영아, 태서 괜찮대. 나오면 바로 전화하라고 할 테니까 집에서 마음 편하게 가라앉히고 기다리고 있어. 응?]

"……알았어."

도영은 결국 인호의 말에 수긍할 수밖에 없었다. 야속하긴 했지만 아예 틀린 소리도 아니었으니까.

태서만 무사하다면 그걸로 된 거다. 그래, 그것만으로도 너무 감사한 일이다.

오늘 밤 곁에 있어주겠다는 준희의 의사를 거절하고 집으로 돌아온 도영은 침대 위에 멍하니 앉아 있었다.

[지금 너, 병원으로 와도 태서한테 도움 안 돼.]

인호의 음성이 귓가에 남아 자꾸만 맴돌았다. 인호에게 들은 말을 머리로는 수긍을 하는데, 심장은 찢어지듯 아파온다.

나는 여전히 태서가 아파도 옆에 있어줄 수가 없구나. 나는 여전히 태서를 위해선 할 수 있는 게 아무것도 없구나.

하지만 이제는 아무래도 상관없다. 병원에서 치료를 받고 있는 그의 옆에 있어주지 못하는 이 현실이 원망스럽기도 하지만 이제야 비로소 깨달았다. 그가 그녀 없이는 살아가지 못하듯, 그녀도 그가 없이는 살아갈 수가 없다는 것을 바보같이 지금에서야 깨달았다. 그의 사고 소식을 접하고 세상이 무너지는 기분을 느끼고 나서야.

문득, 간절함이 실린 태서의 물음이 뇌리를 스쳤다.

[너는, 나 그립지 않았어? 내 얼굴, 내 목소리 안 보고 안 듣고 싶었냐고.]

그리웠다. 미치도록 보고 싶었다. 그가 없이도 잘 살아낼 수 있을 거라고 믿었던 생각은 그녀의 착각이고 오만이었다. 아무리 긴 시간이 흐른다고 한들 그녀의 안에서는 결코 지워 버릴 수 없는 존재였다, 윤태서는.

보고 싶어, 태서야.

이 순간, 그가 너무 보고팠다. 그의 얼굴이 자꾸만 눈앞에서 아른거리자 가슴이 저릿하고 눈시울이 붉어졌다.

Rrrrrr, Rrrrrr.

그때, 휴대폰 벨이 쓸쓸한 적막을 밀어내고 울려댔다. 혹시나 하는 바람으로 발신자를 확인한 그녀의 까만 눈동자가 흔들렸다. 그토록 애타게 기다리던 태서의 전화였다.

"……여보세요."

[나야, 도영아. 많이 놀랐지?]

휴대폰을 타고 넘어오는 태서의 다정한 음성을 듣는 순간, 도영은 간신히 누르고 있었던 감정이 울컥 올라오면서 목이 메었다.

[정신이 없어서 이제야 연락했어. 미안.]

"몸은…… 괜찮아? 아프지 않아?"

겨우 쥐어짜낸 목소리가 갈라져서 나왔다.

[몸은 괜찮은데, 눈이 아파.]

일순, 도영의 동공이 일렁이면서 철렁한 심장이 날뛰기 시작했다.

"눈이 왜? 눈을 다친 거야?"

[아니. 네가, 보고 싶어서.]

"하아. 윤태서!"

놀란 가슴을 쓸어내리며 안도의 한숨을 흘려보낸 도영이 버럭 소리를 질렀다. 이런 와중에도 장난을 거는 그가 얄미웠다.

[후후.]

"웃지 마, 너 미워."

그의 낮은 웃음소리에 금세 마음이 약해진 그녀가 짐짓 불퉁하게 말했다.

[보고 싶다니까.]

"……나도. 나도 보고 싶어 태서야."

그런데 나는 갈 수가 없잖아. 가서 너를 보고 싶어도…… 그럴

수가 없잖아.

[진심이야? 지금 나 보고 싶다고 말한 거 맞아?]

태서가 한층 들뜬 어조로 반복해서 물었다.

"응."

[그럼 이리로 와줄래?]

"진짜? 나…… 정말 가도 돼?"

반색하며 눈을 반짝 빛내면서도 목소리는 조심스러웠다. 인호가 야속하게 뱉어낸 말이 체한 것처럼 가슴속에 걸려 있었던 것이다.

[당연히 와도 되지.]

도영은 더 망설이지 않았다. 인호의 말이 옳다는 건 인정하지만 당사자인 태서가 오라고 하지 않는가. 고민 따위는 할 필요도 없었다.

"지금 출발할게."

[전화는 끊지 말고. 나한테 오는 동안에 목소리는 계속 듣게 해줘.]

"응."

그의 사고 소식을 들은 이후 처음으로 도영의 입가에 엷은 미소가 맺혔다. 1분이라도 빨리 그에게 달려가고픈 생각에 마음이 급해진 그녀는 코트와 가방을 챙겨 그대로 방을 뛰쳐나가 현관으로 향했다. 그리고 신발에 발을 우겨넣고 현관문을 연 순간이었다.

"안녕."

단단한 가슴팍이 앞을 가로막고 서 있자 도영은 심장이 쿵, 내려앉았다. 그녀의 흔들리는 시선이 서서히 위로 올라갔다.

"너……."

태서였다. 그가 시크하게 웃으며 그녀를 내려다보고 있었다.

"네가 올 때까지 기다릴 수가 없어서.

"여긴 언제부터……."

"너한테 전화를 걸 때부터?"

"왔으면 문을 열어달라고 하지. 날도 추운데."

도영은 말하면서도 줄곧 그의 모습부터 살펴보았다. 코트를 입고 있어서 그런지 이마에 생긴 타박상 외에는 눈에 보이지 않자, 그제야 한시름 놓은 그녀가 그를 집 안으로 들였다.

"와, 이게 얼마 만이야."

태서는 감격에 찬 얼굴로 그녀의 집을 둘러보았다. 집 안 곳곳에 잔뜩 묻어 있는 그녀만의 체취가 코끝으로 스며들어 오자 마음이 편안해지는 게 감회가 새로웠다.

"정말 다친 곳 없는 거지?"

그녀가 걱정스런 시선으로 살피자, 태서의 입가에 따스한 미소가 번졌다. 벌써 몇 번째 확인을 하는 건지 그녀는 알까?

"아니, 있어. 사실은 여기……."

태서가 코트를 벗기 위해 손을 가슴께로 가져가자 도영이 그 손을 살짝 때리며 눈을 흘겼다.

"또 장난치지 말고."

"장난?"

그는 영문을 모르겠다는 듯 그녀를 응시했다. 어차피 저절로 곧 알게 될 일, 그녀가 물었을 때 보여주려고 했던 거였는데 장난치지 말라니.

"마음이 다쳤다고 그럴 거였잖아, 지금. 아까는 보고 싶어서 눈이 다쳤다고 하더니."

"아닌데."

입술을 비죽거리는 도영이 무척이나 사랑스럽고 귀여웠다. 태서는 피식 웃으며 그녀의 오해를 풀어주기 위해 코트를 벗었다.

"너, 팔이……."

아니나 다를까. 깁스를 한 그의 팔을 본 그녀의 표정이 바로 심각하게 굳어버렸다.

"팔에 금이 갔대. 하필이면 오른팔이야."

6중 추돌 사고. 그가 타고 있던 차량은 5번째였다. 앞에서 서행하던 차량이 빙판길에 미끄러졌고, 미끄러지면서 그 자리에서 한 바퀴를 돈 차량을 뒤에 오던 차가 미처 피하지 못하고 들이박자 그 뒤를 달리던 두 대의 차량마저 연속으로 충돌했다. 그렇게 눈앞에서 4대의 차가 추돌하는 걸 보고 식겁한 현수가 차를 멈춰 세웠지만, 그들이 탄 차를 뒤에 오던 차량이 들이받으면서 6중 추돌이 된 것이다.

다행히 많이 다치진 않았지만 그 충격으로 현수는 목이 삐끗했고 그는 팔에 금이 가는 정도의 경상을 입었다.

"어떡해. 입원은, 안 해도 된대? 검사는 다 받고 나온 거야? 교통사고는 후유증이 더 무섭단 말이야. 제대로 검사받고 치료도 받아야 돼."

도영이 걱정스럽게 말을 쏟아내며 연신 깁스한 팔을 어루만졌다.

"사나흘 입원해서 검사 몇 가지 더 받아야 돼."

"그럼 병원에 있어야지, 왜 여길 와."

"잠깐 나온 거야. 너 데리고 가려고."

태서가 왼쪽 손으로 그녀의 보드라운 볼의 살결을 쓰다듬었다. 그녀를 바라보는 눈빛이 더없이 따스하다.

"나를 데리러?"

"응. 나 병원에 입원해서 검사받는 동안 내 옆에 있어줘, 도영아. 네가 없이 나 혼자는 힘들 것 같아."

어쩌면 도영이 그에게 바란 건, '도영아, 나 힘들어.', '도영아, 나 아파.', '도영아, 네 위로가 필요해.' 이런 한마디들이었을지도 모른다. 무조건 괜찮아가 아닌. 그래서 그는 앞으로 자신에게 일어나는 모든 일을, 소소한 것 하나하나까지 그녀와 전부 나눌 생각이었다. 서로가 가장 필요한 순간에 같이 있어주는 사랑, 그런 사랑을 말이다.

"내 옆에, 있어줄 거지? 나, 네가 필요해."

"응!"

도영은 세차게 고개를 끄덕거렸다. 사랑과 배려만 보여주던 그가 처음으로 그녀에게 의지를 하려고 한다. 예전의 그였다면 이 모습으로는 절대 그녀의 앞에 나타나지 않았을 것이다. 그녀에게 걱정을 끼치지 않기 위해 무조건 괜찮다는 말로 안심을 시키고 무슨 핑계를 대서라도 상처가 아물 때까지는 그녀를 만나러 오지 않았을 것이다. 그랬던 그가, 오늘 처음 그녀에게 손을 내민다. 혼자는 힘들 것 같으니 곁에 있어달라고. 네가, 필요하다고.

가슴이 벅차오르고 눈에 물기가 차오른다. 따지고 보면 별일 아니건만, 왜 이렇게 눈물이 날까. 바보같이.

"울긴, 왜 울어."

도영의 볼에 흐르는 눈물을 닦아주는 그의 눈시울도 점차 붉어지고 있었다. 도영은 입술에 부드러운 호를 그리며 미소를 자아냈다.

"미안해, 태서야."

64일이라는 시간 동안 널 아프게 해서.

"그리고 사랑해."

갑작스러운 고백에 태서는 심장이 멎는 기분이었다. 두근두근, 그녀를 보고 첫눈에 반했던 그 순간처럼 가슴이 설레고 떨렸다.

"사랑해, 태서야. 한순간도 너를……."

기습적으로 그녀의 턱을 잡아 올린 태서가 그대로 입술을 내려 분홍빛 입술을 머금었다. 입술을 가르고 깊숙이 파고드는 뜨거운 혀를 맞이하며 그와 겹쳐진 입술을 움직이는 도영의 젖은 눈이 스르르 감겼다.

12월 20일 11시 50분.

우리는 지금도, 사랑하고 있다.

에필로그

—톱스타 윤태서. 10월 15일 비공개 결혼! 품절남 대열 합류!

—배우 윤태서. 미모의 일반인 여자 친구와 백년가약! 사회—연예인 절친 윤서한!

—톱스타 배우 윤태서. 첫사랑과 8년 연애 끝에 비공개 결혼식!

톱스타 윤태서의 결혼 소식이 알려지면서 화제를 불러일으킨 날이 엊그제 같은데 날짜는 어느새 결혼식 당일이 되었다. 새하얀 웨딩드레스를 입고 곱게 화장을 한 오늘의 주인공, 아름다운 신부 도영은 떨리는 마음을 주체할 수가 없었다.

"후후."

심호흡을 반복하고 또 반복했지만 좀처럼 가라앉지를 않았다.

"많이 떨려?"

"응."

신부 대기실에서 그녀의 옆에 있어주고 있는 준희가 종이컵에 냉수를 따라가지고 왔다.

"물이라도 마셔봐."

"안 마실래. 결혼식 바로 직전에 화장실 가고 싶으면 어떡해. 너처럼."

"야. 여기서 그 얘기가 왜 나와."

준희가 눈썹을 찌푸리며 찌릿 째려보자, 도영은 풋 웃음을 터트렸다. 본의는 아니었지만 준희를 놀려주고 그에 따른 반응을 보니 조금이나마 긴장이 풀리는 기분이다.

"내 생에 가장 잊고 싶은 기억이라고. 몰라?"

"알지."

도영이 곧 출산을 앞두고 있는 준희의 만삭인 배를 손바닥으로 부드럽게 쓸었다. 준희와 인호가 결혼식을 올린 건 1년 전이었다. 준희는 너무 긴장한 나머지 주위의 만류에도 불구하고 입이 마를 때마다 물을 종이컵 양으로 한 잔씩 마셨고, 결국 아버지의 손을 잡고 신부 입장을 막 하려던 때에 화장실 볼일이 급해져 식을 10분 뒤로 미루는 사태가 발생했다.

몰려드는 창피함에 얼굴이 새빨개진 준희는 웨딩 도우미 언니의 도움을 받아 화장실로 달려갔지만, 식장 안은 그 덕에 웃음바

다가 되었다.

"신부 입장하다 화장실 간 신부는 세상천지에 나밖에 없을 거야. 안 되겠다. 너 물 한 모금도 마시지 마. 내가 제일 사랑하는 친구마저 그런 창피한 일을 겪도록 만들 수는 없지."

준희가 입술을 쌔무룩하게 내밀고 말하더니 이내 그녀에게 주려던 물을 본인이 벌컥벌컥 마셔 버렸다.

"게다가 신랑이 보통 신랑이야? 톱스타 윤태서의 신부답게 끝까지 우아함을 유지하고 식을 마쳐야 해. 하객들 보니까 여배우들도 있더라고. 그 여자들 앞에서 망신 안 당하려면 물은 절대 안 돼. 알았지?"

일장연설을 하듯 말을 늘어놓는 준희를 보며 도영은 하도 기가 막혀서 웃었다.

아니, 누가 물을 달라고 했나?

물을 종이컵에 따라 친히 가져온 사람이 저면서, 마치 그녀가 줄곧 물을 달라고 요구했던 것마냥 흥분해서 열변을 토해냈다.

"몇 시지? 하, 5분 전이야."

준희와 웃고 떠드는 사이 시간이 훌쩍 지났고, 식이 코앞으로 다가왔다. 잠시 느슨했던 긴장이 슬슬 조여오기 시작할 때쯤, 신부 대기실의 문이 열렸다.

"도영아."

"오빠."

도훈이 빙그레 미소를 지으며 도영에게 걸어왔다. 그러자 준희가 남은 시간은 도훈에게 양보하겠다는 말을 남기고 신부 대기실에서 나갔다.

"우리 도영이, 오늘 너무 예쁘다. 오빠가 본 신부 중에서 가장 아름다워."

"피이, 거짓말. 새언니 다음이 아니고?"

"아무리 오빠가 새언니를 사랑한다지만 동생 앞에서 거짓말할 수는 없지. 새언니한테는 비밀이다?"

도훈의 말에 도영이 싱글거리며 고개를 주억거렸다. 그녀의 웃는 얼굴을 도훈이 따스함이 담긴 눈길로 바라보았다.

"우리 꼬맹이가 언제 이렇게 컸을까. 벌써 시집을 다 가고."

"오빠……."

신부 대기실을 잔잔하게 울리는 도훈의 음성에 울컥한 도영이 울먹거리는 눈으로 도훈과 시선을 마주했다.

"왜 또 울려고 그래. 울지 마, 곱게 화장한 거 지워질라."

흰 장갑을 벗은 도훈이 손끝으로 그녀의 눈가에 살짝 매달린 눈물을 걷어내 주었다. 그때, 신부 대기실의 문이 열리고 '신부님 입장 준비해 주세요' 소리가 들어왔다.

"이제 오빠 손잡고 신랑한테 나가볼까?"

도영은 도훈이 내민 손 위에 제 손을 살포시 얹었다. 그렇게 도훈과 나란히 신부 대기실을 빠져나와 식장으로 들어서자, 턱시도를 근사하게 차려입은 태서가 신랑 입장을 대기하고 있었다. 슬며시 그녀를 돌아본 태서가 눈을 찡긋하고 웃어 보이자 도영의 입가에도 미소가 어렸다. 이내 사회자가 '신랑 입장!'을 외쳤고, 태서는 하객들의 환호와 축하 박수를 받으며 씩씩하고 힘찬 걸음으로 입장을 했다.

"자, 오늘의 주인공이죠. 신부 입장!"

사회자의 외침과 동시에 신부 입장 곡의 연주가 시작되었다. 도영은 두근거리는 가슴을 끌어안고, 아빠이자 엄마이고 또 오빠인 도훈의 손을 잡고 사람들의 축복을 받으며 한 걸음, 한 걸음 나아갔다.

앞으로 평생 그녀만을 아껴주고 보듬어주고 사랑해 줄 오늘의 신랑, 윤태서를 향해서.

—오늘의 스타 데이트! 이분 참 오래 기다리셨죠? 영화 무정남녀로 2년 만에 돌아온 배우 윤태서 씨를 소개합니다!

리포터의 모습을 채우고 있던 TV 화면이 태서에게로 넘어갔다.

—오랜만에 인사드립니다. 배우 윤태서입니다.

시청자를 향한 태서의 인사가 이어졌다. 딸기 하나를 입안에 쏙 넣은 도영이 흐뭇하게 웃으며 TV 속 남편을 바라보았다.

"어째 나이가 들면 들수록 멋있고 잘생겨지네."

"엄마, 누가?"

"누구긴, 우리 수아 아빠지."

도영은 껌딱지처럼 옆에 딱 달라붙어 앉아 있는 딸 수아의 포동포동한 볼을 아프지 않게 살짝 꼬집어 흔들었다.

"아빠 옛날에는 안 잘생겼어? 사진 보니까 잘생겼던데."

"당연히 잘생겼었지. 엄마 눈에는 지금이 더 멋있어 보인다고."

"아아."

이제 이해했다는 듯 고개를 끄덕거린 수아가 반쯤 베어 먹은 딸기를 쪽쪽 빨아먹으며 아빠 태서가 나오고 있는 TV를 시청하기 시작했다.

—현재 결혼 6년 차시잖아요.

—네.

간략하게 영화의 관한 인터뷰가 끝나고 태서의 개인 인터뷰가 이어졌다.

—유명한 애처가로 소문이 난 건 알고 계신가요?

리포터의 질문에 태서가 알고 있다는 듯 웃음을 흘렸다.

—이미 많은 분들이 알고 계시기는 하지만, 윤태서 씨 러브스토리는 들을 때마다 참 대단하다는 생각이 드는데요. 18살 때 아내분을 보고 첫눈에 반하셨다면서요. 첫사랑이시고요.

—그렇습니다.

—그럼 자그마치 20년 넘게 아내분을 사랑하신 거잖아요. 여기서 질문! 지금도 여전히 처음 설레던 그 느낌으로 아내를 사랑하십니까?

—사랑합니다.

일말의 망설임도 없이 태서에게 대답이 나오자, 리포터가 짐짓 의심을 품은 눈으로 태서를 쳐다보며 농담처럼 말을 건넸다.

—에이, 방송용 멘트가 아닌 진심을 말해주셔야죠.

—100% 진심입니다. 전 지금도 아내만 보면 가슴이 막 설레고 하루라도 안 보면 보고 싶어 죽겠거든요.

태서가 표정 변화 하나 없이 낯 뜨거운 말을 내뱉자, 리포터가 놀랍다는 듯 입을 쩍 벌렸다.

—역시 애처가가 분명하시네요. 질문을 좀 바꿔볼까요? 장담하건대, 이번 질문에는 아마 고민이 되실 겁니다.

리포터가 자신에 찬 얼굴로 말을 이었다.

—자녀가 있으시죠?

—네, 딸이요. 올해 5살입니다.

—보통 딸이 생기면 아내보다는 딸이 더 예쁘고 사랑스럽다던데, 우리 윤태서 씨 어느 쪽이신지 궁금한데요. 윤태서 씨는 딸을 더 사랑하십니까, 아내를 더 사랑하십니까? 아주아주 귀엽고 사랑스런 딸이 방송을 보게 될 테니 대답 신중하게 하셔야 할 텐데요.

—당연히 아내입니다.

태서는 이번에도 전혀 머뭇거림 없이 딸인 수아가 아닌 아내 도영을 선택했다.

—네네, 제가 보기에도 윤태서 씨는 딸 바보보단 아내 바보가 더 어울리시는 것 같아 보이네요. 아내 사랑이 정말 대단하십니다.

고개를 절레절레 흔든 리포터가 두 개의 엄지손가락을 번쩍 치켜세우며 졌다는 표정을 지어 보였다.

"엄마."

"응?"

TV 방송을 통해 태서의 인터뷰를 보고 듣고 있던 수아가 심각하게 도영을 불렀다.

"아빠는 수아보다 엄마를 더 사랑한다는 거지?"

"음? 아마도?"

그녀의 대답에 수아의 앙증맞은 입술이 툭 하고 튀어나왔다. 마침 저녁 먹은 설거지를 끝내고 주방에서 걸어나오는 태서를 수아가 눈에 힘을 잔뜩 주고 노려보았다.

"아빠, 미워!"

갑작스레 딸에게 원망의 눈초리를 받은 태서가 어리둥절한 얼굴로 수아에게 다가갔다.

"우리 공주님께서 왜 뿔이 나셨을까?"

"나보다 엄마를 더 사랑한다며!"

수아의 눈에 눈물이 그렁그렁 고여들었다. 그에 당황한 태서의 시선이 도영에게 옮겨졌고, 그녀가 눈짓으로 TV를 가리켰다. 얼마 전에 녹화한 연예뉴스 프로그램이 방송되고 있는 걸 보고 그제야 눈치를 챈 태서가 수아를 달래고 나섰다.

"수아가 서운했구나? 아빠는 우리 공주님도 엄청 사랑해."

태서의 다정한 손길이 수아의 머리를 쓰다듬었다. 그러자 수아가 촉촉이 젖은 눈으로 태서에게 물었다.

"엄마보다 더?"

"음. 엄마를 조금 더 사랑하긴 하지."

"아빠, 나빠! 엄마는 세상에서 수아를 제일 많이 사랑한다고 했는데. 흑흑."

엄마의 사랑에 비해 아빠의 사랑은 부족하다고 느껴져 서러웠는지 수아가 결국 울음을 터트리며 제방으로 뛰어들어 갔다.

"당신도 참. 그냥 엄마보다 더 사랑한다고 한마디만 해주면 될걸, 기어이 애를 울려?"

"아빠가 돼서 애한테 거짓말을 하면 안 되지."

태서가 소파에 앉아 있는 도영의 옆에 붙어 앉자, 도영이 그를 밀어내며 말했다.

"왜 여기로 와? 들어가서 수아 달래줘야지."

"애들은 다 울면서 크는 법이야. 그리고 우리 공주님 10분만 지나면 웃으면서 방에서 나올 텐데, 뭐."

그건 그랬다. 뒤끝이 없는 건지 수아는 삐치고 토라져도 그 시간이 10분을 넘기지 않는다. 태서의 말대로 딱히 달래주지 않아도 10분만 지나면 아무 일도 없었다는 듯 마음이 풀어져 헤헤 웃으며 안겨들었다.

"그러니까 당신도 앞으로 애 앞에서 거짓말 하면 못써."

태서가 도영의 어깨를 감싸 안으며 몸을 바싹 밀착시켰다. 도영이 그의 어깨에 편하게 머리를 기대며 물었다.

"무슨 거짓말?"

"나보다 우리 공주님을 더 사랑한다는 거짓말."

"거짓말 아닌데."

"아니면?"

태서의 눈매가 가늘어졌다.

"민도영한테 사랑의 우선순위가 나보다 우리 공주님이 더 높다는 말이야?"

"으이구. 질투할 사람이 없어서 딸한테 질투를 해? 이래서 남자들은 늙어도 철이 안 든다고 하는 거야."

태서에게 기대고 있던 머리를 뗀 도영이 밉지 않게 눈을 흘기며 단단한 그의 배를 툭 때렸다.

"당신은 내가 아직도 그렇게 좋아? 안 지겨워? 벌써 20년이 흘렀잖아."

"글쎄, 이제 슬슬 지겨워지려는 것 같기도 하네."

"뭐야?"

태서의 장난에 도영이 발끈하자, 그가 그런 그녀를 힘껏 끌어안으며 멋스럽게 웃었다.

"방금 전에 방송 봐놓고, 몰라서 그런 걸 물어? 봐서 알 거 아냐. 난 여전히 민도영을 보면 가슴이 설레고 하루라도 안 보면 보고 싶어 죽을 것 같다고. 그런데 뭐? 나보다 딸을 더 사랑한다고?"

도영이 수아에게 그랬던 것처럼, 태서가 그녀의 볼을 꼬집고 흔들었다. 빙그레 웃음을 짓는 그녀를 얄밉게 쳐다보던 그가 돌연 한숨을 크게 푹 내쉬었다.

"에휴. 생각해 보니 갑자기 서러워지네."

"뭐가?"

"내 마음은 아직도 민도영에 대한 애정이 넘쳐 나는데, 민도영의 사랑 순위에서는 딸한테 밀린 거 아냐. 3개월 뒤에 요 녀석까지 나오면 두 번째 자리도 빼앗기게 생겼는데 내가 안 서럽겠어?"

서운한 기색과 달리 둘째 임신으로 둥글게 부풀어 오른 배를 어루만지는 그의 손길은 한없이 부드러웠다.

"내가 당신한테 안 알려줬었나?"

"뭘?"

도영이 야릇하게 미소를 지으며 그의 귀에 입술을 가져다대고 속삭였다.

"난 숫자 3을 제일 좋아해."

귓속으로 스며드는 달콤한 속삭임에 태서의 입꼬리가 기분 좋게 말려 올라갔다. 이어 눈동자에 황홀한 빛을 띤 태서가 그녀의 입술을 덮쳤다. 고른 치열을 훑고 깊숙이 파고든 그의 혀가 그녀의 혀를 휘감아 강하게 빨아들였다.

키스의 농도가 짙어질수록 하나로 겹쳐진 입술 사이에서 더운 숨결이 뿜어져 나왔고, 몸은 흥분으로 뜨겁게 달아오르기 시작했다. 태서의 손이 그녀의 티셔츠 속으로 파고들어 임신으로 더욱 풍만해진 가슴을 움켜잡았을 때였다.

“엄마! 아빠! 수아 바나나 먹고 싶어요!”

토라져서 방으로 들어간 사랑스러운 딸 수아가 정확히 10분 만에 해맑은 목소리로 달려나와 그들의 뜨거운 시간을 방해했다.

『모두 잠든 후에』 Fin.

〈 작가 후기 〉

안녕하세요, 김양희입니다.

『시크릿 가이』 이후 3년 만에 인사를 드리네요.

『모두 잠든 후에』 이 글은 제목부터 짓고 시작한 글입니다. 당분간 연예인이 등장하는 글은 쓰지 않으려고 했는데 어쩌다 보니 이번 글에도 남주가 연예인이네요. 시리즈라 아마 한 번 정도 더 나올 것 같아요(스토리가 연결되는 부분은 없지만 등장인물들이 연결이 되어서요. ^^).

사실 이 글은 맨 마지막에 진행하려고 했어요. 『모두 잠든 후에』를 시작하기 전에 환엔터테인먼트 대표 강이환의 이야기와 에필로그에 이름만 딱 한 번 올라온 태서의 연예인 친구 윤서한의 이야기를 먼저 쓰고 있었거든요.

조만간 이환과 서한. 이 두 남주의 이야기로도 차례대로 찾아뵙도록 하겠습니다.

고마운 분들에게 인사는 짧게 할게요. ^^

사랑하는 부모님, 엄마 아빠.

사랑합니다.

언제나 행복하시길 누구보다 바라고 또 바라고 있습니다.

지금처럼 건강하기를 항상 기도합니다.

오랜 시간 저와 함께해 주고 있는 모든 지인분들 참 많이 애정합니다. 앞으로도 이 마음 변치 말고 우리 오래오래 함께해요.

유경화 실장님. 『시크릿 가이』에 이어 다시 한 번 함께 작업할 수 있어서 좋았어요. 감사합니다.

마지막으로 『모두 잠든 후에』를 읽어주신 모든 분들께 감사의 마음을 전하며 인사를 마치겠습니다.

모두 건강하시고, 행복하세요. ^^

2016년 따스한 봄날 4월.

김양희 드림.